KB170247

密山 밀 1

密 1

초판인쇄 2016년 9월 10일
초판발행 2016년 9월 20일

저 자 박명숙
펴 낸 이 소광호
펴 낸 곳 관음출판사

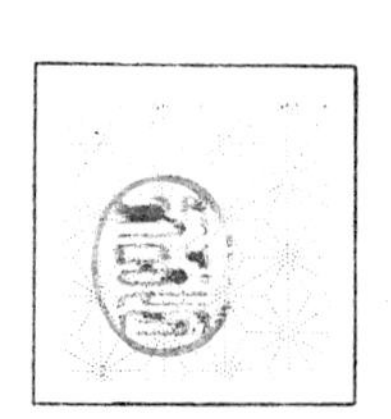

주 소 130-070 서울시 동대문구 용두동 751-14 광성빌딩 3층
전 화 02) 921-8434, 929-3470
팩 스 02) 929-3470
홈페이지 www.gubook.co.kr
E - mail gubooks@naver.com

등 록 1993. 4.8 제1-1504호

정가 35,000원

密密 밀 1

관음출판사

세상에 바치는 헌시(獻詩)

옴

일체 생명과
일체 생명 세계가
무한 평화 행복으로 충만하고

그 삶과 행위가 지복(至福)하여
모든 생명의 혼(魂)과 가슴에 사랑이 가득하며

생명 생명이 서로 위함에
삶의 행복이 피어나고

생명 생명으로 이어지는
사랑 사랑의 삶이
서로 가슴 감동의 울림이 되어
아픔과 고뇌가 끊어진 삶이 영원하며

서로 사랑 속에
끝없는 생명 행복의 이상(理想)을 꿈꾸고

더욱 승화한 정신으로
사랑으로 화합하며

서로 위함이 일상인 세상이 되어
더 높은 정신의 고귀한 사랑 삶의 세상을 일구고
한순간의 호흡이라도
사랑의 아름다운 생명의 삶을 살자.

나, 너, 우리 모두가
이 소중한 생명의 세상, 한생명 삶 속에
서로 위하는 삶의 기쁨과 행복이 더욱 승화하는
아름다운 생명의 삶을 살자.

우리 삶의 기쁨과 행복은
이 세상이 그냥 주는 것이 아니다.

내가 너를 위하는 소중한 사랑
너가 나를 사랑하는 열정이 승화되어
그 아름다운 정신이 영글어
너와 나, 서로의 가슴에 기쁨의 울림일 때
너와 나의 삶이 행복하고,

너와 내가 사는
이 세상이 사랑의 축복으로
아름다워진다.

내가 너를 소중하게 생각하고
너가 나를 소중하게 위하는 사랑의 세상일 때

잠시 머무는 생명 삶의 세상에
너도 나도, 소중한 아름다운 생명이 되며

이 생명 삶의 세상에
너도 나도, 지극히 서로 소중한 관계의 생명이
될 것이다.

나의 삶의 아름다움은
너의 사랑으로 이루어질 수 있고

너의 삶의 행복은
너를 위하는 나의 진실한 사랑에 있다.

이 세상 생명 삶에
내가 너를 위하는 사랑을 잃으면
너가 아픔의 삶을 살고

너가 나를 위하는 사랑을 잃으면
내가 행복을 잃은 아픔의 삶을 살게 된다.

너, 나, 우리 모두 서로
사랑으로 이 생명의 세상을 아름답게 하자.

오늘 하루 사랑으로 쌓고
내일 하루 사랑으로 쌓아가면
이 세상 삶이 영원히 아름다운 삶이 될 것이다.

모든 삶의 아픔은
사랑을 잃은 아픔이니,
생명 생명이 서로 위하는 그 삶에는
세상의 아픔도, 고뇌도 사라진다.

너를 위하는 소중한 나의 사랑
나를 위하는 숭고한 너의 사랑은

너의 사랑이 나에게 축복이고
나의 사랑이 너에게 축복이며

너의 사랑이 나에게 행복이고
나의 사랑이 너에게 행복이며

너의 사랑에 내가 감사하고
나의 사랑에 너가 감사하며

너의 사랑이 나에게 기쁨이고
나의 사랑이 너에게 기쁨이며

너의 사랑이 나에게 평화이고
나의 사랑이 너에게 평화이며

너의 사랑이 나를 아픔 없게 하고
나의 사랑이 너를 아픔 없게 하며

너의 사랑이 나를 위로하고
나의 사랑이 너를 위로하며

너의 사랑이 나의 고뇌를 씻어주고
나의 사랑이 너의 고뇌를 씻어주며

너의 사랑이 나에게 눈물이 없게 하고
나의 사랑이 너에게 눈물이 없게 하며

너의 사랑에 내 삶이 기쁨을 잃지 않고
나의 사랑에 너 삶이 기쁨을 잃지 않아

너의 사랑이 나에게 삶의 참 의미가 되고
나의 사랑이 너에게 삶의 참 의미가 되어

너, 나, 우리 모두의 사랑이
이 세상의 삶을 아름답고 행복하게 하는
서로 소중한 생명의 삶을 살자.

너는 나에게, 나는 너에게
우리 모두 서로 위하는 소중한 생명이 되어
생명의 삶과 이 세상을 더욱 아름답게 하자.

너의 사랑에
이 한 세상, 나의 생명 삶이 아름답고

나의 사랑에
이 한 세상, 너의 생명 삶이 아름답도록

너와 나, 우리 모두
삶과 세상이 아름다운 사랑의 삶을 살자.

너의 생명 꽃잎이 다하여도
너의 사랑에 감사하며, 너의 영혼을 잊지 않고
너를 그리워하며 너의 영혼을 축복하고

나의 생명 꽃잎이 다하여도
나의 사랑에 감사하며, 나의 영혼을 잊지 않고
나를 그리워하며 나의 영혼을 축복하는
소중하고 고귀한 생명 사랑의 삶을 살자.

이
가냘픈
생명 한 꽃잎이
바람길에 떨어져도
서로의 생명에 감사하며
서로를 위하는 혼빛 승화(昇華)로

하늘에 빛나는 영원한 별이 되고
허공에 춤을 추는 자유로운 바람이 되어

나는 너를 위해 빛이 되고 바람 되어 흐르며
너는 나를 위해 바람 되어 흐르고 밝은 빛이 되어

혼빛 생명이어도
아름다운 사랑, 영원히 서로 함께하며
서로 위하는 아름다운 생명의 삶을 살자.

너, 나, 우리 모두
아름다운 생명 사랑의 축복,

궁극을 넘어 선
일체 초월, 불이(不二)의
순수 때 묻음 없는 마하무드라 그 절정의 사랑
지극한 기쁨과 행복의 무한 축복의 세상
그 소중한 때 묻음 없는 순수사랑
그런 아름다운 사랑사랑
사랑의 삶을 살자.

옴
– 세상에 이 시(詩)를 바칩니다. –

도요(道了) 다례원장 **박명숙** 헌시(獻詩)

차 례

2장_ 대일 여래의 5지(五智)

3장_ 불(佛)의 삼밀장(三密藏)

4장_ 옴마니반메훔

5장_ 광명진언(光明眞言)

1장_ 밀(密)

01. 여는 글

이
시종(始終) 없는
생명,
우주 알 수 없는 신비의 흐름
수많은 생명의 빛깔 꽃잎들이 은은히
각각의 색채와 향기를 품고
무한 불가사의 시공(時空)의 흐름을 따라
흐르는 신비로움,

오직,
혼(魂) 속에 꿈을 안고
멈춤 없는 운명의 시간 속에
꿈빛 머금은 동공은 무한을 향한 기쁨이 어리어
심오한 생명이 살아 숨 쉬고,

소중한 꿈을 향해
생명 길 한걸음 또, 한걸음에
혼(魂) 길, 생명 시간의 호흡을 쌓고

또, 쌓아간다.

나, 또한
궁극, 이상(理想)의 꿈을 안고
생명 한 빛깔의 꽃잎이 되어
우주, 무한 생명이 흐르는 길을 따라
흐르고 있다.

수많은
생명 꽃들의 빛깔과 향기가
시공(時空)의 흐름, 소중한 생명 길에
우주의 아름다운 생명의 가치, 자기 존재의 삶을 살며
시공의 흐름 길을 따라
흐르고 있다.

생명 길에
우주의 흐름, 춘하추동을 겪으며
가지만 남은 나무에 새잎이 돋아나고
새잎이 시간을 따라 낙엽이 되어
삶의 생명가지에서 떨어지는 것을 보았고,

또한,
숱한 꽃들이 자기의 빛깔과 모습을 드러내며
향기롭게 피었다 꿈같이 사라지는
환영(幻影)들을 보았다.

모두,
이 존재들, 어디에서 왔으며
어디로 간 것일까?

여기,
나, 또한 무엇이며,
어디에서 왔으며
나는, 어디를 향해 흐르고 있는가?

시(始)와 종(終)을 알 수 없는 존재의 길
이 흐름은 우주의 신비로
그 신비는 내 생명의 존재를 생성하고
내 꿈을 갖게 하며
내 운명의 삶을 흐르게 하고
잠자는 생명 존재의 깊은 의식을 일깨우며
짧은 운명의 시간 속에
끝없는 이음과 이음의 물음은 많은 파도를 일으키며
알 수 없는 이 물음이 깊어지는 사유는
잠자는 의식, 내면의 눈을 뜨게 한다.

모든
존재의 흐름은 우주의 신비이며
모든 존재는, 그 자체로 우주의 신비이다.

모두,
꿈같이 왔다

꿈을 위해 환(幻)의 삶을 살다
꿈같이 사라지니,

이
생명의
그 존재 우주의 흐름 길은
알 수 없어 신비이며,
스스로 흐르는 길을 알지 못해도
흐르는 운명 속에 소중한 혼(魂)의 꿈을 가지며
꿈을 안고 환(幻)과 같은 삶을 사니
불가사의한 생명의 신비(神秘)이며
시간 속 존재 운명의 신비로운 삶이다.

나,
그리고 너도
홀연 듯 꿈같이 왔다
꿈을 위해 환(幻)과 같은 삶을 살다
홀연히 꿈같이 사라지는 신비로움

그 길이 꿈길이며
삶이 꿈이며
생명 길이 환(幻)의 삶이다.

꿈같은
삶에
환(幻)과 같은 꿈을 가지고

꿈같은 삶을 사니
생명 길이 꿈길이며
꿈 가진 삶이 환(幻)과 같은
꿈의 삶이다.

이것이
존재의 삶이며
생명 길이며
모든 존재의 흐름 길이다.

지금
이 흐름을
알 수 없어 비밀스럽고
알지 못해 신비이며
생명 존재의 흐름이 불가사의 불가사의
심오하고 심오하여도
오직 모를 뿐,

이
생명의
존재, 우주 신비 신비로운 길
알 길이 끊어졌다.

내가
흐르고 있어도 나도 모르고,

너가
흐르고 있어도 너도 모르고,

이
우주의 알 수 없는 신비
밀(密) 속에서
너, 나, 모두가 흐르고 있다.

이
심오한 신비, 우주의 흐름이
곧,
밀(密)이다.

그러나
밀(密)이어도
우리는 생명으로, 또한, 존재로
이 우주의 밀(密) 속에
흐르고 있다.

이
우주도,
너와 나도
모든 만물의 그 시초(始初)도 밀(密)이며,
그 삶이 밀(密)이며
그 마감 또한, 밀(密)이다.

밀(密)은
모든 존재의 시초(始初)이며,
꿈같은 삶이며, 환(幻) 같은 마감이며,
또, 모든 생명 존재가 흐르는 길이
밀(密)이다.

밀(密)은
일체 존재가 흐르는 신비의 길
생명과 삶
그
자체이다.

02. 밀(密)

밀(密)이라 함은
일체 존재
그 부사의 체(體)와 부사의 작용이
불가사의 심비(深秘)로 심오하여 알 수 없고
그 체(體)와 작용이 불가사의니
밀(密)이다.

무엇으로도 알 수 없어
부사의라 밀(密)이니,
그 어떤 지식과 생각과 인식과 상상(想像)과
무슨 추측과 분별로도 알 수가 없어
부사의하고 불가사의하여
볼 수 없고, 들을 수 없고, 촉각 할 수 없어
이름할 수도 없고
무엇으로도 일컬을 수도 없어
부사의며, 불가사의 그 자체이므로
곧, 밀(密)이다.

밀(密)은
부사의 묘(妙)의 성품 실(實)이니,
하늘이나 땅의 비밀이거나
또는, 누가 감추고 숨기므로
비밀스럽고 알 수 없어 밀(密)이 아니다.

단지
이름할 수 없고, 일컬을 수가 없고
무엇으로도 지칭할 수가 없어
밀(密)이다.

모든
천지 만물 만 생명이
밀(密)을 벗어나 있지 않고,
부사의 밀(密)의 묘(妙)로 만상을 드러내니
어찌 비밀스럽고 알 수가 없다 하여
이 불가사의함을 숨기고 감출 수가 있으랴!

또한,
안다 하여도 참으로 아는 것이 아니며,
모른다 하여도 모든 존재가 밀(密)을 벗어나거나
떠나있는 것은 아니다.

깨달으면 부사의 묘(妙)이며, 밀(密)일 뿐
눈이 있어도 볼 수 없고
귀가 있어도 들을 수 없으며

지혜가 밝아 두루 통하여도
일러 드러낼 수 없고, 일컬을 수가 없어
부사의 부사의니
일러 부사의 묘(妙)이며, 밀(密)이다.

한
씨앗에서
뿌리와 가지와 잎새가 생겨나와
꽃과 열매가 무성하듯
삼라만상 모든 생명체와 만물이 차별이어도
그 근원은 다를 바 없는 한 성품이니,
근원인 한 성품에서 존재의 싹이 터
삼라 만물 만상의 모습으로 벌어졌으니
모든 현상 그 모습과 성질이 각각 차별이어도
일체 차별의 근원, 그 뿌리는 하나다.

그 하나로부터 일체 현상이 드러나는 그 자체를
일컫거나 이름할 수가 없어
어떤 분별과 사량도 벗어났으니
곧, 부사의 밀계(密界)이다.

이
부사의 밀계(密界)를 깨달으면
현상의 섭리와 순리
모든 존재의 근원을 깨닫는다.

이것이
일체 존재의 실상과 섭리,
삼라만상 만물의 근본 일통(一通)인
부사의 본성(本性) 근본밀계(根本密界)이다.

이는 곧, 부사의 본성 작용인
자성밀계(自性密界)이며, 자성밀법(自性密法)이다.

정신의식의 차별과 다양화 속에
신앙과 종교적 의식(意識)이 결합하여
종교와 정신세계 다양한 신비주의적 요소로
밀법(密法)에 대한 차별적 이해와 관념이 다양하며,
근본밀계(根本密界)인 자성밀계(自性密界)와
자성밀법(自性密法)을 벗어나면
정신과 관념과 의식과 현상에 속하거나 치우친
신비주의적 관념요소에 속한
다양한 차원의 밀법(密法)을 접하게 된다.

근본밀계(根本密界)인
자성밀계(自性密界)와 자성밀법(自性密法)은
본성 각성계(覺性界)이다.

그러므로 근본밀계(根本密界)인
자성밀계(自性密界)와 자성밀법(自性密法)은
근본통(根本通)이며, 근본밀(根本密)이니,

이를 벗어나면 차별경계의 밀법(密法)에 속한다.

근본밀계(根本密界)인
자성밀계(自性密界)와 자성밀법(自性密法)은
본성(本性)의 세계이므로,
밀(密), 그 자체가
곧, 나의 생명 성품이며, 나의 존재 실체이다.

밀법(密法)도
무상(無上), 으뜸인 근본성품 밀법과
차별성품 차별세계 밀법이 있다.

무상밀(無上密)인 본성밀(本性密)은
일체 차별 존재와
일체 차별 생명성을 융통하고 섭수하며
통철(通徹)한 부사의 일통법(一通法)이다.

차별성품 차별세계 밀법은
무상밀(無上密)인 본성밀(本性密)을 수용할 수 없어
밀법경계 차별차원의 한계성이 있다.

그러나 밀행자(密行者)의 깨어난 정신 각성과
지혜차원과 밀지능력(密智能力)에 따라
밀행(密行)의 세계는 무한 갈래가 있다.

그 까닭은, 밀법(密法)에 있음이 아니라,
정신각성 무한성이 열려 있기 때문이다.

무상무한(無上無限)
밀지(密智) 근원은 부사의 본성지(本性智)이며
밀행(密行) 근원은 부사의 본성행(本性行)이며
밀심(密心) 근원은 부사의 본성심(本性心)이다.

차별의식(差別意識)
밀지(密智) 근원은 차별차원 관념식(觀念識)이며
밀행(密行) 근원은 차별차원 관념행(觀念行)이며
밀심(密心) 근원은 차별차원 관념심(觀念心)이다.

차별차원 의식행(意識行)에서
무상무한(無上無限) 원융의 본성밀(本性密)에 이르면
원융 본성지(本性智)로
부사의 본성밀지(本性密智)에 이른다.

이는 곧,
무상무한(無上無限) 깨달음 완연한 지혜세계로
파괴할 수 없고, 파괴되지 않는
무상무한(無上無限) 청정부동(清淨不動)
금강계(金剛界)이다.

금강부동(金剛不動) 무상밀(無上密)에 이르면,
청정부동(清淨不動) 금강밀지(金剛密智)로

부사의 금강밀심(金剛密心)과
금강밀력행(金剛密力行)에 든다.

밀(密)의 일심행(一心行) 지혜와 경계 따라
무한 차별차원 밀행밀계(密行密界)가 펼쳐진다.

이는 곧,
각성광명(覺性光明) 불지밀(佛智密)과
청정무한(淸淨無限) 대승밀(大乘密)과
차별차원 소승밀(小乘密)과
진성무한(眞性無限) 본성밀(本性密)과
인연만생(因緣萬生) 성취의 세간밀(世間密) 등이
차별이 있다.

각성광명(覺性光明) 불지밀(佛智密)은
불지(佛智) 각성광명(覺性光明)의
지(智)와 원(願)과 과(果)를 충만하게 한다.

청정무한 대승밀(大乘密)은
대승(大乘)의 지(智)와 원(願)과 과(果)를
충만하게 한다.

차별차원 소승밀(小乘密)은
소승(小乘)의 지(智)와 원(願)과 과(果)를

충만하게 한다.

진성무한 본성밀(本性密)은
본성(本性)의 지(智)와 원(願)과 과(果)를
충만하게 한다.

인연만생(因緣萬生) 세간밀(世間密)은
세간(世間)의 지(智)와 원(願)과 과(果)를
충만하게 한다.

불지(佛智)의 지(智)와 원(願)과 과(果)는
지(智)로 일체 생명의 각성(覺性)을 밝히고
원(願)으로 법계에 자비와 지혜를 구족하게 하며
과(果)로 일체 생명구제의 불지공덕(佛智功德)을
충만하게 한다.

대승(大乘)의 지(智)와 원(願)과 과(果)는
지(智)로 본성을 융통하고
원(願)으로 일체 생명을 이롭게 하며
과(果)로 자타 본성광명(本性光明)의 공덕을
충만하게 한다.

소승(小乘)의 지(智)와 원(願)과 과(果)는
지(智)로 무명(無明)을 소멸하고
원(願)으로 윤회를 벗으며

과(果)로 일체 해탈과(解脫果)를 성취한다.

본성의 지(智)와 원(願)과 과(果)는
지(智)로 자재(自在)에 들고
원(願)으로 부사의 대원심밀(大圓心密)을 이루며
과(果)로 일체원융(一切圓融) 평등에 든다.

세간(世間)의 지(智)와 원(願)과 과(果)는
지(智)로 부동(不動)의 정심(正心)이 오롯하고
원(願)으로 고(苦)와 악(惡)을 벗으며
과(果)로 심신복덕(心身福德)의 충만에 이른다.

불지밀(佛智密), 대승밀(大乘密), 소승밀(小乘密),
본성밀(本性密), 세간밀(世間密)은
각각 원만한 지(智)와 원(願)과 과(果)를 성취하고
충만하게 함은

밀(密)은
사(邪)와 악(惡), 염(念)과 식(識)이 없는
부사의 본성 청정 결정성(結定性)의
작용이기 때문이다.

밀(密)의 세계는
삼라 일체 존재의 생성 소멸의 실상 세계와
심식(心識) 작용의 무한광명(無限光明)의 세계와

심신(心身)의 삶이 복덕충만에 이르는
순수 생명작용의 세계이다.

일체가 본성에 의한 밀(密)의 세계며
밀계(密界)는 일체 존재 생성과 소멸의 실상이며
심식(心識)의 무한 광명 각성이 두루 밝은
심신(心身) 공덕이 복덕충만에 이르는
무한 순수 생명의 작용이다.

03. 밀(密)과 금강(金剛)

밀(密)은 금강(金剛)의 세계이며
금강은 부사의 밀(密)의 세계이다.

밀계(密界)는 금강계(金剛界)이며
금강계(金剛界)는 밀계(密界)이다.

밀(密)이 금강계임은
밀(密)은 파괴 없는 금강성(金剛性)이기
때문이다.

금강성(金剛性)을 밀(密)이라 함은
금강성은 부사의 성(性)이라
사의(思議)하거나 정(定)할 수 없는
불가사의 무궁(無窮) 청정결인(淸淨結印)인
성(性)이기 때문이다.

그러므로
밀계(密界)는 곧, 금강계(金剛界)이다.

밀성(密性)은 금강성(金剛性)이며
금강성은 밀성(密性)이다.

밀성(密性)에는
금강정성(金剛定性)과 금강지성(金剛智性)이 있다.

금강정성(金剛定性)은 본성 체성(體性)이며
만유만생(萬有萬生)을 유출(流出)하는
공덕밀성(功德密性)으로 법계태장계(法界胎藏界)이다.

금강지성(金剛智性)은 본성 각명(覺明)인
심지광명밀성(心智光明密性)으로 법계금강계이다.

법계태장계는 밀금강정성(密金剛定性)이며
법계금강계는 밀금강지성(密金剛智性)이다.

밀금강정성(密金剛定性)은
법계태장공덕성(法界胎藏功德性)으로
법계태장공덕성(法界胎藏功德性)을 드러내며
법계태장공덕계(法界胎藏功德界)를 발현한다.

밀금강지성(密金剛智性)은
법계금강공덕성(法界金剛功德性)으로
법계금강공덕성(法界金剛功德性)을 드러내며
법계금강공덕계(法界金剛功德界)를 발현한다.

밀(密)은
금강성(金剛性)의 부사의(不思議)이다.

금강성(金剛性)은
금강정성(金剛定性)이 밀(密)의 부사의 체(體)이며,
금강지성(金剛智性)이 밀(密)의 부사의 용(用)이다.

밀(密)의 실체는 곧, 성(性)이다.

밀(密)은
성(性)의 체(體)와 용(用)의 부사의다.

밀계(密界)는
성(性)의 성품, 체용(體用)의 세계이다.

04. 밀(密)과 성(性)

밀(密)과 성(性)은 다르지 않다.
성(性)은 밀(密)의 실체이며
밀(密)은 성(性)의 성품 부사의 작용의 세계이다.

성(性)을 밀(密)이라 함은
성(性)의 체성(體性)이 부사의하고
성(性)이 법계에 두루 충만으로 생동(生動)하며
일체 공덕을 유출하여 그 덕화(德化)가
일체 물(物)과 심(心)의 부사의 공덕으로
밀(密)의 작용이 쉼 없기 때문이다.

성(性)의 부사의 공덕의 작용 밀장(密藏)에는
법계성체공덕장(法界性體功德藏)인
법계태장공덕성(法界胎藏功德性)이 있으며,
법계지성광명장(法界智性光明藏)인
법계금강공덕성(法界金剛功德性)이 있다.

법계태장공덕성(法界胎藏功德性)은
만법계(萬法界)를 유출(流出)하고,

법계금강공덕성(法界金剛功德性)은
제존제불(諸尊諸佛)의
법계금강지혜광명계(法界金剛智慧光明界)를 이룬다.

이 모두가
성(性)의 부사의장(不思議藏) 밀성(密性)이니

이는,
성(性)의 체성공덕(體性功德) 밀장(密藏)으로
법계 만생(萬生) 금강태장계(金剛胎藏界)를 이루고

성(性)의 광명공덕(光明功德) 밀장(密藏)으로
법계광명 금강지혜광명계(金剛智慧光明界)를 이룬다.

지혜가 밝아
성(性)의 성품에 들면, 밀(密)을 깨닫고,
밀(密)을 깨달으면 성(性)의 성품
밀성밀계(密性密界)에 들게 된다.

밀(密)은
곧, 자성광명(自性光明)의 실상과 작용의
부사의 공덕장엄의 세계이다.

05. 밀(密)과 성(性)과 생명

밀(密)은 성(性)의 세계이며
성(性)은 생명의 세계이며
생명은 밀(密)의 세계이다.

성(性)이 생명이며
생명이 성(性)이다.

성(性)이 생명임은
생명의 성품이 성(性)이며
성(性)의 작용이 곧, 생명작용이기 때문이다.

생명은
생(生)이 없어 시초(始初)가 없고
죽음이 없어 종말이 없다.

처음과 끝이 없는
무시무종(無始無終)의 성품이 생명이다.

생(生)이 있고 멸(滅)이 있음은
생명(生命), 성(性)의 작용 현상인
심식(心識)과 물질의 물(物)과 상(相)이다.

여기에서
물(物)과 상(相)이라 함은
물(物)은 의식적, 물질적 존재이며,
상(相)은 존재의 형태와 모습이다.

물(物)과 상(相)은
생명인 성(性)의 작용 흐름의 현상일 뿐,
생명이 아니다.

생명은
시초(始初)가 없는 성(性)으로
소멸이나 죽음이 없이 부사의 인연을 따라 작용한다.

물(物)과 상(相)은
생명작용 흐름의 현상이다.

물(物)과 상(相)에 생명작용이 있을 때에
그 작용으로 생명이 있음을 안다.

물(物)이나 상(相)이 생(生)하여도
생명은 물(物)과 상(相)과 함께 태어남이 없이
인연을 따라 물(物)과 상(相)에 작용하고

물(物)과 상(相)이 멸(滅)해도
생명은 물(物)과 상(相)과 함께 소멸이 없어
생멸이 없는 청정성품 그대로다.

가령, 인연을 따라 구름이 생겨나도
허공이 구름을 따라 생겨난 것이 아니며,
또한,
구름이 사라져도, 허공이 구름을 따라 사라지지 않는다.

그와 같이
인연을 따라 물(物)과 상(相)이 생겨나도
물(物)과 상(相)을 따라 생명이 생겨난 것이 아니며,
또한,
물(物)과 상(相)이 사라져도
물(物)과 상(相)을 따라 생명도 사라지는 것이
아니다.

물(物)과 상(相)의 생멸(生滅)은
생명의 생멸이 아니라
생명인 성(性)의 작용 흐름의 현상이다.

생(生)과 멸(滅)은
성(性)의 인연작용 흐름의 현상일 뿐
생명이 생(生)하거나 멸(滅)하는 것이 아니다.

물(物)과 상(相)의 생멸을 따라
생명이 생멸하는 것으로 인식해도
그것은, 인연 따라 흐르는 물(物)과 상(相)의 생멸일 뿐
생명의 생멸이 아니다.

성(性)의 작용으로
물(物)과 상(相)이 생멸함은
성(性)의 섭리의 흐름인 밀(密)의 작용이다.

물(物)과 상(相)을 초월해
생명의 실체, 물(物)과 상(相)의 생명을 깨달음이
곧, 성(性)을 깨달음이며
이 지혜가 일체 초월의 지혜이다.

깨달음, 초월의 지혜는
물(物)과 상(相)의 본성이며, 실체이며, 생명인
성(性)을 깨달은 지혜이다.

성(性)을 깨달은 지혜가
초월의 지혜이며, 깨달음의 지혜이다.

초월, 깨달음의 지혜에 들기 전에는
성(性)의 작용인 물(物)과 상(相)의 생멸을 따라
생명의 생멸을 인식하게 된다.

생명과 목숨은 다르다.

생명(生命)은
생(生)은 생명(生命)의 성품이며
명(命)은 생명의 작용이 이루어짐이
명(命)이다.

목숨은
물(物)과 상(相)의 생명체가
생명 섭리의 작용을 따라 이루어지는
호흡의 작용이다.

생명은
무시무종(無始無終)의 생명 성품으로
생멸이 없는 생명성(生命性)을 일컬음이다.

목숨은
물(物)과 상(相)의 생명체 생명 활동인
호흡을 일컫는다.

성(性)이 생명이며
성(性)이 무시무종(無始無終)의 생명성이니
성(性)의 섭리 작용의 흐름으로
물(物)과 상(相)의 생멸을 드러내어도
성(性)인 생명은 생사(生死)와 생멸이 없이

일체에 걸림 없는 무애무장(無礙無障) 청정 성품이다.

성(性), 생명(生命), 물(物)과 상(相)
이 모두가 부사의 밀(密)이며
밀계(密界)이며, 밀성(密性)이며
밀(密)의 작용의 세계이다.

밀(密)의 세계는
성(性)의 세계이며, 생명의 세계이며
물(物)과 상(相)의 작용, 그 실상의 세계이다.

이는,
모든 존재의 본성의 세계이며
모든 존재의 생명의 세계이며
모든 존재의 물(物)과 상(相)의 작용
그 실상 실체의 세계이다.

이 모두가 밀(密)이다.

모든 존재의 참모습 그 자체는
생명 실상의 세계이다.

06. 생명과 물(物)과 상(相)

생명은
성(性)의 작용이다.

물(物)과 상(相)은
성(性)의 섭리의 작용을 따라 생겨난 현상이다.

생명은
바닷물과 같고

물(物)과 상(相)은
바닷물에 바람을 따라 일어나는 파도의 물거품과
같다.

바람을 따라 일어난 파도의 물거품이 사라져도
바닷물은 사라지지 않듯이

물(物)과 상(相)이

성(性)의 섭리의 작용을 따라
쉼 없는 파도의 물거품처럼 일어나고 사라져도

생명은
무시성(無始性)이며, 무종성(無終性)이라
생멸이 없어 무시무종(無始無終)의 그 모습이
청정성(淸淨性) 그대로다.

성(性)인 생명성을 깨닫지 못하면
항상 의식은 물(物)과 상(相)의 물거품을 따라
하나 되어 출렁인다.

성(性)의 섭리는
끊임이 없는 생명작용의 밀행(密行)으로
물(物)과 상(相)을 드러내어도,
생명은 부사의 인연을 따라 밀행(密行)을 할 뿐
물(物)과 상(相)과 더불어 생멸하지 않는다.

성(性)의 섭리, 생명의 밀행(密行)은
청정무연성(淸淨無緣性)의 청정공행(淸淨空行)으로
성(性)의 본 모습인 청정진성(淸淨眞性)을
잃지 않는다.

그러므로
성(性)인 생명이 밀(密)의 체(體)이다.

성(性)의 생명작용이
인식(認識)의 물(物)과 상(相)을 초월하므로
분별의 일체 추측이나, 그 무엇으로도 알 수가 없어
부사의하여 밀행(密行)이다.

물(物)과 상(相), 염(念)과 식(識)을 초월해
생명의 실체(實體)인 성(性)을 깨달음으로
물(物)과 상(相)의 생멸과 관계없는
생명 그 실체를 깨우치게 된다.

생명은
일체 물(物)과 상(相)의 체(體)이며
일체 물(物)과 상(相)은
성(性)의 섭리 생명밀행(生命密行)이
쉼 없이 출렁이는
인연의 파도를 따라 일어났다 사라지는
물거품이다.

07. 밀(密)과 지혜

밀체(密體)는 성(性)이며
밀행(密行)은 성(性)의 섭리가 흐르는 생명의 작용이며
생명작용은 물(物)과 상(相), 염(念)과 식(識)을
일으킨다.

밀체(密體)인 성(性),
밀행(密行)인 성(性)의 섭리 생명작용의 일체(一切)가
밀계(密界)이며,
이 지혜가 밀지(密智)이다.

물(物)과 상(相),
염(念)과 식(識)을 초월한 밀지(密智)로
성지(性智)에 두루 밝으면
제불(諸佛) 출현의 태장계(胎藏界)와
제불(諸佛) 지혜광명 금강계(金剛界)를 깨달아
제불(諸佛) 태장연화계(胎藏蓮華界)와
제불(諸佛) 금강광명계(金剛光明界)를 깨닫는다.

밀지(密智)는
물(物)과 상(相), 염(念)과 식(識)을 초월한
무시무종(無始無終)의 청정진성(淸淨眞性)인
무여열반(無餘涅槃)의 부사의 청정공지(淸淨空智)이다.

이는 생멸이 없고 파괴가 없는
불성보리(佛性菩提)인 대반야지(大般若智)이니
이름과 성지(聖智)를 받들어 일컬을 뿐
그 체(體)와 모습은, 이름하고 일컬을 것이 없다.

왜냐면,
일체(一切) 물(物)과 상(相),
일체(一切) 염(念)과 식(識)을 초월하였으니
그 어떤 무엇으로도 이름하고 일컬을
물(物)과 상(相)이 없는 성품이다.

그러므로,
그 체(體)가 부사의니 밀(密)이며,
상(相)이 없어도 불가사의 성품의 작용이 있어
밀(密)이라 한다.

밀(密)의 체(體)를 일컬어 밀성(密性)이라 하고
성(性)의 행(行)을 일컬어 밀행(密行)이라 하며
밀행(密行)으로 일체 물(物)과 상(相)을 생(生)하니
물(物)과 상(相)의 생명작용인 성(性)을 일컬어

이름하여 생명(生命)이라 한다.

성(性)과 생명(生命)은 한 성품이나
성(性)이라 이름하고
생명(生命)이라 달리 이름함은,
물(物)과 상(相)을 지칭하니 성(性)이라 이름하고,
물(物)과 상(相)의 생명작용을 지칭하니
생명(生命)이라 한다.

무엇이든 지칭하여 이름함은
그 현상과 작용에 근간하여 일컬으니
성(性)이다, 생명(生命)이다, 이름만 달리할 뿐
일체의 근원은 서로 다름이 없는 오직, 한 성품이다.

성(性)의 실체인
생명(生命)의 실체를 깨닫지 못하면
성(性)과 생명(生命)이 한 성품이어도,
물(物)과 상(相)의 차별상을 따라 이름을 달리함에
그 이름의 실체가 한 성품 아닌
서로 다른 것으로 인식할 수도 있다.

그러나 그 실체를 깨달으면
성(性)이 곧, 생명이며, 생명이 곧, 성(性)이다.

성(性)은

일체 물(物)과 상(相)의 근본이다.

물(物)과 상(相)의 쉼 없는 성(性)의 작용이
생명밀행(生命密行)이다.

성(性)을 깨달음이
생명의 실체를 깨달음이며
물(物)과 상(相)의 실체 그 실상을 깨달음이다.

밀지(密智)는
성(性)과 생명의 실상계(實相界)인
제불출현(諸佛出現)의 태장계(胎藏界)와
금강지(金剛智) 각성보리(覺性菩提)의 세계이다.

08. 밀(密)과 불(佛)

밀(密)은
각성(覺性)인 불(佛)의 세계이며
밀계(密界)는 불계(佛界)의 세계이다.

밀(密)은
물(物)과 상(相), 염(念)과 식(識)을 초월한
불지(佛智)의 각성계(覺性界)이니
불지(佛智)에 의해서만
부사의 청정 밀(密)의 세계를 알 수가 있다.

일체(一切) 초월 불지(佛智)는
물(物)과 상(相), 염(念)과 식(識)을 초월한
밀지(密智)이니,
불성(佛性), 불지(佛智), 불심(佛心), 불행(佛行)은
곧, 밀성(密性), 밀지(密智), 밀심(密心),
밀행(密行)이다.

밀(密)과 불(佛)은 다를 바가 없고
차별이 없으나
청정진성(淸淨眞性) 부사의 성(性)과
청정진성(淸淨眞性) 부사의 심(心)의 작용으로
부사의 성밀(性密)과 부사의 심밀(心密)이
그 뿌리가 하나이나, 차별성이 있다.

부사의 성밀(性密)은
물(物)과 상(相)과 심(心)의 조화(造化)를 드러내고,

부사의 심밀(心密)은
성(性)이 뿌리로 몸체가 하나 되어
심(心)의 무량만행만사(無量萬行萬事)인
부사의 조화(造化)가 있다.

성밀(性密)의 조화(造化)는
시방법계(十方法界) 만물만상(萬物萬象)과
시방생령(十方生靈) 만령만심(萬靈萬心)과
시방유무(十方有無) 차별세계를 드러낸다.

심밀(心密)의 조화(造化)는
시방법계(十方法界) 제불세계(諸佛世界)와
제불광명(諸佛光明) 금강지혜(金剛智慧)와
생명구제 무량방편의 부사의 청정지혜와
불가사의 자비광명 만덕만행(萬德萬行)의
부사의 조화(造化)를 행한다.

불(佛)의 일체지(一切智)는 부사의 밀지(密智)이며
불(佛)의 일체심(一切心)은 부사의 밀심(密心)이며
불(佛)의 일체행(一切行)은 부사의 밀행(密行)이다.

불(佛)의 일체(一切)는
청정적멸성(淸淨寂滅性)을 뿌리로 바탕하고
부사의 청정광명성(淸淨光明性)을 몸체로 한
청정각성행(淸淨覺性行)이다.

불(佛)의 일체(一切)는
금강성(金剛性)이며, 금강심(金剛心)이며
금강행(金剛行)이다.

불(佛)의 일체(一切)가 금강성(金剛性)임은
파괴 없는 부사의 성(性)이 바탕이기 때문이다.

불(佛)의 일체(一切)가 금강심(金剛心)임은
파괴 없는 부사의 성(性)을 바탕한 몸체를
여의지 않기 때문이다.

불(佛)의 일체(一切)가 금강행(金剛行)임은
파괴 없는 부사의 성(性)을 여의지 않은
청정광명(淸淨光明)의 각성행(覺性行)이기 때문이다.

그러므로,
불(佛)의 일체(一切)는 금강밀계(金剛密界)이다.

09. 밀계(密界)의 태장과 금강

밀계(密界)의 특성을 크게 나누면
태장계(胎藏界)와 금강계(金剛界)이다.

태장계(胎藏界)는 밀(密)의 바탕 몸체인
본성계(本性界)이다.

금강계(金剛界)는 본성을 몸체로 한
지혜(智慧)인 각성광명계(覺性光明界)이다.

태장계(胎藏界)와 금강계(金剛界)는 둘이 아닌
부사의 체용일성(體用一性)이니
태장계(胎藏界)를 여읜 금강계는 없고
금강계(金剛界)를 여읜 태장계는 없다.

태장계(胎藏界)는 금강계의 바탕이며, 몸체이다.
금강계(金剛界)는 태장계의 광명이며, 지혜이다.

태장계(胎藏界)가 없으면
금강(金剛)인 각성광명(覺性光明)의 금강계(金剛界)가
있을 수가 없고

금강계(金剛界)가 없으면
무연자비(無緣慈悲) 적멸공덕대해(寂滅功德大海)인
청정원만(淸淨圓滿) 태장연화계(胎藏蓮華界)가
있을 수가 없다.

불(佛)의
무시무종(無始無終) 무한 원만자비(圓滿慈悲)는
성(性)이 뿌리요 몸체로 한, 성(性)의 성품
금강정심(金剛定心)의 조화(造化)이며

불(佛)의
불멸(不滅) 부사의 금강지혜(金剛智慧)는
성(性)이 파괴 없는 부사의 적멸부동 광명 성품의 작용인
각성광명(覺性光明) 조화(造化)의 금강지(金剛智)이다.

성(性)의 성품은 불(佛)의 체(體)이며
성(性)의 각성(覺性)은 불(佛)의 지(智)이다.

성(性)의 무시무종(無始無終) 청정적멸의 성품은
불(佛)의 근본 체(體)이며

성(性)의 무시무종(無始無終) 청정광명의 성품은
각성(覺性)인 금강성(金剛性)으로
불(佛)의 근본 지혜이다.

불(佛)은
무시무종(無始無終) 성(性)을 바탕 몸체로 한
무연지혜(無緣智慧) 각성각명금강지(覺性覺明金剛智)와
무연자비(無緣慈悲) 청정적멸공덕행(清淨寂滅功德行)의
무상밀지밀행대각존자(無上密智密行大覺尊者)이다.

불(佛)은
무시무종(無始無終) 금강성(金剛性)이며
적멸부동(寂滅不動) 금강정(金剛定)이며
각성광명(覺性光明) 금강지(金剛智)이며
청정무상(清淨無相) 금강심(金剛心)이다.

이,
일체(一切)가 밀계(密界)이다.

이는
물(物)과 상(相),
염(念)과 식(識)을 초월한 부사의함이라
밀(密)이다.

이는

파괴되거나 파괴할 수 없으므로
금강(金剛)이다.

이 지혜는
파괴되거나 파괴할 수 없으니
금강지(金剛智)이다.

이 성품을 꿰뚫어
두루 통해, 걸림 없고 막힘 없이 자재(自在)하니
불(佛)이다.

이 성품을 바탕하고, 몸체로 한, 지혜의 성품이
부사의 적멸부동금강불신(寂滅不動金剛佛身)이다.

이 성품의 부사의한 불가사의 작용이
물(物)과 상(相), 염(念)과 식(識)을 벗어났으니
사량(思量)으론 알 수 없어 부사의하여
밀(密)이다.

이 성품은
무시무종(無始無終), 불생불멸(不生不滅),
무애무장(無礙無障), 무아무상(無我無相)이라
무연성(無緣性)이니 부사의하여 밀성(密性)이다.

일체 존재의 물(物)과
일체 존재의 모습 상(相)과

일체 분별의 염(念)과
일체 심(心)의 작용 식계(識界)인
물(物), 상(相), 염(念), 식(識)을 초월하면
당연히 깨닫고, 증득하는 불(佛)의 세계가
적멸부동성(寂滅不動性) 금강정(金剛定)과
각성광명성(覺性光明性) 금강지(金剛智)이다.

이는
청정진성(清淨眞性) 적멸부동(寂滅不動)
제불출현(諸佛出現) 태장계(胎藏界)이며,
원융청정(圓融清淨) 각성광명(圓融光明)
제불지혜(諸佛智慧) 금강계(金剛界)이다.

이는
물(物), 상(相), 염(念), 식(識)을 초월한
부사의 무연적정광명계(無緣寂靜光明界)이다.

이 성품과 작용, 일체(一切)가
밀(密)이다.

10. 밀(密)과 깨달음

깨달음은 밀(密)을 깨달음이며
깨달음의 세계는 밀계(密界)이다.

깨달음은
물(物)과 상(相), 염(念)과 식(識)을 초월해
무시무종(無始無終)의 성(性)을 깨달음이다.

깨달음이란
물(物)과 상(相), 염(念)과 식(識)을 벗어난
또 다른 세계가 있어서, 그 세계를 깨닫는 것이
아니다.

깨달음이란
물(物)과 상(相), 염(念)과 식(識)의 실체(實體)인
성(性)의 성품을 깨달음이다.

바른 깨달음으로 성(性)의 성품을 깨우치면
바로 여래장(如來藏) 밀(密)의 세계를 알게 된다.

그러나
밀(密)의 성품, 본성은 부사의 일성(一性)이라
바른 깨달음 일통(一通)으로 알 수 있으나,
밀(密)의 무궁조화(無窮造化)
만물만생(萬物萬生) 무량창생(無量創生)의 작용은
그 인연작용의 차별특성을 따라 광대(廣大)하니
밀지관행력(密智觀行力)이 깊고 광대함의
심력(心力)의 차원을 따라
밀지밀관행(密智密觀行)의 세계를 여는
부사의 차별특성이 있다.

성(性)을 깨닫고
부사의 밀(密)을 밝게 통(通)하면
물(物)과 상(相), 염(念)과 식(識)의 실체
성(性)의 부사의 밀행(密行)의 세계를 깨닫는다.

그러면
일체 물(物)과 상(相), 염(念)과 식(識)의 세계
부사의한 성(性)의 작용세계를 깨닫는다.

이는
일체 물(物)과 상(相), 염(念)과 식(識)의 실상
그 실체를 깨달음이다.

일체(一切)

물(物)과 상(相), 염(念)과 식(識)의 실상은
공상(空相)이다.

그 실체는 청정진성(淸淨眞性)인
무시무종(無始無終)인 부사의 성(性)이다.

성(性)은
생멸 없는 청정진성(淸淨眞性)으로
파괴 없는 성품, 금강성(金剛性)이다.

청정진성(淸淨眞性)인 금강성(金剛性)을 통(通)하면
성(性)이 부사의 밀(密)이며
밀계(密界)가 금강계(金剛界)임을 깨닫는다.

금강성(金剛性)인 밀계(密界)를 통(通)하면
무시무종(無始無終) 무염부동성(無染不動性)의 성품,
생동(生動)하는 청정연화계(淸淨蓮華界)인
부사의한 제불출현(諸佛出現)의 태장계(胎藏界)
청정적멸장엄계(淸淨寂滅莊嚴界)를 깨닫는다.

그러면
태장계(胎藏界)가 무엇이며
금강성(金剛性)이 무엇이며
금강정(金剛定)이 무엇이며
금강지(金剛智)가 무엇이며

연화장엄(蓮華莊嚴)이 무엇이며
무염부동(無染不動)이 무엇이며
무시무종(無始無終)이 무엇이며
불생불멸(不生不滅)이 무엇이며
환(幻)이 무엇이며
밀(密)이 무엇이며
불(佛)의 출현(出現)이 무엇이며
불지(佛智)가 무엇인가를 깨닫는다.

또한,
청정(淸淨)이 무엇이며
진성(眞性)이 무엇이며
연화(蓮華)가 무엇이며
무염(無染)이 무엇이며
실상(實相)이 무엇이며
부동(不動)이 무엇이며
각성광명(覺性光明)이 무엇인가를
깨닫는다.

이것이
깨달음이며,
언어나 사량, 또는 분별의식으로 알 수 없는
밀(密)의 세계이다.

11. 밀(密)과 교(敎)

밀(密)은 깨달음의 세계이며,
교(敎)는 깨달음 밀(密)의 각성세계를 드러내는
깨달음 실상세계 지혜의 언어(言語)와
깨달음 위한 자비(慈悲)의 무량 방편(方便)과
무량 자성공덕계(自性功德界)에 드는 가르침의 세계이다.

깨달음 언어는 깨달음의 실상세계를 드러내므로
깨달음 지혜야만 알 수 있다.

깨달음 지혜가 아니면
깨달음 언어를
물(物)과 상(相), 염(念)과 식(識)의 분별인
사량(思量)으로 인식하게 된다.

일체(一切)
물(物)과 상(相), 염(念)과 식(識)을 초월한
실상(實相) 무염지혜(無染智慧)의 깨달음 언어를

물(物)과 상(相),
염(念)과 식(識)의 분별로 수용하고 접근하면
깨달음 실상의 지혜로 드러내는 청정 실상의 언어가
염(念)과 식(識)의 빛깔에 따라 왜곡된다.

깨달음 언어는
깨달음 지혜로만 그 언어의 실체와 의미의 뜻을
바르게 알 수가 있다.

깨달음 청정세계 실상 언어의 실체는
깨달은 지혜여야만 알 수가 있다.

깨달은 자는
깨달음 실상세계를 드러내는 언어의 실상과
실체를 앎으로
실상지혜로 드러내는 언어의 의미와 뜻, 실체를 관할 뿐
사량(思量)이 없다.

왜냐면
깨달음 언어는
물(物)과 상(相), 염(念)과 식(識)을 초월한
청정성품 실상세계를 드러내는 실상어(實相語)이며,

일체상(一切相) 일체식(一切識)이 끊어진
청정각성(淸淨覺性) 지혜의 각성어(覺性語)이기
때문이다.

깨달음 언어는
언어 그 자체가 곧, 상(相)과 식(識)을 벗어난
청정 실상실체(實相實體)를 드러내는
부사의 실상청정계(實相淸淨界)의 밀어(密語)이다.

깨달음 지혜세계 실상을 드러내는 언어 수용에
깨달음 각성지혜로, 또는 관(觀)의 지혜로
또는, 자기 앎의 인식에 의지한 분별로,
또는, 언어에 의지한 사량 등으로
각자 지혜가 열린 역량으로 수용하며
이해하고, 인식한다.

홀연히
물(物)과 상(相)만 인식하고 헤아리는
관념의식이 끊어져, 깨달음으로 지혜가 밝아지면
일체 깨달음 지혜의 언어는
물(物)과 상(相)의 분별인 심식(心識)을 벗어난
깨달음 실상지혜의 각성 언어임을 깨닫는다.

깨달음은
물(物)과 상(相)의 심식(心識)을 벗어난
각성지혜(覺性智慧)의 세계이다.

교(教)는
무명(無明)의 제거와 지혜를 밝힘을 위함이니

교(敎)는 무명식(無明識)을 대상으로 이루어지며
지혜의 차원과 근기(根機)의 차별을 따라
다양한 방편과 비유의 차별세계로 펼쳐진다.

그러므로 교(敎)는
관념과 인식의 차별세계를 폭넓게 수용하고
바탕하게 된다.

교(敎)는
지혜와 관념의식(觀念意識)을 따라
무량 차별차원의 세계로 벌어지므로
그 가르침의 참 의미와 뜻을 왜곡하거나 모르면
자기 관념 속에 옳고 그름의 시비심을 가질 수도 있다.

모든 것이
자신의 목적을 위한 수단임을 분명히 깨닫고
스스로 뜻한바 그 목적의 초점을 분명히 하여
수단에 얽매인 분별의 시비심에
뜻한 그 목적의 초점을 잃어서는 안 된다.

밀(密)은
물(物)과 상(相), 염(念)과 식(識)의 차별상이 아닌
불이(不二)의 세계이나

교(敎)는
물(物)과 상(相), 염(念)과 식(識)을 따라

차별 속에 그 실상을 깨닫게 하고,
차별 없는 불이(不二)의 세계를 드러내니
물(物)과 상(相), 염(念)과 식(識)을 따라
무량 차별의 가르침인
무량의교(無量義教)와 법(法)을 따라
도(道)와 행(行)이 무량하다.

그 일체는
물(物)과 상(相)에 얽매인 심식(心識)을 제거하여
일체의 근본인 성(性)을 깨닫게 하고
성(性)을 깨달은 지혜로
본성의 청정지혜와 무량공덕 자비행을 위함이다.

깨달음의 지혜에 들면
밀(密)과 교(教)가 차별이 없고
밀법(密法)과 교법(教法)이 다를 바가 없다.

무량밀법(無量密法)이 차별이어도
성(性)을 바탕한 밀행일도(密行一道)이며

무량교법(無量教法)이 차별이어도
성(性)을 바탕한 교법일행(教法一行)이다.

다양한 차별의 밀(密)과 교(教)로 인해
다양한 견(見)과 식(識)으로 벌어져도
그 다양한 차별의 궁극점은

일체가 차별 없는 청정본성(淸淨本性)에 들기 위함이다.

밀(密)이 다르다고 그 궁극점이 다른 것이 아니며
교(敎)가 다르다고 그 궁극점이 다른 것이 아니다.

무엇이든
시비와 분별 속에 있으면
그것이 차별 속에 머물러 있음이다.

깨달음의 지혜가 밝으면
일체 사량과 분별이 청정금강지(淸淨金剛智)에 끊어진다.

제불(諸佛)이 무량하여 천만억불(千萬億佛)이어도
각각 제불(諸佛)이 시비심이 끊어져 차별이 없다.

천만억(千萬億)의 도(道)라도
일체 차별 없는 본성인 성(性)의 지혜를 벗어나면
그 도(道)는 사도(邪道)이며, 사법(邪法)이다.

천만억불(千萬億佛)의 교(敎)와 법(法)이 달라도
다만, 근기를 따라 가르침을 달리한 것일 뿐
그 교(敎)와 법(法)의 근본이 다르지 않은
성(性)을 바탕하고 지향한 일도(一道)이다.

천 가지를 행하고, 만 가지의 법을 익혀도
그 무상(無上)의 정점(頂点)은 성일봉(性一峯)이다.

불가사의 불가사의한
수승한 제불비법(諸佛秘法) 천 가지의 법을
찾아 헤매고 구하며
만 가지의 도를 닦아 지극히 궁극을 이루었어도
그 궁극은 일체 차별 없는 성(性)의 일도(一道)
무염본성(無染本性)의 각성각명(覺性覺明)이다.

일체 차별을 다 벗어나면
그것이 무상(無上)의 정점(頂点)이다.

일체 수승한 도(道)를 닦아
일체 초월한 절대 궁극을 홀로 이루었어도
그것은 일체 차별을 벗어버린 궁극인
성(性)의 정점(頂点)이다.

뜻한바
높은 의지와 기상으로
천하제일(天下第一)의 도(道)와 법(法)을 닦아
궁극 정점(頂点)을 향해 무상(無上)에 이르고자 하는
그 오롯한 궁극(窮極)의 정점(頂点)은
오로지,
자신 미혹의 일체 차별을 벗어버린

무염청정(無染淸淨) 본연일성(本然一性)인
성도일행(性道一行) 그 길이다.

인식 시선의 차별경계에서는
일체 차별의 시비심을 벗을 수가 없으나
모든 수승한 정도(正道)와 정행(正行)은
오로지, 자신의 미혹을 벗는
본연일성(本然一性)을 향한 일도행(一道行)이다.

생명을 이롭게 하고 구제함에
다만, 성품의 특성과 의식의 차별과 원력(願力)을 따라
그 지혜 방편의 갈래를 달리하니
시방 무량의(無量義) 섭수법(攝受法)이 펼쳐져
밀(密)과 현(顯), 선(禪)과 교(敎)를 따라
무량방편의 차별이 있다.

불(佛)의 무량방편의 차별을 따라
밀법(密法), 현법(顯法),
선법(禪法), 교법(敎法)으로 불설(佛說)을 달리하며
무량지혜와 무량자비의 길인
무량불도(無量佛道)의 장엄 길을 펼쳐 놓았다.

일체불(一切佛)이
법보화신(法報化身) 삼신불(三身佛)에 귀속되고
삼신불(三身佛)은 부사의 일성(一性)에 귀속되며

청정일성(淸淨一性)은 각성광명(覺性光明)을 따라
천만억불(千萬億佛)로 화현 하여도
근본일성(根本一性)을 벗어남이 없다.

교(敎)와 설(說)을 따라
천만억불(千萬億佛) 천만억법(千萬億法)이어도
불(佛)의 본성(本性)인 일성(一性)을
벗어난 법이 없다.

일체불(一切佛) 일체법(一切法)의 그 궁극은
본연일성(本然一性)으로 귀결된다.

일체불(一切佛) 일체법(一切法)에 귀의함은
무량 업력을 무르녹여
오직, 일성(一性)의 무량 공덕대해(功德大海)에
드는 길이다.

제불(諸佛)의 자비
무량방편의 일체법(一切法)이 없으면
제망찰해 무량 업력 일체중생을 구제할 길이
끊어진다.

제불(諸佛)의 무량방편 자비의 일체법(一切法)이
성(性)을 바탕하고, 뿌리로 하며, 몸체로 함이

밀(密)과 현(顯), 선(禪)과 교(敎)의 길이다.

만약, 성(性)을 벗어나면
제불(諸佛)이 있어도
생명을 구제할 법(法)과 도(道)가 사라져
밀(密)과 현(顯), 선(禪)과 교(敎)가 끊어진다.

어느 불(佛)에 귀의하고
무슨 법(法)에 의지하든
그 길의 궁극은 성(性)의 일도일행(一道一行)이다.

길을 따라
말과 글이 다르고
법(法)과 행(行)이 달라도
그 드러내는 바 실상은 본연일성(本然一性)이다.

본연일성각명(本然一性覺明) 그곳으로 향하도록
말과 글에 의지하고
무량 지혜와 무량 자비의 무량 방편 길을 따라
법(法)과 행(行)을 달리한다.

이를 닦고 행함으로
물(物)과 상(相), 일체 심식(心識)의 분별과
미혹의 사량(思量)이 끊어진다.

그러므로
이 도(道)를 이름함이 성도(聖道)이다.

12. 성밀(性密)과 심밀(心密)

성(性)과 심(心)은 다르지 않고
둘이 아니다.

성(性)이 심(心)의 본체이며
심(心)은 성(性)의 작용이다.

그러나
성(性)이 심(心)을 발현(發現)함과
심(心)이 성(性)을 수순함은
체(體)와 용(用)의 차별이 있다.

성(性)이 심(心)을 발현하여도
그 성품이 변하여 심(心)이 된 것이 아니며

심(心)이 성(性)의 체성으로 회귀(回歸)하여도
심(心)이 용(用)을 떠나거나
용(用)이 멸(滅)해 사라지는 것이 아니다.

그 까닭은
불생불멸(不生不滅) 무시무종(無始無終)의 성품
청정본성(淸淨本性) 성(性)의 성품이
청정무자성(淸淨無自性)이며
청정부동성(淸淨不動性)이기 때문이다.

용심(用心)이
성(性)을 바탕한 용심(用心)은
그 심(心)이 청정성체(淸淨性體)로
원융각명(圓融覺明) 금강지심(金剛智心)이다.

용심(用心)이
성(性)으로 돌아가 귀일(歸一)하면
그 심(心)이 청정성체(淸淨性體)로
적멸부동(寂滅不動) 금강정심(金剛定心)이다.

체(體)와 용(用)을 분별하여
그 이치를 드러내어도
성심(性心)인 금강심(金剛心)은
체(體)와 용(用)의 분별이 끊어져
금강지(金剛智)와 금강정(金剛定)이 차별 없는
불이성(不二性)이다.

성(性)의 부사의 밀(密)의 이치를 드러내고자
체(體)와 용(用)을 일컬을 뿐

체(體)와 용(用)이 따로 있는 것이 아니니
다만, 용(用)이 있으니, 그 바탕이 체(體)이며,
체(體)가 있으니 부사의 용(用)이 드러남이니
다만, 이것은 부사의 일성(一性)의 묘(妙)일 뿐이다.

무염청정(無染淸淨) 금강성(金剛性)은
상(相)이 없는 성품이니
체(體)와 용(用)을 일컬어도
지칭하고 이름할 것이 없는
부사의 밀성(密性)이다.

그러므로
성체(性體)도 부사의 밀(密)이며
성용(性用)도 부사의 밀(密)이니
무엇을 일컬어 체(體)와 용(用)을 분별하여
이름할 것이 없다.

일컫고 이름할 수 없어도
물(物)과 상(相), 염(念)과 식(識)의 조화(造化)인
만법만상(萬法萬相)이 드러나므로

물(物)과 상(相)을 따라 그 이치를 드러내니,
이름하여 그 근본을 체(體)라고 하며
그 작용을 용(用)이라 할 뿐이다.

체(體)와 용(用)은 단지,
부사의 성(性)의 이치를 일컫고
드러낼 뿐

체(體)가 있어 체(體)가 아니며
용(用)이 있어 용(用)이 아니다.

물(物)과 상(相)을 따라 일컫고 이름하니
이름함이 체(體)와 용(用)이며
일컬음이 체(體)와 용(用)일 뿐

성품이 상(相)이 없으니
그 체(體)와 용(用)의 실체와 모습이 있는 것이 아니다.

물(物)과 상(相)의 식견(識見)으로
이것을 헤아리거나 분별하여 사량(思量)하면
단멸(斷滅)이나 무기공(無記空)인
허망무실(虛妄無實)의 무견상(無見相)에
빠진다.

깨달음 지혜의 언어는
깨달음 실상의 경계라
깨달음 지혜여야 알 수가 있고

깨달음 실상의 언어를
사량과 분별의 경계에서 헤아리면
그 뜻, 의미와 언어의 진실을 벗어나게 된다.

깨달음 지혜에는
단멸(斷滅)이나, 무기(無記)나,
허망무실(虛妄無實)의 사공(死空)이나
무지무견(無智無見)의 사무(死無)가 없다.

그러므로
깨달음 실상의 언어는
깨달음 실상지혜로 수용해야 한다.

깨달음 지혜에는
물(物)과 상(相), 염(念)과 식(識)의 경계
일체 차별상이 없다.

또한, 깨달음 지혜에는
물(物)과 상(相), 염(念)과 식(識)이
다를 바 없는 같음도 없다.

이견상(二見相)을 가지거나
차별상(差別相)을 가지거나
평등상(平等相)을 가지거나
유일상(唯一相)을 가지거나
유무상(有無相)을 가지거나

무견상(無見相)을 가지거나
실상견(實相見)을 가지거나
중도견(中道見)을 가지거나

또한, 이를
분별하고 사량하면,
그 또한 차별세계를 벗어나지 못한
상(相)에 얽매인 미혹(迷惑)이다.

그러므로
상(相)을 벗어난 깨달음의 지혜가 없으면
성(性)을 알 수가 없어, 밀(密)을 모르며

사량과 분별로
성(性)을 헤아리고, 밀(密)을 생각해도
거듭 상심(相心)의 분별만 더하게 되고
추측과 사량만 거듭하여 헤아릴 뿐

그 상념(想念)이
물(物)과 상(相)을 벗어날 수가 없다.

그 까닭은
헤아림이 상(相)이며
분별이 상견(相見)에 의지한 미혹이니

사량과 분별로도 알 것 같고
아는 것 같아도
그것이 상견(相見)의 미망(迷妄)이며
혹견(惑見)이다.

그
미망(迷妄), 혹견(惑見)의 분별을 벗어나면
일체 사량이 끊어진
성(性)을 깨닫게 되고
밀(密)을 밝게 깨달으며,
무시무종(無始無終)인 금강지(金剛智)를 발하여
제불출현(諸佛出現)의 태장보궁(胎藏寶宮)인
금강정(金剛定)에 들어,
청정무염(淸淨無染) 성품의 태장연화계(胎藏蓮華界)
연화장엄(蓮華藏嚴) 존존중(尊尊中)의
본불(本佛)이 된다.

깨달음의 세계가 성밀(性密)이며
깨달음의 일체(一切) 작용인
일체지(一切智), 일체심(一切心), 일체행(一切行)이
심밀(心密)이다.

태장(胎藏)과 연화(蓮華)가 다르지 않고
연화(蓮華)와 금강(金剛)이 다르지 않고
금강(金剛)과 무염(無染)이 다르지 않고

무염(無染)과 금강지(金剛智)가 다르지 않고
금강지(金剛智)와 금강정(金剛定)이 다르지 않고
금강정(金剛定)이 태장(胎藏)과 다르지 않다.

깨달으면
일체가 다를 바 없어
두 성품과 두 모습이 없다.

깨달음으로
성(性)을 따라 심(心)의 작용이 있어
체(體)와 용(用), 정(定)과 지(智)의
부사의 공덕(功德) 묘용을 따라 일컫고 이름하니
천만억불(千萬億佛)의 시방법계가 장엄하고
무량의(無量義) 법(法)과 도(道)가
제망찰해 시야(視野)의 생명 길에 흘러넘친다.

대지 위에
수많은 나무와 꽃들이
제각각 차별장엄(差別莊嚴)을 이루었어도
그 나무와 꽃들은
일체 차별의 시비심이 끊어졌다.

일체 차별의 모습이
그 뿌리와 근원이 하나임을 알지 못하면
물(物)과 상(相)의 차별을 따라 분별하고

염(念)과 식(識)의 사량으로 벌어진다.

그 분별과 사량은
물(物)과 상(相)에 의지한 것일 뿐
그 근원이 하나의 뿌리이며
일체가 그 뿌리 조화의 작용임을 깨닫지 못한
까닭이다.

그 뿌리
체(體)도 성(性)이며
작용도 성(性)이며
드러난 상(相)도 성(性)이다.

이 일체가
부사의 밀(密)의 세계이며
밀(密)의 작용이다.

밀(密)은 성(性)의 세계이며
그 깨달음 각성세계의 일체(一切)가
심밀(心密)의 세계이다.

심밀(心密)은
근본일성(根本一性)인 부사의 밀성(密性)을 뿌리로 하며
일체의 그 근원이 성밀(性密)이다.

성밀(性密)은

불(佛)의 일체 지혜의 태장계(胎藏界)이다.

심밀(心密)은
태장계(胎藏界)의 성품 청정적멸각성(淸淨寂滅覺性)인
적멸금강지(寂滅金剛智)이다.

근원 없는 작용이 없으며
뿌리 없는 모습이 없으니
그 근원이 태장계(胎藏界)이다.

그,
부사의 성(性)과 작용이 밀(密)이다.

무염청정(無染淸淨) 물듦 없고
파괴 없는 부사의심(不思議心)이라
금강계(金剛界)이다.

그 지혜작용이 시방 청정법계에 장엄하니
청정 연화장엄 금강지(金剛智)이다.

이
일체가 밀(密)의 세계이다.

13. 밀(密)과 심법(心法)

밀(密)과 심법(心法)은
다르지 않으며, 둘이 아니다.

밀(密)을 깨달음이 각(覺)이며
밀(密)을 행함이 각행(覺行)이다.

깨달음 각(覺)에는
심(心)이 바로 밀(密)이니
깨달음 지혜에는 심(心), 밀(密), 각(覺)이
다르지 않고, 차별이 없다.

각(覺)의 일체 지혜행(智慧行)인 심법(心法)이
심밀(心密)이며, 각행(覺行)이며,
청정무염 금강지(金剛智)인 성통행(性通行)이다.

깨달음의 지혜, 부사의 금강지(金剛智)에는
밀(密)과 심법(心法)이 다르지 않아
밀(密)이 심(心)이며, 심(心)이 밀(密)이다.

밀(密)과 심(心)이 둘이면
그것은 분별인 차별심(差別心)이다.

깨달음의 심행(心行)
밀행(密行)인 금강행(金剛行)에는
일체 차별을 벗은 무염청정계(無染淸淨界)이니
밀(密)도, 심(心)도 없다.

그러므로
밀(密)이며, 청정연화(淸淨蓮華)이며
금강(金剛)이다.

밀(密)과 금강(金剛)은
일체의 궁극이며
만물, 만법의 근원이다.

이는, 일체 초월의 깨달음
궁극 실상의 각성계(覺性界)이다.

이는, 일체의 근본이며
그 실체를 일러 성(性)이라 한다.

그 성품이 상(相)이 없어
일컫고, 이름할 수 없어 묘유(妙有)의 부사의함이라
밀성(密性)이라 한다.

상(相)이 없는 그 성품 행이
여여부동(如如不動) 청정성(淸淨性)이라
부사의하고, 부사의한 극명(極明)이니
이름하여 밀행(密行)이다.

그,
성품의 조화(造化)로
일체상 만물이 시방법계에 두루 충만하여도
무염청정 그 성품은
그 모습이 변하거나 생멸(生滅)이 없으니
무염청정(無染淸淨) 진성(眞性)이며
금강(金剛)이라 한다.

깨달음의 지혜로 그 성품에 들면
이름하여, 보리(菩提)인 무상각(無上覺)이며
일체상에 걸림 없는 무염청정진성(無染淸淨眞性)이며
일체 번뇌가 끊어진 구경적멸열반(究竟寂滅涅槃)이다.

이,
일체(一切)가 밀(密)의 세계이니
밀(密)과 심법(心法)이 따로 있을 수가 없고
밀계(密界)를 벗어난 심법(心法)이
있을 수가 없다.

만약,
이와 다른 심법(心法)이 있다면

그 법(法)은 깨달음 각심(覺心)이 아니라
미혹 경계의 혹견(惑見)을 다스리는
차별법이다.

미혹(迷惑)의 혹견(惑見)이 있으면
차별 속에 있음이라 불이(不二)를 모르므로
일체(一切)에 있어서 분별과 사량(思量)을
끊을 수가 없다.

밀(密),
이 한 글과 말의 뜻에
불이성(不二性)을 모르면

고요한 마음에
분별과 사량(思量)의 물결이 일렁이고

성(性)을 몰라
허(虛)와 실(實)을 모르고
정(正)과 사(邪)를 분별하지 못해
의심하고 분별함이
스스로 혹견(惑見)을 더하게 된다.

이것은
끊임없는 무한 헤아림의 사량과 분별로도
해결될 것이 아니다.

만약,
성(性)을 깨닫거나
일체 사량과 분별의 혹견(惑見)이 끊어지면
일렁이는 망견(妄見)이 끊어져
밀(密)의 세계를 두루 밝게 통하게 된다.

근본 성품, 진(眞)과 실(實)은
무엇으로도 파괴되지 않으며, 물듦이 없으므로
금강성(金剛性)이며, 적멸성(寂滅性)이며
무염진성(無染眞性)이며, 청정성(淸淨性)이며
일체의 뿌리이며, 근본이라
이름함이 성(性)이다.

그 부사의 성품은 상(相)이 없어
무엇으로도 일컬을 수가 없고
이름할 길이 끊어졌으니,
그를
일컬어 밀(密)이라 한다.

깨닫고 알고 보면
일체가 밀(密)이다.

만약,
일체(一切)가 밀(密)이면,
분별과 사량(思量)의 미혹(迷惑)
일체 앎의 식견(識見)이 끊어진

깨달음의 각(覺)이다.

각(覺)도
일컫고 이름하여 각(覺)이라 할 뿐,

그 자체도 상(相)이 없어
일컫고 이름할 수 없는 부사의
밀(密)이다.

밀(密)은 깨달음의 지혜세계며
일체 도(道)와 법(法)과 교(敎)를 벗어버린 궁극이며
무상(無上) 지혜의 세계이다.

이를
일컫고 이름함이 금강계(金剛界)이다.

이 지혜는
파괴 없는 무상지(無上智)이니
금강지(金剛智)이다.

세세생생 닦고 닦아
그 지혜가
아무리 높고 높으며, 깊고 깊어도
무상지(無上智)에 이르지 못한 차별지(差別智)는
참다운 깨달음을 얻는 그 찰나에

파괴되어 사라진다.

그 까닭은
파괴 없는 무상지(無上智)인
금강지(金剛智)가 아니기 때문이다.

바른 깨달음의 눈을 열면
수승한 일체 차별지(差別智)도,
깨달음 완연한 무염(無染) 금강지혜(金剛智慧)의 광명에
흔적 없이 사라진다.

세세생생 쌓고 모은 수승한 지혜가
한순간 흔적 없이 사라져
분별과 사량(思量)의 티끌 한 점 없는
무연원융각명(無緣圓融覺明)이면
곧, 금강계(金剛界)이며,

파괴 없는 적멸부동원융성(寂滅不動圓融性)이면
무염청정(無染淸淨) 법신(法身)인 태장계(胎藏界)이며,
제불출현(諸佛出現) 연화장(蓮華藏) 세계인
금강정(金剛定)이다.

곧,
일체(一切)가 밀(密)이며
일체(一切)가 성(性)이며
일체(一切)가 청정연화(淸淨蓮華) 장엄한

적멸태장계(寂滅胎藏界) 연화보궁(蓮華寶宮)이다.

일체(一切)가 청정부동 적멸원융 각성광명이라
부사의하고 부사의하여, 불가사의함이라
무생(無生)이며 상(相)이 없어, 일컬어 이름할 것이 없어
그 부사의를 일컬어 이름하여
밀(密)이라 한다.

14. 밀법(密法)과 현법(顯法)

밀법(密法)은
깨달음 각성계(覺性界)의 법이다.

현법(顯法)은
불지불설(佛智佛說)에 의한 일체(一切)
법(法)의 세계이다.

밀법(密法)의 실체는
실상실체(實相實體)라, 일체 근본의 실체인
성(性)이다.

현법(顯法)의 실체는
불지(佛智)에 의한 제불설(諸佛說)로 구축된
세계이다.

밀법(密法)은
제불실체(諸佛實體)인 본성광명의 세계이다.

현법(顯法)은
제불(諸佛)이 무명(無明)의 생명을 구제하고자
무명식(無明識)의 바탕 위에 설해져
불설(佛說)에 의해 구축된
불설(佛說) 지혜광명의 세계이다.

바른 깨달음
진각(眞覺)에 들어 불지(佛智)를 이루면,

무명지(無明地)에서
현법(顯法)은 높고 높으며, 깊고 깊은
지혜의 궁극설(窮極說)이라

최상 공덕의 가치로 찬란하게 빛나며
무엇으로도 무너뜨릴 수 없어

오묘하고, 심오하며
지혜광명이 빼어나 수승하고 수승하여
파괴할 수 없고, 파괴되지 않는
광대무변한 제불제설(諸佛諸說)의 지혜광명
현법계(顯法界)가

바른 깨달음의 한 찰나에
눈송이처럼 무르녹아 이슬처럼 사라지고,
현법계(顯法界)의 환영(幻影)이

자취 없이 사라진 청정지(淸淨地)에서
진각(眞覺)의 불지(佛智)에 든다.

무명식(無明識)의 사량 위에
현법계(顯法界)의 환영(幻影)이 뚜렷하여
무너지지 않고 굳건히 건립되어 실재(實在)하며

그 환영(幻影)을 좇아
높고 높은 부사의 세계 그 궁극을 찾아 헤매고
깊고 깊은 그 의미와 뜻을 찾아 방황하고 있다면
환영(幻影)을 좇는 환인(幻人)이다.

그 법(法)의 환영(幻影)과
그를 좇는 환인(幻人)이 사라지면
그 법의 환영(幻影)과 환인(幻人)의 실체를
깨닫는다.

실상을 깨달으면
일체 방황과 혼돈의 꿈속 환(幻)이 사라져
무엇으로도 일컫고, 이름할 수 없는
참 성품 밀(密)을 깨닫는다.

현법(顯法)은
각성계(覺性界)에 들지 못한

무명식(無明識)을 제거하고자
불지불설(佛智佛說)의 무량설(無量說)로
각성(覺性)의 실상을 드러내는
무량 방편법(方便法)의 세계이다.

현법(顯法)은
중생구제를 위한 지혜와 자비의
불지불설(佛智佛說)의 방편법(方便法)이며
방편문(方便門)이다.

밀법(密法), 또한
중생구제를 위한 불지불설(佛智佛說)의 세계이다.

밀법(密法) 속에
그 성품과 작용, 부사의 공덕과 현상을 따라
제불(諸佛) 공덕의 그 세계를 이름하고
그 법(法)의 세계 공덕을 화현하여 드러내며
상중하(上中下)의 생명 일체를
불지(佛智)의 부사의 밀(密)의 일법(一法)으로
일체 생명을 각성광명(覺性光明)의 깨달음 세계
불지불락(佛智佛樂) 청정금강계(淸淨金剛界)인
불지광명(佛智光明) 청정 연화세계로 이끈다.

단지,
밀법(密法)과 현법(顯法)의 차별은

밀법(密法)은 불지실체(佛智實體)의 세계이며
현법(顯法)은 불지불설(佛智佛說)의 세계이다.

깨달음의 밝은 지혜가 열리면
밀법(密法)과 현법(顯法)이 다르지 않다.

밝은 깨달음에 들지 못하면
밀법(密法)과 현법(顯法)은 같지 않아
밀(密)과 현(顯), 두 법의 그 궁극을
요달(了達)하기 전에는
밀(密)과 현(顯)의 차별세계를 벗어나기
쉽지 않다.

마음에 하나만 있어도
그 하나가 미혹이며, 혹견(惑見)인데
마음에 둘이 존재하면
둘, 분별 속에 사량이 끊임이 없어
그 미혹을 멈출 수가 없다.

홀연 듯
둘도 사라지고,
사라진 하나 또한 벗어나면
망(妄)과 진(眞), 사(邪)와 정(正),
허(虛)와 실(實)이 둘 다 끊어져, 흔적이 없다.

둘, 아니므로 분별 이(二)를 벗어나고
불이(不二) 또한 없어, 일(一) 또한 벗어나
무시무종(無始無終)인 무염청정(無染淸淨)에 이르면
제불제설(諸佛諸說)이 심중(心中)의 티끌이며
제설불지(諸說佛智) 또한, 마음에 티끌인
환(幻)임을 깨닫는다.

현(顯)이 끊어지고, 또한 밀(密)도 끊어지면
현법(顯法)이 사라지고, 밀법(密法) 또한 사라져
현법(顯法)도 밀법(密法)도 사라진
억겁(億劫)의 허물을 벗어버린 그곳에는,
처음도 없고, 끝도 없는
한 가닥,
맑은 바람만 있을 뿐이다.

15. 밀(密)의 화현계(化現界)

밀계(密界)의 근본 불(佛)이며
주불(主佛)이 곧,
대광명(大光明) 대일여래불(大日如來佛)이며
청정법신(淸淨法身) 비로자나불(毘盧遮那佛)이다.

대일여래불(大日如來佛)과 비로자나불(毘盧遮那佛)이
다르지 않다.

대일(大日)과 비로자나(毘盧遮那)가
곧, 법신광명(法身光明)을 뜻한다.

법신광명(法身光明) 무량청정광명(無量淸淨光明)이
지(智)와 체(體)로 화현함이
대일여래 비로자나불이다.

대일여래는
일체제불(一切諸佛)의 법신(法身)이며
일체법계(一切法界)의 근본불(根本佛)이다.

법신(法身), 체(體)와 용(用)의 불이신(不二身)
무량공덕화현신(無量功德化現身)이
무량의(無量義) 지(智)와 정(定)과 공덕(功德)의
부사의 묘용(妙用)을 드러내며
법계무량불신(法界無量佛身)으로 화현한다.

나무가
가지와 줄기가 뻗어 무량의 꽃이 만발하고
그 부사의 향기가 법계를 진동해도
그 근원으로 돌아가면 뿌리는 하나이다.

뿌리는 하나일지라도
각각 인연의 가지와 그 줄기를 따라
가지의 줄기마다 잎이 돋고, 꽃이 피어나
그 꽃의 향기가
각각 가지와 줄기와 꽃을 벗어나
시방법계 일체 생명계와 허공계를 충만하게 하고
생명 감각과 정신 지각(智覺)이 깨어 있는
생명 생명의 가슴에
본성의 향기를 자각하게 하고
생명 축복의 향기를 느끼게 한다.

그것은 단지,
꽃의 향기로 비롯됨이 아니라

생명,
각성감각(覺性感覺)과 정신 지각(智覺)이 끝없이
무한히 열려있기 때문이다.

생명의 각성감각과
무한 정신 지각(智覺)이 닫혀있으면
제불(諸佛)이 진실을 설하고
하늘이 일체 모든 것을 증명하여 드러내어도

생명의 각성감각과
무한 정신 지각(智覺)이 닫혀있으면
그 확연(確然) 명백한 사실이어도
진실의 실체를 깨닫거나, 알 길이 없다.

만법의 근원과 그 실체는
누가 일러주고, 가르쳐 준다고 얻는 것이 아니다.

자신의 각성감각(覺性感覺)과
무한 밝은 정신지각(精神智覺)이 열리면
스스로 깨닫고, 스스로 깨우치며
부사의한 모든 분별의 의심이 자연히 사라진다.

그러므로, 미혹에서 눈뜸이니 깨우침이라 하며
실상을 보는 눈이 열렸으니 각(覺)이라 하며
무엇으로 얻는 바가 아니므로 본성(本性)이라 하며
본래부터 항상 깨어 있는 무한 열린 본각(本覺)이므로

보리(菩提)라고 한다.

누구에게도
또한, 무엇에 머물거나, 무엇에도 의지하지 않으므로
불(佛)이라 한다.

얻은 것은 각(覺)이 아니며
얻은바 그것은 본성이 아니며
증득하거나 이룩한 것은 본성의 보리(菩提)가 아니다.

또한,
무엇에 의지하여 벗어났거나
무엇으로 인하여 이루었다면 불(佛)이 아니다.

본래
여여(如如)히 깨어있어 각(覺)이라 하며

본래
항상 어둠 없이 두루 밝게 깨어있으니
보리(菩提)라 하며

시종(始終) 없는 근본이니 본성이라 하며

무엇에도 의지하지 않고
항상 물듦 없이 두루 밝아 청정하니

불(佛)이라 한다.

일체 인연상이
시방법계에 두루 충만 해도
무엇하나 그 근본을 벗어났거나 잃은 것이 아니며,
본래 본성을 벗어나지 않고
인연을 따라 일체상을 두루 드러낸다.

미묘한 본바탕, 체와 용의 공덕으로
그 부사의 모습을 드러내고,
지(智)와 덕상(德相)
묘체(妙體)와 묘행(妙行)을 따라 이름하니
법계 일체불(一切佛)이 화현하고
법계 일체보살도(一切菩薩道)가 출현한다.

그에
귀의하고 예경하는 수승한 지혜자들이
삼세(三世) 속에 지극하여 장엄한 법향(法香)이
시방법계를 진동한다.

일체시비(一切是非)와 일체정사(一切正邪)는
실상(實相)의 문밖 일이며,
정문(正門)에 들어서면 일체가 불이성(不二性)이며
불이문(不二門)이라,
일체시비(一切是非)와 일체정사심(一切正邪心)이

끊어진다.

그러므로
각(覺)이며, 본성이며, 보리(菩提)이며, 불(佛)이다.

각(覺), 본성, 보리(菩提), 불(佛)에는
일체시비(一切是非)와 일체정사(一切正邪)가
끊어졌다.

일체시비(一切是非)와 정사심(正邪心)은
성품의 진(眞)과 실(實)에 관계없는
상(相)의 분별, 이견심(二見心)이다.

완전하지 못하면
눈이 밝다 하나, 보는 것마다 쌓이고
귀가 어둡지 않다고 하나, 듣는 것마다 쌓이니,
보는 것이 쌓이고, 듣는 것이 모여서
스스로 마음을 어지럽히고,
옳고 그름의 분별과 시비심의 근원이 된다.

보고 들음이 티끌이 되어
자유롭지 못하면, 그것이 곧, 얽매임이다.

그 얽매임 초월 성품이 곧,
각(覺)이며, 보리(菩提)이며, 본성이며, 불(佛)이다.

만약,
일컫고, 이름할 것 있다면
그것이 바로 초월하지 못한 분별심이다.

만약,
홀연 듯 정사(正邪)가 사라지면
일체 시비(是非)뿐 아니라
각(覺), 보리(菩提), 본성(本性), 불(佛)까지 끊어져

시방법계 허공중중(虛空重重)
무진제불설(無盡諸佛說)이 광명장엄을 이루어도
무심(無心)할 뿐,

눈과 귀를 기울이며
또다시 무엇을 얻으려 하거나
구걸할 것이 없다.

제불제상(諸佛諸相) 무량신(無量身)이 화현해도
보고 듣는 눈과 귀에 의지하지 않음은,
무엇이라 일컫고 이름할
분별의 일체시비(一切是非)와 정사(正邪)가
끊어졌기 때문이다.

이,
일체(一切)가 곧, 밀(密)이다.

16. 대일여래의 태장과 금강

법신(法身)이 근본성(根本性)이며
근본성(根本性)이 대일여래(大日如來)이다.

대일여래(大日如來)는
청정법신(淸淨法身) 부사의 각성작용(覺性作用)이다.

여래(如來)는
청정적멸진성(淸淨寂滅眞性)과
청정각성광명(淸淨覺性光明)의 작용이다.

여래(如來)의
여(如)는
성(性)의 부사의 청정적멸부동(淸淨寂滅不動)
불변진성(不變眞性)이다.

여(如)는
성(性)의 적멸부동(寂滅不動)과 불변(不變)과

무자성청정(無自性淸淨), 그 체(體)를 일컬음이다.

여래(如來)의 래(來)는
성(性)의 부사의 청정작용(淸淨作用)이다.

래(來)는
성(性)의 청정적멸법신(淸淨寂滅法身)의 작용
청정공행(淸淨空行)이다.

여래(如來)는 불(佛)을 일컬음이니
불(佛)은 각성(覺性)이며, 각심(覺心)이다.

각성(覺性)은 각성광명(覺性光明)의 성품이며
각심(覺心)은 각성광명(覺性光明)의 작용이다.

법신불(法身佛)이 대일여래(大日如來)이며
대일여래(大日如來)가 법신불(法身佛)이다.

법신(法身)을 대일(大日)이라 함은
법신광명이 무변무애무한(無邊無礙無限)하기
때문이다.

법신(法身)의 공덕장(功德藏)인

대일여래(大日如來)의 대밀성(大密性) 공덕장에는
태장계(胎藏界)와 금강계(金剛界)가 있다.

이는
법신광명(法身光明) 불이(不二)의 부사의
공덕이장(功德二藏)으로
청정적멸(淸淨寂滅)의 체(體)의 공덕장(功德藏)과
각성광명(覺性光明)의 용(用)의 공덕장(功德藏)이다.

법신(法身) 체(體)의 공덕장(功德藏)은
제불출현(諸佛出現)의 청정진성(淸淨眞性)인
태장계(胎藏界)이다.

법신(法身) 용(用)의 공덕장(功德藏)은
제불광명(諸佛光明)의 부사의 각성광명(覺性光明)
지혜장(智慧藏)인 금강계(金剛界)이다.

태장계(胎藏界)는
대일여래 청정적멸진성(淸淨寂滅眞性)인
적멸부동열반체성(寂滅不動涅槃體性)이며,

금강계(金剛界)는
대일여래 청정각명진성(淸淨覺明眞性)인
부사의 각성원융광명(覺性圓融光明)의 지혜세계이다.

태장계(胎藏界)와 금강계(金剛界)는
대일여래 대밀성(大密性) 부사의장(不思議藏)
이성(二性)이다.

이는, 대일여래의 성품
불이(不二)의 이성(二性)으로
대일여래의
체정성(體定性)인 금강정성(金剛定性)과
체용성(體用性)인 금강각성(金剛覺性)이다.

이는
대일여래 무위(無爲)의 성품, 정(靜)과 동(動)이니
무위정(無爲定)과 무위각(無爲覺)의 불이성(不二性)
무위음양일성(無爲陰陽一性)으로
법신부동(法身不動)의 금강정(金剛定)과
법신광명(法身光明)의 금강각(金剛覺)이 두루 함께
불이일성(不二一性)으로 원만구족(圓滿具足)하다.

금강정(金剛定)은 무위적멸열반성(無爲寂滅涅槃性)이며
금강각(金剛覺)은 무위각명원융성(無爲覺明圓融性)으로
금강정(金剛定)을 몸체로 한 각성광명(覺性光明)이다.

대일여래 부사의 적멸부동(寂滅不動) 태장계(胎藏界)는
금강각(金剛覺) 각성원융광명(覺性圓融光明)의
근본 바탕 성품이다.

그러므로
금강각(金剛覺)은 태장계(胎藏界)를 본체로 한
원융각성광명(圓融覺性光明)이다.

태장계(胎藏界)는
원융각성광명 금강각(金剛覺)의 바탕 몸체로
금강각(金剛覺) 원융각성광명(圓融覺性光明)의 작용으로
태장계(胎藏界)의 부사의 공덕상(功德相)이 드러난다.

금강(金剛)도
태장금강(胎藏金剛)과 지혜금강(智慧金剛)이 있다.

태장금강(胎藏金剛)은
청정적멸진성(淸淨寂滅眞性)인 체성(體性)으로
적멸부동열반성(寂滅不動涅槃性)이며,
금강정(金剛定)인
청정진여(淸淨眞如)와 무여열반(無餘涅槃)과
금강삼매(金剛三昧)의 실체 진성(眞性)이다.

지혜금강(智慧金剛)은
청정각성각명(淸淨覺性覺明)인 용성(用性)으로
각성원융광명(覺性圓融光明)이며,
금강각(金剛覺)인
불지광명(佛智光明)과 무상보리(無上菩提)와
금강반야(金剛般若)의 실체 각성(覺性)이다.

태장계(胎藏界)는
성(性)의 체성(體性)으로
성(性)의 청정적멸부동(淸淨寂滅不動)
열반원융성(涅槃圓融性)이라
성(性)의 무위정성(無爲定性)이다.

이는
일체(一切)의 체성(體性)으로
제불출현(諸佛出現)의 청정적멸본성(淸淨寂滅本性)이다.

태장계(胎藏界)는
청정적멸진성(淸淨寂滅眞性)의 본체(本體)이며
대일여래(大日如來)의 근본신(根本身)이다.

이 부사의 공덕장(功德藏)
무염진성(無染眞性)인 청정적멸성(淸淨寂滅性) 장엄에서
무량의(無量義) 일체불(一切佛)이 출현한다.

이 공덕장(功德藏) 청정적멸성(淸淨寂滅性)의 성품에서
청정부동진성(淸淨不動眞性)과 적정열반(寂靜涅槃)과
무염진여(無染眞如)와 금강삼매(金剛三昧)의 공덕을
유출한다.

태장계(胎藏界)는
성(性)의 부사의 공덕 체성(體性)으로
이(理)의 적멸공덕장(寂滅功德藏)이므로

이 태장계(胎藏界)에서 제불(諸佛)이 출현한다.

금강각(金剛覺)은
부사의 지혜광명(智慧光明) 금강계(金剛界)라
성(性)의 부사의 용성(用性)이다.

이는
일체원융(一切圓融) 각성광명(覺性光明)으로
제불지혜(諸佛智慧) 각성(覺性)의 실체이다.

금강계(金剛界)는
무상불지(無上佛智) 각성광명(覺性光明)의 실체로
대일여래의 부사의 용신(用身)이다.

이 광명공덕장(光明功德藏)은
각성광명(覺性光明) 지혜장엄으로
일체불(一切佛) 무상보리(無上菩提)의 장엄이며
제불지혜(諸佛智慧)의 부사의 일체광명(一切光明)을
유출한다.

대일여래의 부사의
태장계(胎藏界)와 금강계(金剛界)는
진성(眞性)인 체(體)의 청정 태장(胎藏)과
각성(覺性)인 용(用)의 광명 금강(金剛)이니

태장(胎藏)은 적멸진성(寂滅眞性)인 체성(體性)이며
금강(金剛)은 각성광명(覺性光明)인 지혜광명이다.

그러나
태장계(胎藏界)와 금강계(金剛界)가
서로 다른 둘이 아닌 부사의 불이성(不二性)이다.

대일여래(大日如來)는
태장계와 금강계가 불이(不二)인
부사의하고 불가사의한 일신(一身)이므로
무량 일체정불(一切定佛)의 청정적멸장엄과
무량 일체각불(一切覺佛)의 청정광명장엄을
유출한다.

정(定)이 없으면 각(覺)이 발현하지 못하고
각(覺)이 아니면 정(定)이 발현하지 못한다.

정(定)을 바탕하여 각(覺)이 유출되고
각(覺)이 발현함으로 정(定)이 밝게 드러난다.

정(定)이 없으면 각(覺)이 자리할 땅이 없고
각(覺)이 아니면 정(定)의 공덕 여실함이
드러날 길이 없다.

정(定)은 각(覺)에 의해 드러나고
각(覺)은 정(定)에 의해 발현한다.

각(覺)과 정(定)은 둘이 아니니
어느 것 하나 없으면 둘을 다 잃고,
어느 것 하나가 뚜렷이 명료하면
그 속에 또 다른 하나가 한 몸으로 바탕이 되어 있다.

그 중, 어느 것 하나라도
숨거나 감춤 없이 그 모습 완전히 드러나면

지혜의 완전한 밝음에
불이(不二)의 두 모습이 혼연히 하나 되어

이와 저를 따로 나눌 수 없고
하나인 듯 둘이며, 둘이듯 하나이나

서로 서로가
인(因)이며, 연(緣)이며, 바탕이 되어
쌍(雙)인 듯 하나이며, 하나인 듯 쌍(雙)이니

부동(不動)의 청정함과 밝음의 명료함이 한 몸이라
이와 저를 분별할 수가 없다.

그러나

지혜가 명료히 밝으면
쌍(雙)인 둘이 곧, 불이(不二)임을 명료히 보며

둘,
그 또한, 원융의 하나이나
밝은 지혜 광명에는
그 또한, 체(體)와 용(用)으로 부사의 같지 않음이
명백히 드러난다.

이는,
거울과 같음이니
티없이 맑고 고요한 적정(寂淨) 체성(體性)이 없으면
두루 밝게 비추는 거울의 작용성이 있을 수가 없고
두루 밝게 비추는 작용성이 있음은
그 작용이 적정 체성(體性)을 바탕하기 때문이니
적정(寂淨) 체성(體性)을 바탕하지 않으면
두루 밝게 비추는 작용성을 드러낼 수가 없다.

또한, 두루 비치는 작용성이 없으면
적정(寂淨) 체성(體性)의 공덕을 드러낼 길이 없고
두루 비추는 작용성이 있음으로
곧, 적정(寂淨) 체성(體性)의 공덕이 드러남이다.

이처럼, 정(定)과 각(覺)은 체용불이(體用不二)이니
쌍(雙)인 듯 하나이며, 하나인 듯 쌍(雙)이다.

이는
정(定)은 각(覺)의 밝음이 두루 원융으로 작용하게 하고
각(覺)은 정(定)의 무한 공덕을 두루 드러나게 함이다.

일체 분별은
이견(二見)의 분별심에서 일어난
사량이며 시비심이니

이견(二見)이 사라져 분별심이 끊어지면
사량과 시비심이 끊어져
눈과 귀가 없어도

태장계(胎藏界)와 금강계(金剛界)
금강적멸성(金剛寂滅性)과 금강각명성(金剛覺明性)이
불이(不二)의 일신(一身)인
부사의불(不思議佛) 대일광명여래(大日光明如來)를
친견하게 된다.

일체(一切), 시비심이 끊어지면
사량과 분별에 일렁이는 눈과 귀가 사라져
대일여래(大日如來)인 대광명불(大光明佛)이
명료히 드러난다.

그 모습

각(覺)과 정(定)이 한 몸이라
각(覺)을 여윈 정(定)이 없고
정(定)을 여윈 각(覺)이 없다.

사량과 분별, 이견(二見)을 여의면
대일여래(大日如來) 부사의 불신광명(佛身光明)이
시방법계에 두루 원만구족하다.

이견심(二見心)이 있으면
마음에 정(正)과 사(邪), 허(虛)와 실(實)의
사량 분별 망견(妄見)만이 가득해
정(定)과 각(覺)뿐만 아니라
대일여래의 법신광명을 향한 정도(正道)를 잃는다.

미혹의 헤아림인
사량과 분별이 끊어져 이견(二見)이 사라지면
찾고 구하지 않아도

여여(如如)한 법신광명
대일여래(大日如來)의 불신(佛身)을
밝고 밝은 광명지혜로 명료히 친견하여
일체 의심이 끊어진다.

마음에

미혹(迷惑)의 이견심(二見心)이 끊어져
티 없는 지혜가 크게 밝고 밝아야만 볼 수가 있어
대일여래(大日如來)이다.

대일(大日)은
미망(迷妄)과 망견(妄見)이 없는 심광(心光)을
바로 일컬음이다.

여래(如來)는
자비와 지혜의 청정작용이니, 이는
둘 없는 청정심, 청정지혜 무한광명의 작용이다.

둘을 벗어나고
둘을 벗은 하나 또한 벗어나고
벗어날 것 없는 그 자체도 벗어나
일체가 끊어져 적멸(寂滅)이면

홀연 듯
청정적멸(淸淨寂滅) 무연광명(無緣光明)
태일심광(太一心光) 대원광명(大圓光明),
대적광명여래불(大寂光明如來佛)인
대일여래(大日如來) 법신불광(法身佛光)
부사의 원융광(圓融光)이 방(方) 없이 두루 하여
무한 시방 충만이다.

17. 대일여래의 자비와 지혜

대일여래(大日如來) 공덕장엄에서
법신체성(法身體性) 적멸공덕 작용인 자비와
법신각성(法身覺性) 광명공덕 작용인 지혜가 있다.

무량 자비의 수용성(受用性)은
법신(法身) 적멸체성(寂滅體性)의 작용으로
수용하고 화합하며, 섭수하고 융화하는
적멸성체(寂滅性體)의 공덕발현이다.

무량 지혜의 각명성(覺明性)은
법신(法身) 원융각성(圓融覺性)의 작용으로
걸림이 없이 두루 밝고, 어둠이 없이 항상 깨어있는
각성보리(覺性菩提)의 공덕발현이다.

최고 최상공덕의 무한(無限) 자비와
최고 최상공덕의 무상(無上) 지혜는

반드시,

최고 최상 공덕체인 근본 본성을 바탕해야
그 공덕이 청정하고 무한하며,
머물거나 물듦이 없는 최상 무한공덕을 발현한다.

무엇이든,
근본 본성의 지혜를 벗어나면
일체(一切)가 식심(識心)의 작용이라
사량 분별의 이견상(二見相)에 떨어져
청정하여 물듦이 없고 장애가 없는 최상공덕을
발현할 수 없다.

제불(諸佛)은
본성 청정적멸본각행(淸淨寂滅本覺行)이므로
제불행(諸佛行)은 무엇에도 물듦이 없는
제식(諸識)을 벗어난 적멸진성행(寂滅眞性行)인
적멸원융(寂滅圓融) 각명행(覺明行)이다.

그러므로 제불(諸佛)은
본 성품 적멸진성(寂滅眞性)과
원융무애(圓融無礙) 각성광명을 벗어남이 없어
불(佛)이라고 한다.

일체제불(一切諸佛)은
본성인 불(佛)의 각성을 벗어나거나
여의지를 않는다.

왜냐면,
본각(本覺)에 들어 각성지(覺性智)를 발현하면
자성(自性) 일체(一切)의 성품이
각성(覺性) 보리(菩提)의 성품이니

불(佛)은
본각(本覺)을 벗어나거나, 여읨이 없어
일체행(一切行)이 청정본성 원융본각행이다.

그러므로 제불(諸佛)은
그 심(心)이 무염청정하고, 일체행이 머묾이 없어
제불제행(諸佛諸行)이 일체 궁극을 넘어선
법계 최상공덕행이다.

제불(諸佛)의 각성광명행이 부사의며
그 일체 지혜의 부사의 공덕행을 측량할 수가 없어
무량 무한 일체행이 부사의하고 불가사의하다.

일체제불(一切諸佛)의 행이
본성을 벗어나지 않음으로
제불일체행(諸佛一切行)이 적멸(寂滅)의 본성행이며
각명(覺明)의 본각행이다.

불(佛)은
적멸 본성 공덕행으로 일체 부사의 자비를 행하며

각명 본각 공덕행으로 일체 부사의 지혜를 행한다.

그러므로
불(佛)의 무한공덕 자비행은
본성 청정적멸행이라 무엇에도 물듦이 없고,
불(佛)의 무량광명 지혜행은
본각 청정각명행이라 일체에 장애가 없다.

불(佛)의 자비와 지혜는
사량 분별의 제식(諸識)을 벗어난
본성 각력행이므로, 그 청정공덕이 부사의하고
각성광명 무한 무량공덕행이
일체 사량과 분별의 경계를 벗어났다.

불(佛)의 각성에는
자비와 지혜의 경계가 없어 둘이 아니니,
그 성품이 무량청정하여
일체 생명을 자비심으로 수용하고 섭수한다.

또한, 그 성품이 원융하여 두루 밝아
일체 생명을 각성광명의 밝은 지혜로 이끌어
무엇에도 걸림이 없이 수용하고 섭수한다.

자비와 지혜가 둘이면
이견(二見)을 벗지 못했음이다.

자비가 바로 지혜이며, 지혜가 바로 자비임은
무염 청정 물듦 없는 본성의
둘 없는 한 성품의 행이기 때문이다.

자비가 지혜의 성품과 다르고
지혜가 자비의 성품과 다르면

분별의 식심(識心)이니
그 일렁임 식심(識心)이 사라지면
자타가 없는 밝은 한 성품의 원융작용일 뿐이다.

무엇이든
차별 속에 구분하고 분별하며
이와 저를 가름함이
밝고 밝은 한 성품 밖의 일이다.

밝고 밝은 한 성품에 이르면
모두 오직, 뚜렷한 한 성품의 부사의 행일 뿐
이와 저가 따로 있지 않다.

나 있음으로 지혜가 있고
나 있음으로 자비가 있으면
나를 바탕한 분별의 지혜와 자비이다.

홀연 듯, 불지(佛智)에 들면

나 없는 성품이 곧, 밝은 지혜이며
나 없는 성품 행이 곧, 무량 자비이다.

어쩜, 하나인 듯하고
어쩜, 둘인 듯하나

나 없는
그 성품은 본래 청정하여 상(相)이 없어
그러한 분별도 없다.

오직,
걸림 없이 밝으면 지혜이고
걸림 없는 무한 수용은 자비이니
그 작용을 따라 두루 밝고 밝게 비추므로

그 이름이
대일여래(大日如來)이다.

대일여래(大日如來)는
지혜와 자비가 둘 없는 한 성품이다.

원융히 밝으면 그것이 지혜이며
원융한 무한 수용(受用)이 자비이다.

지혜의 성품과 자비의 성품이 다르지 않아
지혜의 성품을 잃으면 자비가 사라지고
자비의 성품을 잃으면 지혜가 끊어진다.

지혜가 있는 곳이 자비의 바탕 성품이며
자비가 있는 곳이 지혜의 바탕 성품이다.

지혜도 나 없는 성품의 무한 밝음이며
자비도 나 없는 성품의 무한 수용이니

성품은 청정할 뿐, 분별이 없어
모습이 없는 밝음만 뚜렷할 뿐이다.

그것이
지혜와 자비가 둘 없는 성품의 실체이다.

18. 밀(密)과 현(顯)의 융화

한 나무에서
다양한 가지와 잎과 꽃과 열매가 서로 차별이라
그 차별만 알고 있거나, 본다면

그 나무 생태의 흐름과 작용
이(理)와 사(事)의 작용이 현현(顯現)한
나무 전체의 참모습을 알 수가 없다.

땅 위에 서 있는
그 나무의 각각 다른 모습과 작용은,
보이지 않는, 땅속 뿌리의 작용에 의함이다.

보이지 않고, 드러나지 않으나
땅속 나무뿌리의 특성과 그 작용을 알면,
다양한 가지와 잎과 꽃과 열매의 그 차별을
전체를 보는 시각에서 인식하고
이해하게 된다.

드러나지 않아, 보이지 않는
그 나무의 뿌리, 인성(因性)의 섭리와 작용을 알면,
땅 위에 드러나는 시각적 차별의 전체 모습을
이해하게 되고,

각각 서로 다른 모습이
뿌리의 인성(因性)에 의한 현상임을 깨닫는다.

무엇이든, 근원의 특성과 작용을 밝게 알면
전체를 보거나 앎에, 이해되지 않을 것이 없고,
생각과 견해가 지엽(枝葉)을 벗어나지 못하면
전체의 섭리를 두루 통할 수가 없다.

밀(密)은 보이지 않는 나무의 뿌리와 같고
현(顯)은 땅 위로 나무가 드러난 모습과도 같다.

또한,
밀(密)과 현(顯), 외에 교(敎)가 있으니

교(敎)는
보이지 않는 나무의 뿌리와
땅 위 나무의 다양한 모습과 그 특성
그 성질을 배우고 익혀
뿌리 및 나무 전체를 잘 관리하고
이롭게 하기 위한, 지혜 나무에 대한 가르침이다.

밀(密)은 나무의 실제(實際)이며
현(顯)은 작용 현상이 드러남이며
교(敎)는 나무에 대한 객관적 가르침이다.

밀(密)과 현(顯)을 일반적으로
밀(密)은 밀법(密法)이나
밀교(密敎)로 인식하여 사용하기도 하고

현(顯)을 교법(敎法)이나
교설(敎說)로 인식하여 사용하기도 한다.

그러나
현(顯)에도 밀(密)의 현(顯)이 있으며
교(敎)의 현(顯)이 있다.

또한,
밀(密)의 밀(密)과 밀(密)의 현(顯)을 아울러
밀법(密法)이라 하기도 한다.

밀(密)의 밀(密)은
밀(密)의 실체(實體)의 실제(實際)
곧, 성(性)의 부사의 작용의 밀밀(密密)함이며

밀(密)의 현(顯)은
밀(密)의 작용과 행에 의해 드러남이다.

밀(密)의 현(顯)은
성(性)의 밀밀(密密)한 부사의 작용으로
일체 만상이 드러나고 변화하는 자연적 현상이며

또한,
제불 보살의 부사의 무량 지혜와 삼매에 의한
심(心), 행(行), 신(身), 구(口), 설(說),
수인(手印), 결인(結印), 좌법(坐法) 등의
부사의 행(行)이다.

현(顯)뿐만 아니라, 밀(密) 또한
현(顯)의 밀(密)이 있으며
교(敎)의 밀(密)이 있다.

현(顯)의 밀(密)은
드러나는 모습 실체의 부사의 인연작용이다.

교(敎)의 밀(密)은
교법(敎法)과 교행(敎行)의 실제 증험으로
어떤 행위나 언어로 드러낼 수 없는
깨달음에 의한 교(敎)의 실제 체험이다.

현(顯)은
드러나는바, 사실적 그러함이며

밀(密)은
사실적 실제(實際)의 작용이다.

궁극을 넘어 선
밝은 지혜의 제불심행(諸佛心行)은
자성광명(自性光明)의 밀행(密行)으로

불심(佛心), 불행(佛行), 불신(佛身), 불구(佛口),
불설(佛說), 불수인(佛手印), 불결인(佛結印),
불좌법(佛坐法) 등의 부사의 밀현(密顯)과
불설(佛說)의 교법(敎法)으로 드러난다.

자성광명(自性光明)에 미혹한 심성을 위한
불지혜(佛智慧)의 대비심 일체의 가르침은
밀(密)과 현(顯)과 교(敎)를 인연하여
자성광명(自性光明)의 선과(善果)를 얻도록 하는
무량 지혜의 방편이다.

교(敎)의 가르침을 따라 수행하여
그 심성이 지극하여 극밀(極密)함에 이르면
언설이 끊어진 현현밀밀광명(顯顯密密光明)으로
밀지밀행(密智密行)의 궁극을 또한 꿰뚫어
교(敎)와 밀(密)을 넘어선
두루 자재한 일체 초월인(超越人)이 된다.

또한,
밀(密)의 가르침을 따라 수행하여
그 심성이 지극하여 극밀(極密)함에 이르면
밀행밀법(密行密法)도 끊어져 초월한
현현명명(玄玄明明)의 현광(顯光)에 들어
밀(密)의 극(極)을 벗어나고
교(敎)의 궁극 그 실체도 두루 꿰뚫어 벗어나
밀(密)과 교(敎)를 넘어선
두루 자재한 일체 초월인(超越人)이 된다.

일체 가르침인
밀(密)과 현(顯)과 법(法)과 교설(敎說) 등은
자성밀(自性密)에 의해 자성광명의 지혜세계인
자성현광(自性顯光)이 드러나고,
자성현광(自性顯光)을 따라 법을 세우고 건립하여
그 바탕과 토대로
일체 교설(敎說)이 이루어진다.

일체 교설은
자성현광(自性顯光)을 바탕한 법(法)이며,
자성현광(自性顯光)은 부사의 법계체성(法界體性)인
자성밀(自性密)에 의한 발현이다.

밀(密)과 현(顯)과 법(法)의 일체 교설은
일체에 물듦 없는 자성광명에 들어

제불(諸佛) 심인(心印)의 청정지혜에 들게 함이다.

밀(密)과 현(顯),
법(法)과 교설(敎說) 등의 인연을 따라
자성광명(自性光明)으로
제불심인(諸佛心印)의 밀심밀인(密心密印)에 들어
밀지밀행(密智密行) 제불(諸佛)의 일신(一身)으로
스스로 밝고 밝은 자성광명의 부사의 밀(密)과
현(顯)과 교설(敎說) 등으로
일체 생명의 업(業)을 따라 이롭게 해야 한다.

또한,
밀(密)과 현(顯)과 교(敎)를 벗어나
누구도 설(說)하지 않았고
누구도 가보지 않은 최상 무연무상법(無緣無上法)으로

일체 생명 업(業)의 인연상을 따라
불가사의 불멸공덕(不滅功德)
무량(無量) 무한(無限) 무상무일법(無上無一法)으로

일체 무량 생명을
업(業)의 인연상을 따라 거두어
밝고 밝은 자성광명의 자비심으로
지혜로 이끌어 유익하게 해야 한다.

일체는
마음의 그림자이니
마음은 오직, 무상(無上)의 밝음 뿐
티끌이 없다.

2장_ 대일 여래의 5지(五智)

01. 5종지혜(五種智慧)

대일여래(大日如來)는
5종지혜(五種智慧)로 두루 구족 원만하다.

대일여래의 5종지혜는
제불(諸佛)이 두루 갖춘 불성(佛性)의 지혜이다.

왜냐면, 불(佛)은
5종지혜(五種智慧)를 두루 원만히 갖추었기
때문이다.

5종지혜를 원만히 갖추지 못하면
완전한 불지(佛智)에 이르지 못한다.

대일여래의 5종지혜(五種智慧)는
첫째 법계체성지(法界體性智)
둘째 대원경지(大圓鏡智)
셋째 평등성지(平等性智)
넷째 묘관찰지(妙觀察智)

다섯째 성소작지(成所作智)이다.

5종지혜는 불지행(佛智行)의 지혜이니
제불지행(諸佛智行)은 5종지혜를 근본하여
이루어진다.

5종지혜는 불지행(佛智行)의 작용을 따라
분별한 것일 뿐
서로 다른 것이 아니다.

5종지혜의 성품에 들면
각각 지혜의 성품이 한 성품의 작용이니
각각 지혜가 한 성품의 불이원융(不二圓融)이나
부사의 불지행(佛智行)의 세계를 분별하면
5종지혜의 발현이다.

5종지혜(五種智慧)는
본성을 바탕한 완전한 지혜일 뿐
각각 닦아 완성하는 것이 아니다.

본성의 성품을 깨달아
본성의 지혜로 완전한 성품의 근원에 들면
5종지혜를 두루 밝게 통한다.

본성의 지혜를 발하지 못하였으면
각각 5종지혜의 차별을 따라 점차 닦을 수는 있으나

그것은 5종지혜를 발(發)하기 위한
심식(心識)을 바탕한 인위적 수행이라
5종지혜의 바른 수행은 아니다.

5종지혜를 얻기 위한 수행은
단지, 5종지혜에 들기 위한 인위적 행위일 뿐
그 자체가 5종지혜가 될 수는 없다.

본성의 지혜에 들지 못하면
5종지혜의 정도(正道) 수행은 할 수가 없다.

그러나
수행자의 수행 업력(業力)과 지혜에 따라
바른 수행지혜에 들 수 있도록 수행함으로
각성발현에 따라 바람직한 결과를 얻을 수가 있다.

5종지혜 중에 어느 지혜든
바른 지혜에 들기 위해서는
반드시, 본성을 깨달은 지혜를 바탕해야
5종지혜의 바른 수행에 들 수가 있다.

본성을 깨닫기 이전의 수행은
본성의 성품을 수용할 각성(覺性)의 지혜가 없어
5종지혜의 수행을 하여도 그 수행은
5종지혜의 성품을 수순하는 것이 아니라
5종지혜의 바른 수행에 들기 위한 수단으로

의식의 사량과 분별 속에 이루어지는
5종지혜를 향한 인위적 행위이다.

5종지혜를 위한 어떤 수행이든
수행력이 깊어져 홀연 듯 본성을 깨달아
본성의 지혜를 발하면
5종지혜에 대한 바른 이해를 한다.

깨달음으로 본성의 지혜를 발하면
깨달은 본성의 지혜를 바탕으로 부사의 경계를 따라
5종지혜를 더욱더 밝혀나가면 된다.

각성(覺性)의 작용을 따라
5종(五種)의 성품으로 지혜의 차별을 두었으나
불각(佛覺)의 본성에는
오직, 각성원융일지(覺性圓融一智)일 뿐이다.

본성원융일지(本性圓融一智)에 들면
부사의 차별의 인연을 따라
각성5지광명(覺性五智光明)을 발한다.

본성을 깨닫는 각종 수행으로
본성의 성품을 깨달은 바른 지혜를 발하면
그 수행이 어떤 수행이었든
5종지혜에 대한 바른 지혜의 경계에 든다.

그 까닭은,
어떤 수행의 인연이었든
본성 성품의 바른 깨달음을 얻으면
불이자성(不二自性)인 본성에 들기 때문이다.

5종지혜는
본성의 성품을 수순하여
인연의 경계를 따라 본성의 지혜를 행하는
한 성품 지혜의 차별일 뿐이다.

지혜 성품의 인연을 따라
5종지혜로 분별하나
각심(覺心)에는 차별이 없는 원융일심(圓融一心)일 뿐
5종지혜가 다르거나, 각각 차별이 있을 수가 없다.

그것은
각각 지혜의 성품이 다르지 않고
지혜가 일체 인연을 따르는 본성 성품의 작용인
원융조화(圓融造化)일 뿐이다.

이를 비유하면
한 거울이 인연을 따라 비치는 그 모습이 달라도
비치는 모습이 다르다 하여 다른 거울이 아니며

또한,
거울에 비치는 모습을 따라

거울이 달라지는 것이 아니다.

거울에 비치는 그 모습은 인연을 따라 달라도
거울이 달라지는 것이 아니며,
거울에 비치는 모습이 달라도
거울은 다를 바가 없다.

5종지혜는
본성의 밝은 성품이 인연사를 따를 뿐
차별 없는 한 성품의 지혜이다.

02. 5종지혜(五種智慧)의 성품

5종지혜(五種智慧)의 성품은

첫째 법계체성지(法界體性智)는
성(性)의 체(體)인
일체 만법의 체성지(體性智)이다.

이는, 성(性)의 체성지(體性智)로
무시무종(無始無終) 적멸부동성(寂滅不動性)인
청정열반성(淸淨涅槃性)의 성품 지혜이다.

이는
일체가 적멸(寂滅)한 성품이다.

그러므로, 삼라만상의 일체를 수용하고
섭수하지 못함이 없는 성품이며,
일체불(一切佛)의 체성(體性)으로
부사의 일체 자비의 모체(母體) 성품이다.

둘째 대원경지(大圓鏡智)는
성(性)의 밝고 밝은 각성광명(覺性光明)으로
일체불(一切佛)의 각성지(覺性智)이다.

이는, 성(性)의 각성광명(覺性光明)으로
무시무종(無始無終) 원융무애성(圓融無礙性)인
각성광명성(覺性光明性)의 성품 지혜이다.

이는
밝고 밝아 항상 깨어있는 성품이다.

밝은 각명(覺明)은
법계 일체를 원융히 두루 비치어
모르는 바 없이 밝게 다 알며,
그 밝은 광명에 드러나지 않은 것이 없는
일체불(一切佛)의 각성광명이다.

그 각력(覺力)에
일체 사견(邪見)과 혹견(惑見)이
파괴되지 않음이 없고,
그 성품이 무시무종(無始無終)의 부사의 밝음으로
무엇으로도 파괴할 수 없고
무엇에도 파괴되거나 변함 없는
일체불(一切佛) 금강지혜의 실성(實性)이다.

셋째 평등성지(平等性智)는
성(性)이 무엇에도 물듦이 없고 걸림이 없는 성품
청정진성(淸淨眞性)의 성품 지혜이다.

이는, 성(性)의 부사의 모습으로
무시무종(無始無終) 무염청정성(無染淸淨性)인
무연청정(無緣淸淨) 진여성(眞如性)의 성품 지혜이다.

이는
법계 일체 무염청정(無染淸淨)의 성품이다.

그러므로
삼라만물의 일체상(一切相)과
미혹심식(迷惑心識)의 일체상(一切相)과
각식(覺識) 작용의 일체상(一切相)에 물듦이 없어
무시무종(無始無終) 무염청정성(無染淸淨性)으로
상(相)과 식(識), 미(迷)와 각(覺),
무엇에도 물들거나 이끌림이 없는
무염진여(無染眞如)의 실성(實性)이다.

이는
일체불(一切佛)이 무엇에도 물듦 없는
청정불심(淸淨佛心)의 실성(實性)이다.

넷째 묘관찰지(妙觀察智)는

심(心), 식(識), 물(物), 상(相)의 성품이
실체가 없는 무자성지(無自性智)이다.

이는
성(性)의 자성지(自性智)로
상(相)의 실상(實相) 자성지(自性智)니,
무시무종(無始無終) 무자성상(無自性相)으로
일체물(一切物)과 일체심식(一切心識)이
무자성청정(無自性淸淨)한
청정자성지(淸淨自性智)의 성품 지혜이다.

이는
일체 상(相)이 없어 자성청정(自性淸淨)한
성품이다.

이는
일체 상(相)과 아(我)의 법상(法相)이 없어
일체 대(對)함에 자성 성품이 청정하다.

이는, 제불(諸佛)이
심(心), 식(識), 물(物), 상(相)의 일체상을 대함에
상심(相心)이 일어나지 않고
그 성품이 청정하여 자성(自性)이 평등함이다.

이는
상(相) 없는 본성 성품의 지혜인

무자성심(無自性心)으로 제불용심(諸佛用心)의
성품이다.

다섯째 성소작지(成所作智)는
성(性)의 작용 무주성(無住性)의 지혜이다.

이는
일체 만물만법(萬物萬法), 만심만식(萬心萬識)의 작용
성품의 지혜이다.

이는
무자성심(無自性心)인 무주성(無住性)으로
부사의 인연을 따라 작용하는 묘용(妙用)의 지혜이다.

이는
성(性)의 작용 용심지(用心智)로
무시무종(無始無終) 부사의사(不思議事),
무주묘행(無住妙行) 성(性)의 묘용(妙用)으로
무주무상행(無住無常行)인 무주성(無住性) 성품의
지혜이다.

이는
일체가 무주무상(無住無常)의 성품이다.

이는

일체 심(心), 식(識), 물(物), 상(相)의 작용이
멈춤이나, 머무름이 없는 성품의 지혜이다.

이 지혜의 성품은
일체 심(心), 식(識), 물(物), 상(相)이
생겨나거나, 소멸하거나, 영원하거나,
영원하지 않거나 함이 없는 성품이다.

이는
일체불(一切佛)이 무엇에도 머무름이 없는
성(性)의 성품 수순행으로
부사의 제불심행(諸佛心行)의 성품이다.

법계체성지(法界體性智)는
적정부동성(寂靜不動性)인 열반부동지(涅槃不動智)이며

대원경지(大圓鏡智)는
원융각명성(圓融覺明性)인 각성각명지(覺性覺明智)이며

평등성지(平等性智)는
자성평등성(自性平等性)인 무염진여지(無染眞如智)이며

묘관찰지(妙觀察智)는
제상비상성(諸相非相性)인 청정무상지(淸淨無相智)이며

성소작지(成所作智)는
제행무주성(諸行無住性)인 무주무아지(無住無我智)이다.

법계체성(法界體性)은 자성체(自性體)이며
대원경(大圓鏡)은 자성각(自性覺)이며
평등성(平等性)은 자성심(自性心)이며
묘관찰(妙觀察)은 자성상(自性相)이며
성소작(成所作)은 자성행(自性行)이다.

법계체성(法界體性)은 본성(本性)이며
대원경(大圓鏡)은 각성(覺性)이며
평등성(平等性)은 심성(心性)이며
묘관찰(妙觀察)은 상성(相性)이며
성소작(成所作)은 용성(用性)이다.

법계체성지(法界體性智)는 본성지(本性智)이며
대원경지(大圓鏡智)는 본각지(本覺智)이며
평등성지(平等性智)는 본심지(本心智)이며
묘관찰지(妙觀察智)는 본상지(本相智)이며
성소작지(成所作智)는 본아지(本我智)이다.

법계체성지(法界體性智)는 체성지(體性智)이며
대원경지(大圓鏡智)는 각성지(覺性智)이며
평등성지(平等性智)는 진여지(眞如智)이며
묘관찰지(妙觀察智)는 무상지(無相智)이며

성소작지(成所作智)는 무아지(無我智)이다.

법계체성지(法界體性智)는 공체지(空體智)이며
대원경지(大圓鏡智)는 공각지(空覺智)이며
평등성지(平等性智)는 공심지(空心智)이며
묘관찰지(妙觀察智)는 공상지(空相智)이며
성소작지(成所作智)는 공행지(空行智)이다.

법계체성지(法界體性智)는 진성체성지(眞性體性智)이며
대원경지(大圓鏡智)는 진성각명지(眞性覺明智)이며
평등성지(平等性智)는 진성무염지(眞性無染智)이며
묘관찰지(妙觀察智)는 진성묘법지(眞性妙法智)이며
성소작지(成所作智)는 진성묘용지(眞性妙用智)이다.

법계체성지는 무연열반성지(無緣涅槃性智)이며
대원경지는 무연보리성지(無緣菩提性智)이며
평등성지는 무연진여성지(無緣眞如性智)이며
묘관찰지는 무연무상성지(無緣無相性智)이며
성소작지는 무연무아성지(無緣無我性智)이다.

법계체성지(法界體性智)는 각체(覺體)이며
대원경지(大圓鏡智)는 각명(覺明)이며
평등성지(平等性智)는 각심(覺心)이며
묘관찰지(妙觀察智)는 각상(覺相)이며
성소작지(成所作智)는 각용(覺用)이다.

법계체성지(法界體性智)
대원경지(大圓鏡智)
평등성지(平等性智)
묘관찰지(妙觀察智)
성소작지(成所作智)의 5종지혜(五種智慧)는
자성각명불이원융심행(自性覺明不二圓融心行)이다.

03. 5종지혜의 깨달음

5종지혜(五種智慧)를 발(發)하는 것은

첫째 법계체성지(法界體性智)는
제 9식(九識) 아마라식(阿摩羅識)이 끊어져
발(發)하는 지혜이다.

둘째 대원경지(大圓鏡智)는
제 8식(八識) 아뢰야식(阿賴耶識)이 끊어져
발(發)하는 지혜이다.

셋째 평등성지(平等性智)는
제 7식(七識) 말나식(末那識)이 끊어져
발(發)하는 지혜이다.

넷째 묘관찰지(妙觀察智)는
제 6식(六識) 의식(意識)이 끊어져 발(發)하는
지혜이다.

다섯째 성소작지(成所作智)는
제 5식(五識) 안이비설신식(眼耳鼻舌身識)이
끊어져 발(發)하는 지혜이다.

식(識)의 작용 흐름이
외경(外境)에서 의식 안으로 흐르는 작용과
의식 안에서 밖으로 흐르는 작용과

또,
의식층 중심에서 흐르며, 끊어지거나 변화하는
상념의 작용과

또는,
의식의 중심을 향해
물의 소용돌이처럼 의식을 휘감으며
식(識)의 중심을 향한 의식은 미세하고 깊어지는
식의 작용 흐름 등이 있다.

식(識)을 관(觀)해 보면

제 5식(五識)은
흐르는 물과 같고

제 6식(六識)은

떨어지는 나뭇잎과 같고

제 7식(七識)은
물결을 일렁이는 바람과 같고

제 8식(八識)은
들숨 날숨으로 살아있는 요술 항아리와 같고

제 9식(九識)은
고요하고 고요한 어둠의 허공과 같다.

제 9식(九識)이 끊어지면
고요한 어둠의 허공이 파괴되어
부사의 고요 청정무한계(淸淨無限界)가 펼쳐지고

제 8식(八識)이 끊어지면
들숨 날숨으로 무명(無明)의 목숨을 유지하는
무명생명(無明生命)이 끊어져
부사의 밝고 밝은 무한광명(無限光明)이 드러나고

제 7식(七識)이 끊어지면
물을 일렁이는 바람이 끊어져
물의 부사의 청정 맑음에 삼라만상 그 모습이
숨김없이 모두 선명하게 뚜렷이 환히 비치고

제 6식(六識)이 끊어지면
무수히 어지러이 떨어지는 나뭇잎이 사라져
맑고 청량함의 그 부사의가 끝이 없고

제 5식(五識)이 끊어지면
얽매여 흐르는 물결이 사라져
평안하고 평안함의 부사의가 끝이 없다.

5종(五種)의 지혜 길에도
3종(三種)의 차별이 있으니
첫째 불지5종(佛智五種)
둘째 보살지5종(菩薩智五種)
셋째 미혹지5종(迷惑智五種)이다.

첫째 불지5종(佛智五種)은
5식, 6식, 7식, 8식, 9식이 완전히 끊어져
5지(五智)가 원융무애(圓融無礙)한 지혜의 성품으로
밝고 걸림 없는 일성광명무애지(一性光明無礙智)인
청정제불(淸淨諸佛)의 원융5지(圓融五智)이다.

둘째 보살지5종(菩薩智五種)은
바른 깨달음으로 일체상(一切相)이 끊어진
밝은 자성지혜(自性智慧)로
5식, 6식, 7식, 8식, 9식의 무염청정(無染淸淨) 속에
부사의 인연 수순의 경계에서

5종지혜의 자재행(自在行)에 드는 청정보살 지혜의
5종지혜이다.

셋째 미혹지5종(迷惑智五種)은
바른 깨달음 청정자성의 지혜가 없어
미혹 분별식인 5식, 6식, 7식, 8식, 9식을
분별하고 사량하는 상견(相見)의 지견(知見)으로,
5지(五智)를 사량으로 분별하며, 헤아리고 추측하는
미망견(迷妄見)의 5종지혜이다.

5종지혜에서, 5종지혜가 차별이 있으면
분별의 미망견(迷妄見)이다.

또한,
차별이 없어도, 분별의 미망견(迷妄見)이다.

만약,
차별도 없고, 차별이 없는 것도 없어
일체에 자재한 원융일심(圓融一心) 각명(覺明)이면
바른 5종지혜이며, 5종지혜의 바른 수행이다.

5종지혜(五種智慧)는
본성, 일각성(一覺性)을 바탕한
부사의 인연을 따르는 차별성일 뿐

5종지(五種智)가 각각 달라 차별 있거나
각각 지혜가 높고 깊은 우열이 있는 것이 아니다.

단지, 5종지혜 증득의 수행에서
5식, 6식, 7식, 8식, 9식을 각각 타파해야 할
지혜 발현의 수행경계에서는
자성(自性), 반야(般若)의 지혜가 점차 깊어지는
5종지혜가 각각 다른 차별차원이 있다.

그러나 완전한 5종지혜에 들면
다만, 한 성품의 작용이라
각각 지혜가 차별이 없는 원융성지(圓融性智)를
이룬다.

지혜작용의 인연을 따라
어느 한 지혜의 부사의 작용에 들어도
다른 지혜를 더불어 온전히 원융통섭(圓融通攝)하여
불이일성(不二一性)의 작용이 이루어진다.

이 지혜의 행에서
각각 지혜를 분별하고, 가름함은
5종지혜의 원만함을 이루지 못했기 때문이다.

5종지혜의 완전한 완성에 들지 못하면
각각 지혜의 작용이
분별 업식(業識)과 혹견(惑見)의 장애에 막힘으로

각각 지혜의 차원이 서로 다른, 차별상을 가진다.

일체 차별의 장애는 미혹식(迷惑識)의 장애이니,
5종지혜는 미혹식이 완전히 끊어진
부사의 본성의 작용이므로

미혹의 식(識), 견(見), 심(心)이 끊어지면
5종지혜의 원융(圓融)으로 일체 차별상이 끊어져
부사의 불지원융(佛智圓融)의
청정원융각성일행(淸淨圓融覺性一行)에 들게 된다.

5종지혜의 행은
각각 하나하나 따로따로 이루어지는 것이 아니다.

왜냐면
6근(六根)의 작용에서
각각 식(識)이 작용하는 마음이 따로 있지 않듯이
5종지혜는 원융불지(圓融佛智)의 한 성품 작용이므로
단지, 부사의 인연상을 따라 5종지혜의 성품으로
분별할 뿐이다.

그러나
미혹식(迷惑識)에 막히고, 업식(業識)이 장애 되면
수행으로 업력장애(業力障礙)를 밝히고 극복하여
지혜가 열리는 식(識)의 전변(轉變)을 따라

5, 6, 7, 8, 9식(九識)을 차근차근 타파하며
지혜 발현을 따라 한 지혜씩 열어가면 된다.

제 5식(五識)이 끊어지면
무아성(無我性)에 들고

제 6식(六識)이 끊어지면
무상성(無相性)에 들며

제 7식(七識)이 끊어지면
무염성(無染性)에 들고

제 8식(八識)이 끊어지면
원융성(圓融性)에 들며

제 9식(九識)이 끊어지면
적멸성(寂滅性)에 든다.

제 9식(九識)이 끊어지면
열반적멸성지(涅槃寂滅性智)를 이루고

제 8식(八識)이 끊어지면
각명원융성지(覺明圓融性智)를 이루며

제 7식(七識)이 끊어지면
청정무염성지(淸淨無染性智)를 이루고

제 6식(六識)이 끊어지면
무상자성지(無相自性智)를 이루며

제 5식(五識)이 끊어지면
무주자성지(無住自性智)를 이룬다.

제 5식(五識)이 끊어지면
무시무종(無始無終) 무주성(無住性)을 체달하고

제 6식(六識)이 끊어지면
무시무종(無始無終) 무상성(無相性)을 체달하며

제 7식(七識)이 끊어지면
무시무종(無始無終) 진여성(眞如性)을 체달하고

제 8식(八識)이 끊어지면
무시무종(無始無終) 각명성(覺明性)을 체달하며

제 9식(九識)이 끊어지면
무시무종(無始無終) 만법체성(萬法體性)을 체달한다.

제 9식(九識)이 끊어지면
적멸부동성(寂滅不動性)에 들고

제 8식(八識)이 끊어지면
각명원융성(覺明圓融性)에 들며

제 7식(七識)이 끊어지면
무염진여성(無染眞如性)에 들고

제 6식(六識)이 끊어지면
무상청정성(無相淸淨性)에 들며

제 5식(五識)이 끊어지면
무주무상성(無住無常性)에 든다.

제 5식(五識)이 끊어지면
무주무상지(無住無常智)를 발(發)하고

제 6식(六識)이 끊어지면
무상청정지(無相淸淨智)를 발(發)하며

제 7식(七識)이 끊어지면
무염진여지(無染眞如智)를 발(發)하고

제 8식(八識)이 끊어지면

각명원융지(覺明圓融智)를 발(發)하며

제 9식(九識)이 끊어지면
적멸부동지(寂滅不動智)를 발(發)한다.

제 9식(九識)이 끊어지면
적멸부동열반상(寂滅不動涅槃相)이 끊어지고

제 8식(八識)이 끊어지면
지혜각명원융상(智慧覺明圓融相)이 끊어지며

제 7식(七識)이 끊어지면
청정무염진여상(淸淨無染眞如相)이 끊어지고

제 6식(六識)이 끊어지면
무상청정상(無相淸淨相)이 끊어지며

제 5식(五識)이 끊어지면
무주무상상(無住無常相)이 끊어진다.

제 5식(五識)이 끊어지면
무주(無住)를 깨닫고

제 6식(六識)이 끊어지면

무상(無相)을 깨달으며

제 7식(七識)이 끊어지면
진여(眞如)를 깨닫고

제 8식(八識)이 끊어지면
각성(覺性)을 깨달으며

제 9식(九識)이 끊어지면
열반(涅槃)을 깨닫는다.

제 5식(五識)이 끊어져도
끊어진 상(相)이 없어 무주(無住)이다.

제 6식(六識)이 끊어져도
끊어진 상(相)이 없어 무상(無相)이다.

제 7식(七識)이 끊어져도
끊어진 상(相)이 없어 진여(眞如)이다.

제 8식(八識)이 끊어져도
끊어진 상(相)이 없어 각(覺)이다.

제 9식(九識)이 끊어져도
끊어진 상(相)이 없어 열반(涅槃)이다.

청정(淸淨)의 경계도
제 9식(九識)이 끊어진 청정(淸淨)은
적멸부동심(寂滅不動心)의 청정(淸淨)이며

제 8식(八識)이 끊어진 청정(淸淨)은
각명원융심(覺明圓融心)의 청정(淸淨)이며

제 7식(七識)이 끊어진 청정(淸淨)은
무염진여심(無染眞如心)의 청정(淸淨)이며

제 6식(六識)이 끊어진 청정(淸淨)은
무상청정심(無相淸淨心)의 청정(淸淨)이며

제 5식(五識)이 끊어진 청정(淸淨)은
무주무상심(無住無常心)의 청정(淸淨)이다.

부동(不動)의 경계도
제 9식(九識)이 끊어지면
적멸부동지(寂滅不動智)의 부동(不動)이며

제 8식(八識)이 끊어지면
각명원융지(覺明圓融智)의 부동(不動)이며

제 7식(七識)이 끊어지면
무염진여지(無染眞如智)의 부동(不動)이며

제 6식(六識)이 끊어지면
무상청정지(無相淸淨智)의 부동(不動)이며

제 5식(五識)이 끊어지면
무주무상지(無住無常智)의 부동(不動)이다.

자성(自性)의 경계도
제 5식(五識)이 끊어지면
무주자성(無住自性)이며

제 6식(六識)이 끊어지면
무상자성(無相自性)이며

제 7식(七識)이 끊어지면
진여자성(眞如自性)이며

제 8식(八識)이 끊어지면
각명자성(覺明自性)이며

제 9식(九識)이 끊어져
열반자성(涅槃自性)이다.

공(空)의 경계도
제 9식(九識)이 끊어지면

열반공(涅槃空)이며

제 8식(八識)이 끊어지면
각명공(覺明空)이며

제 7식(七識)이 끊어지면
진여공(眞如空)이며

제 6식(六識)이 끊어지면
무상공(無相空)이며

제 5식(五識)이 끊어지면
무주공(無住空)이다.

성지(性智)의 경계도
제 5식(五識)이 끊어지면
무주성지(無住性智)이며

제 6식(六識)이 끊어지면
무상성지(無相性智)이며

제 7식(七識)이 끊어지면
진여성지(眞如性智)이며

제 8식(八識)이 끊어지면

각명성지(覺明性智)이며

제 9식(九識)이 끊어지면
열반성지(涅槃性智)이다.

법(法)의 경계도
제 9식(九識)이 끊어진
적멸부동법(寂滅不動法)이 있고

제 8식(八識)이 끊어진
각명원융법(覺明圓融法)이 있고

제 7식(七識)이 끊어진
무염진여법(無染眞如法)이 있고

제 6식(六識)이 끊어진
무상청정법(無相淸淨法)이 있고

제 5식(五識)이 끊어진
무주무상법(無住無常法)이 있다.

용심(用心)의 경계도
제 5식(五識)이 끊어진
무주용심(無住用心)이 있으며

제 6식(六識)이 끊어진
무상용심(無相用心)이 있으며

제 7식(七識)이 끊어진
무염진여용심(無染眞如用心)이 있으며

제 8식(八識)이 끊어진
원융각명용심(圓融覺明用心)이 있으며

제 9식(九識)이 끊어져
부동열반용심(不動涅槃用心)이 있다.

무생(無生)의 경계도
제 9식(九識)이 끊어지면
무생정(無生定)이고

제 8식(八識)이 끊어지면
무생각(無生覺)이며

제 7식(七識)이 끊어지면
무생심(無生心)이고

제 6식(六識)이 끊어지면
무생상(無生相)이며

제 5식(五識)이 끊어지면
무생아(無生我)이다.

이, 일체(一切)가
본성(本性)의 성품을 발현한 지혜의 경계이니
천만억(千萬億)의 지혜라도 본성을 벗어난 바 없고
서로 다를 바 없는 한 본성 지혜의 발현이다.

지혜의 발현을 따라
그 차별성품을 논할 것 같으면 끝이 없으나
깨닫고, 알고 보면
한 성품 밝음이 인연을 따른 것이다.

지혜의 밝음이 없어 분별심을 가지면
서로 다름이 천만억(千萬億)으로 벌어지고

다만,
분별심이 끊어져 무생(無生)에 이르면
헤아릴 수 없는 천, 만, 억 차별의 지혜가 사라져
무엇에도 걸림이 없는
시종(始終)이 없는 밝은 한 성품만
뚜렷할 뿐이다.

만약,

상견심(相見心)이 있으면
자성(自性)의 지혜를 밝히는
소작행(所作行)인 무주자성관(無住自性觀)
성소작지(成所作智)의 수행으로 5식(五識)이 끊어져
자성(自性)의 무주성(無住性)을 깨달아
일체법(一切法)의 무아(無我)를 깨닫고,

성소작지(成所作智)의 자성지(自性智)
무아지(無我智)로
무상자성관(無相自性觀) 묘관찰지(妙觀察智)에 들어
6식(六識)이 끊어져
일체상(一切相)의 무자성(無自性)을 깨달아
청정무상지(淸淨無相智)를 열고,

묘관찰지(妙觀察智)의 청정무상지(淸淨無相智)로
유무(有無)의 일체분별상(一切分別相)과
유무(有無)의 일체분별심(一切分別心)을 끊어
7식(七識)이 끊어져 평등성지(平等性智)에 들어
무시심(無始心)인 무염진여(無染眞如)를 깨달아
일체평등(一切平等)의 무염성지(無染性智)를 열고,

평등성지(平等性智)인 무염진여성지(無染眞如性智)로
미세식(微細識)의 출입(出入)인
식(識)의 동(動)을 끊어 8식(八識)이 끊어져
대원경지(大圓鏡智)에 들어
원융각성광명(圓融覺性光明)의 부사의 각명(覺明)으로

무시각(無始覺) 대원경지(大圓鏡智)인
각성각명원융성(覺性覺明圓融性)을 열고,

대원경지(大圓鏡智)의 원융각성광명(圓融覺性光明)으로
미세(微細)한 함장식(含藏識)인
본성각명(本性覺明)을 가리는 동(動)도 정(靜)도 없는
무명장식(無明藏識)을 끊어 9식(九識)이 끊어져
법계체성지(法界體性智)에 들어
무시성(無始性)인 청정부동적멸성(淸淨不動寂滅性)
무여열반본성(無餘涅槃本性)에 들어

5지원융(五智圓融)이 자재(自在)한
무연자재성지(無緣自在性智)를 이루어
5지(五智)의 지혜도 벗어버린
일심원융각명자재(一心圓融覺明自在)를 이루면 된다.

상심(相心)의 미혹견(迷惑見)이 있으면
상심(相心)의 사량 분별을 벗어날 수가 없으니

5식(五識)이 끊어진 지혜의 관(觀)으로
6식(六識)의 미혹을 깨달아 타파하고

6식(六識)이 끊어진 지혜의 관(觀)으로
7식(七識)의 미혹을 깨달아 타파하고

7식(七識)이 끊어진 지혜의 관(觀)으로
8식(八識)의 미혹을 깨달아 타파하고

8식(八識)이 끊어진 지혜의 관(觀)으로
9식(九識)의 미혹을 깨달아 타파하고

9식(九識)이 끊어져, 지혜를 발하면
본연(本然)의 법계체성(法界體性)을 깨닫는다.

그러나
삼세지혜(三世智慧)의 희유(稀有)한 선근(善根)으로
일체상(一切相)이 끊어지는
대각성발현(大覺性發現)의 무상각력(無上覺力)을 따라
모든 깨달음의 과정을 한목 불가사의 벗어버리는
완전한 깨달음을 이루면

5식(五識)부터
9식(九識)에 이르기까지 뿐만 아니라

성소작지(成所作智)부터
법계체성지(法界體性智)에 이르기까지

모두 한목 벗어나
다섯 가지 식(識)과
다섯 가지 지혜도 끊어진 부사의 원융광명(圓融光明)

진성각명(眞性覺明)에 이른다.

식(識)을 집착하여 벗으려 하고
지혜를 집착하여 얻으려는 이 일체가
자성(自性)에 미혹한 상견(相見)이다.

상(相)도 벗어나고, 지혜(智慧)도 벗어나면
무시무종(無始無終) 무시성(無始性)이
시종(始終) 없이 두루 밝아

상(相)도,
식(識)도,
지혜(智慧)도,
바로 미혹(迷惑)이며, 망견(妄見)임을
깨닫는다.

상(相)도 없고
식(識)도 없고
지혜(智慧)도 없어

깨달음의 방편 길
성소작지(成所作智), 묘관찰지(妙觀察智),
평등성지(平等性智), 대원경지(大圓鏡智),
법계체성지(法界體性智)가

불(佛)의 무상대비심(無上大悲心)의 지혜 길임을
깨닫는다.

5지(五智)의 지혜각성(智慧覺性)이 두루 밝으면
5지(五智)가 원융하여 차별이 없고

자성지혜(自性智慧)를 열지 못하면
깨달음 각각 차원의 차별 5종지혜(五種智慧)가
식(識)의 어둠에, 가야 할 깨달음 길이
깊고 깊은 수미산 골짝 첩첩산중과 같다.

그러나,
모두 깨닫고 보면
각(覺)이 두루 원융히 밝아

눈에도 있고
귀에도 있고
코에도 있고
혀에도 있고
몸에도 있어, 두루 밝아 걸림이 없으니
그것을 일러, 성스러운 지혜 소작행(所作行)인
성소작지(成所作智)이며,

육근(六根)으로 대하는 경계마다 두루 밝아
불지혜(佛智慧)의 성품이 원융하여 걸림이 없어

일체상(一切相)에 머물거나, 속지 않으므로
그 지혜가 묘관찰지(妙觀察智)이며,

일체 의식작용에
각성(覺性)이 두루 밝아
일체 경계에 물듦이나, 때 묻음이 없어
그 성품이 평등성지(平等性智)이며,

일체식(一切識)이 순(順)과 역(逆)을 따라 드나들고
부사의 식(識)의 흐름인 출입이 있는 듯하여도
각성광명이 두루 밝아 어둠이 없으니
업(業)의 작용 출입식(出入識)이 끊어져
그 성품 두루 밝은 각명(覺明)이
대원경지(大圓鏡智)며,

미세하여 맑은 9식(九識) 무명(無明)의 성품은
근본 무명장식(無明藏識)이라
미혹(迷惑)의 수행경계에서는 도무지 알 수가 없고
9식(九識)이, 각각 차별 견해(見解)에 따라
있다. 없다. 분별심이 분분(紛紛)하고,
8식(八識)이 최종식(最終識)이라 생각하며
대원경지를 증득하여 최종각(最終覺)이라 생각해도

대원경지(大圓鏡智)에 들면
8식(八識) 출입식(出入識)이 끊어져도
식(識)이 잠긴 장식(藏識)인 근본 무명식(無明識)

9식(九識) 전변(轉變)의 초월 과정이 남아 있다.

5식(五識), 6식(六識), 7식(七識), 8식(八識)은
동(動)과 정(靜)이 있어
동(動)과 정(靜)을 수반하여, 있음을 알 수 있으나

9식(九識)은
동(動)도 없고, 정(靜)도 없어
단지, 본연(本然)의 각명(覺明)을 가리는
함장(含藏) 무명식(無明識)인
단순, 맑은 무기식(無記識)으로
함장(含藏)의 장식(藏識)이 있음을 알 수 없으니
묘(妙)하고, 묘(妙)한 성품이다.

사량과 분별 속에 있는
혹견(惑見)은 생각할 것도 없으나,
스스로 깨달았다 생각해도, 이 성품 알기가 미묘하다.

무명장식(無明藏識)은 미세 맑은 성품이라
동(動)도 정(靜)도 없이
무기성(無記性)으로 잠겨 있으니
동(動)함이 없는데
눈이 있어도 어떻게 알 것이며

또한,
정(靜)도 없으니, 깨달은 눈이라도

알기가 쉽지 않다.

9식(九識), 장식(藏識)인
미세 맑은 무명정식(無明淨識)이 아니어도
깨달음 수행 과정에는
식(識)의 각각 차별 전변상(轉變相)인
깊이와 차원이 각각 다른 무상(無相)과 무아(無我)의
각각 청정(淸淨)인 공(空)의 전변상(轉變相)이 있으니,
이를 지혜로 밝게 알아 꿰뚫어 타파하지 못하면
그 차별 공(空)의 미묘한 청정식(淸淨識)의 경계를
완전한 깨달음으로 인식하거나 착각하여
식(識)의 전변상(轉變相)인 청정식(淸淨識)의 공(空)을
깨달음으로 삼아 머무르게 된다.

식(識)의 전변(轉變)인 깨달음의 과정에서
알아야 하는 것은
점차 깊어지고 세밀하며 밀밀해지는 차별 상(相)과
차별 식(識), 전변경계를 되살펴 밝게 점검하여
완전한 지혜에 이르기까지
미묘한 전변식(轉變識)의 경계를 타파해야 한다.

상(相)을 집착해 머무르면
허공이 깨어진다는 이 사실을 모른다.

왜냐면,

허공은 텅 비어 있어, 깨어지는 상(相)이 아니라고
인식하기 때문이다.

또한, 허공인 하늘이 사라진다는 것은
현실에 있을 수가 없는 일이며
상상(想像)으로도 불가(不可)한 것이기 때문이다.

그러나
깨달음의 과정에서 허공도 깨어지고,
하늘도 사라져 없어지는 것은 깨달음의 실제(實際)이다.

왜냐면,
허공도 식(識)의 상(相)이므로
6식(六識)이 타파될 때
상견(相見) 중 하나인, 허공도 깨어져 사라진다.

미혹식(迷惑識)을 벗는 수행 과정의 깨달음에
허공(虛空)이 깨어져 허공이 사라지면
허공이 사라진 청정한 전변상(轉變相)의 경계를 보고

나는,
깨달았다는 생각을 가지게 되며,
허공이 파괴되어 사라진 전변식(轉變識)의 경계를
깨달음의 세계로 인식하게 된다.

허공이 타파되는 것은 상(相)의 상념(想念)

6식(六識)이 타파되어 상공(相空)에 듦으로
허공상(虛空相)이 타파되어 사라져,
찰나에 허공이 사라진 텅 빈 공(空)한 경계에 듦이니,
이에 스스로 깨달았다는 생각을 하게 되는 것은
아직, 자아(自我) 7식(七識)이 타파되지 않았기
때문이다.

상(相)의 상념(想念)인 6식(六識)이 타파되어도
7식(七識)이 타파되지 않아
공(空)을 깨달았다는 자아(自我)의 상념(想念) 속에
공견상(空見相)을 일으킨다.

그러나, 그 경계는 7식(七識)이 타파되지 않아
단순, 유상(有相)이 타파된 공(空)은 깨달아 알아도,
자아상(自我相), 7식(七識)이 타파된
유(有)도, 무(無)도, 공(空)도 벗어, 물듦이 없는
심식공(心識空)인 무염진여(無染眞如)를 알지 못한다.

상(相)인 허공이 깨어져
공(空)한 청정한 마음이 드러나는 것은
허공이 6식(六識) 위에 건립된 상(相)이기
때문이다.

그러므로
식(識)을 바탕하여 건립된 허공은
식(識)의 전변(轉變) 깨달음에 상견(相見)이 무너져

허공식(虛空識)이 사라지면
허공이 사라진 그곳에 식(識)의 전변상(轉變相)인
업(業)을 밝힌 전변식(轉變識)의 청정경계가 드러난다.

이것은
허공의 바탕이 식(識)이기 때문이며,
허공 또한 식(識)이 건립한 상(相)이기 때문이다.

허공이 사라진 청정한 마음을
어떤 이는 깨달음의 마음으로 삼는다.

그러나
이것은 미혹을 다 하지 못한 망념(妄念)의 착각이며
완전한 깨달음이 아닌, 망견(妄見)인
미혹각(迷惑覺)이다.

그 까닭은
허공상(虛空相)이 파괴되어
하늘이 없는 청정한 마음이 드러나는 것
그것은 단지, 6식(六識)의 전변상(轉變相)인
전변식(轉變識) 업식(業識)의 청정경계이니
이는 본성 청정부동심(淸淨不動心)이 아닌,
6식(六識)이 잠시 끊기거나 사라진 업식(業識) 경계이며

또는,

6식(六識)이 미세해진 경계에서 오는
경계식(境界識)이다.

허공이 타파되어 하늘이 사라져 드러나는 맑은 마음은
청정본성(淸淨本性)이 아닌

단지, 6식(六識)의 업식(業識)이 사라진 경계식(境界識)
전변식(轉變識)에 의한 전변상(轉變相)일 뿐이다.

허공이 사라져도
허공이 사라진 마음, 그 깨달음의 의식작용은
깨달았다는 마음을 굴리는 7식(七識)인 자아(自我)가
타파되지 않고 그대로 있기 때문이다.

이것이
분별식(分別識)인 자아(自我),
7식(七識)의 업(業)이 끊어지지 않은
자아의식의 분별작용인 전변식(轉變識)의 경계로
전변상(轉變相)에 의한 분별과 사량이다.

허공이 사라진 청정한 전변상(轉變相)의 경계는
마음이 아니라 업식(業識)의 경계이니
6식(六識)의 업(業)이 잠시 잠식(潛識)하거나
6식(六識)의 업식(業識)이 미세해지므로
잠시 나타난 6식(六識)의 전변상(轉變相)일 뿐이다.

그러므로,
허공이 깨어진 전변상(轉變相)의 상념(想念)
7식(七識) 자아가 깨달음의 상념상(想念相)을 가지며
깨달았다는 깨달음에 대한 미혹견(迷惑見)을 일으켜
스스로 깨달았다는 미혹 자아의 망견(妄見)인
망견상(妄見相)을 굴린다.

이, 6식(六識)의 전변(轉變)에 의한
허공상이 사라진 전변상(轉變相)인 청정식(淸淨識)은
완전한 지혜에 들려면 아직, 첩첩산중(疊疊山中)이다.

왜냐면
식견(識見)의 미세함으로
거칠은 6식(六識)의 업(業)이 잠시 잠기거나 끊어지는
미세한 업식(業識)의 작용일 뿐
아직 완전한 각성(覺性)에 들지 못했기 때문이다.

바른 깨달음으로 본성에 들면
본래 깨달을 것 없음을 밝게 깨달아 알게 되므로
바른 깨달음에는, 완전한 깨달음의 지혜로
깨달음에 의한 지혜의 그림자 미혹까지 벗어나니
완전한 깨달음에는 깨달음 그 자체가 없다.

왜냐면,
본래 성품이니, 본래 깨달을 것이 없고,
그 깨달음이 청정 본성에는 망견(妄見)이며

또한, 깨달았다 하여도
단지, 분별심 혹견(惑見)인 업식(業識)만 사라졌을 뿐
그 깨달음에 듦인 증입처(證入處)가 없고,
깨달음을 얻음이 무소득(無所得)이기 때문이다.

깨달음과 깨달음에 듦과 깨달은 그 경계의 일체가
아직, 미혹 업(業)을 완전히 벗어나지 못한 꿈속 일이며
미망(迷妄)에 의한 착각인 환(幻)의 세계이다.

항상 깨어 있는 각성(覺性)에는
본래 깨달을 것이 없어
깨달았음이 곧, 미혹에 의한 업(業)의 망견(妄見)이니,
깨달았어도,
본래 깨달을 것이 없음을 더욱 밝게 더 깨달아
깨달음 그 자체가 곧, 미혹이였음을
또한, 완전히 밝게 더 깨달아야 한다.

깨달음은
곧, 업식(業識)의 전변(轉變)이니,
본성과 각(覺)의 성품은 전변(轉變)도 없고
깨달음 그 자체도 없음을 여실히 밝게 또한,
명확히 더 깨달아야 한다.

업식(業識)의 전변(轉變)으로
전변상(轉變相)인 청정식(淸淨識)의 경계상(境界相),
공(空)과 무상(無相)과 무아(無我)의 각(覺)의 미혹

제식(諸識)이 끊어지면
본(本) 성품이 명료히 원융히 밝게 드러난다.

허공이, 식(識)의 무자성(無自性)인 환(幻)이라
무너지고 사라질 허공이 본래 없고

나 또한
청정 성품이라 안과 밖이 끊어졌으니,

업식(業識)을 굴리어
물(物)과 심(心)이 둘이 되어
안과 밖을 분별하고,
자성 없는 허공이 무너진다 하니 그것 또한
수행 중 밝지 못한 망견(妄見)인 전변상(轉變相)이며,
식(識)의 전변(轉變) 수행과정의
한 경계일 뿐이다.

그러나
업(業)의 유견(有見)으로 허공(虛空)을 분별하여
허공상(虛空相)을 가지면

이는
물(物)과 심(心)이 둘이며
자아(自我)가 있어 안과 밖을 분별하므로
그 업(業)의 식견(識見)으로 깨달음에 들 수가 없으니

허공이 타파되어 파괴되는
업식(業識) 전변(轉變)의 수행과정을 밟아야 한다.

허공이 사라지고
자아(自我)가 또한 사라져도 깨달음이 아닌 것은,
수행으로 업식(業識)의 작용이 잠시 멈추거나
잠시 미세해진 경계이니

허공이 사라지고
자아(自我)가 사라지며
청정 마음이 드러나는 모든 것이 업식(業識)의 경계이니
업(業)의 전변식(轉變識)에 의한 전변상(轉變相)임을
완전히 깨달아야 한다.

깨달음의 경계
그것이 곧, 깨달음을 다하지 못한 과정의
업(業)의 전변식(轉變識)의 경계 미망각(迷妄覺)이니,
그 깨달음 미망각(迷妄覺)의 눈으로는

동(動)도 없고, 정(靜)도 없는
본성각명(本性覺明)을 가리는 미세한 맑은 성품
묘(妙)한 성품인 백종식(白種識)
9식(九識)의 존재를 볼 수도, 느낄 수도,
알 수도 없다.

9식(九識)은
동(動)도, 정(靜)도 아닌 장식(藏識)이니,
깨달았다는 생각이 곧, 동(動)함이라
동(動)의 눈으로 어떻게 9식(九識)을 알 것이며

또한, 9식(九識)은
미세하여 맑은 백종식(白種識)이라
무명(無明)의 무기장식(無記藏識)이니 정(靜)도 없어
스스로 깨달은 청정의 눈이라 하여도
알기가 쉽지 않다.

단지,
동(動)의 각명(覺明)의 경계도 벗어나고
정(靜)의 멸정(滅靜)의 경계도 벗어나면

동(動)과 정(靜)이 있음은 미혹(迷惑)이며
동(動) 없는 정(靜)이 있어도 미혹이며
동(動)과 정(靜)이 없어도 미혹이니

동(動)이 곧, 그대로 정(靜)이며
정(靜)이 곧, 그대로 동(動)이면,
동(動)이 동(動)이 아니며
정(靜)이 정(靜)이 아님을 깨달아

동(動)도 끊어지고, 정(靜)도 끊어져

동(動)에 머무른 부동(不動)을 벗어나고
정(靜)에 머무른 부동(不動)도 벗어나

동(動)과 정(靜)을 벗어난 것 또한 벗어나
홀연 듯, 9식(九識)에 잠김이 타파되어
맑고 청정한 무기장식(無記藏識)이
각명(覺明)을 가리는 무명장식(無明藏識)임을
깨닫는다.

각(覺)의 장애 무명장식(無明藏識)인
9식(九識)이 사라지면

일체상(一切相)이
동(動)도 아니며, 정(靜)도 아니며
상(相)도 아니며, 무상(無相)도 아니며
공(空)도 아니며, 비공(非空)도 아닌
청정부동성지(淸淨不動性智) 법계체성(法界體性)에
들게 된다.

법계체성지(法界體性智)를 발하면
일체가 무시무종(無始無終) 부사의 각(覺)이며
부사의 각명(覺明)이라

이를 행함인즉
그것이 성소작지행(成所作智行)이며

일체(一切), 두루
그 성품 여의지 않으니 묘관찰지행(妙觀察智行)이며,

시(時)와 상(相)
정(定)과 혜(慧), 각(覺)과 무명(無明) 그 무엇에도
물듦 없어 평등성지행(平等性智行)이며

시방(十方), 두루
그 성품 밝고 밝아 대원경지행(大圓鏡智行)이며

여읠 수 없고, 잃을 수 없는 근본이라
법계체성지행(法界體性智行)이다.

5식(五識)을 전변(轉變)하여
성소작지(成所作智)에 듦이 아니며

6식(六識)을 전변(轉變)하여
묘관찰지(妙觀察智)에 듦이 아니며

7식(七識)을 전변(轉變)하여
평등성지(平等性智)에 듦이 아니며

8식(八識)을 전변(轉變)하여
대원경지(大圓鏡智)에 듦이 아니며

9식(九識)을 전변(轉變)하여
법계체성지(法界體性智)에 듦이 아니다.

전변식(轉變識)과 전변상(轉變相)이 끊어진
밝은 불지(佛智)로
5식(五識) 청정행이 성소작지(成所作智)이며
6식(六識) 청정행이 묘관찰지(妙觀察智)이며
7식(七識) 청정행이 평등성지(平等性智)이며
8식(八識) 청정행이 대원경지(大圓鏡智)이며
9식(九識) 청정행이 법계체성지(法界體性智)이다.

5지(五智)라 이름하는 것은
지혜의 성품과 행(行)의 작용을 따라
각각 이름한 것일 뿐

5지(五智)의 성품이 각각 차별이 없고,
지혜라고 이름하나
이름할 모습도 없고, 지혜상(智慧相)도 없다.

다만,
이름하고, 일컬어 드러내어도

안과 밖이 끊어져
시종(始終) 없이 두루 밝아 일체에 원융한
성품일 뿐이다.

상(相)이란,
머무름이 상(相)이니
지혜의 차원에 따라 더욱 상(相)이 미세해지니
유(有)에 머물면 유(有)도 상(相)이며
무(無)에 머물면 무(無)도 상(相)이며
공(空)에 머물면 공(空)도 상(相)이며
무염(無染)에 머물면 무염(無染)도 상(相)이며
원융(圓融)에 머물면 원융(圓融)도 상(相)이며
깨달음에 머물면 깨달음도 상(相)이며
무엇이 있으면 있음이 상(相)이며
무엇이 없으면 없음이 상(相)이며
머물면 머묾이 상(相)이며
머묾이 없으면 머무름 없음이 상(相)이다.

본성(本性)도, 각(覺)도 상(相)이 아니며
깨달음도 상(相)이 아니니
무엇에 머무름도 없고
무엇에 머무름 없음도 없다.

머무름이 미혹의 상(相)이며
깨달아도 또한, 머무름이 상(相)이니,
깨달아
텅 비고 비었어도 그것이 미혹이며,
밝고 밝아 원융하여도 그것이 미혹이니,
일컬을 무엇이 있거나
깨달은 무엇이 있거나

분별의 무엇이 있다면, 그것이 곧, 식(識)의 상(相)이니
아직, 자아(自我)를 완전히 벗어나지 못한 분별 속에
있음이다.

일컬을 무엇이 없거나
깨달은 무엇이 없거나
분별의 무엇이 없어도
아직, 장식(藏識)을 벗어나지 못한 것이다.

각(覺)은
시방(十方) 일체가 끊어져, 절대성 불이(不二)일 뿐
무엇이 있고 없음의 일체 분별을 벗어났다.

분별은 대상(對相)을 만들고
분별이 일어남은 머무름이 있기 때문이며
머무름은 자아(自我)가 있기 때문이다.

만약,
일체 분별의 상념(想念)이 끊어지고
깨달음에 머무름의 아(我)가 끊어지고
머무름 없는 지혜에 자(自)까지 끊어지면
일체 불이(不二)이며
무연원융각명(無緣圓融覺明)이다.

04. 5종지혜(五種智慧)의 행

5종지혜의 행은
5지(五智)에 의한 5지심(五智心)의 작용인
5지행(五智行)이다.

첫째 법계체성지(法界體性智)는
일체적멸(一切寂滅) 성품의 행으로
만물 만상과 일체 생명을
적멸성품으로 걸림이 없이 수용하고 섭수하는
불가사의 무한 열반적멸성공덕(涅槃寂滅性功德)의
총섭행(總攝行)이다.

그러므로
부사의 적멸부동묘성(寂滅不動妙性)의 작용은
무량 무한 부사의 대자비심의 근원이 되어
일체 생명을 대비력(大悲力)으로 섭수(攝受)하여
적멸부동심(寂滅不動心)으로
일체 생명을 구제하고 이롭게 한다.

둘째 대원경지(大圓鏡智)는
원융각명(圓融覺明) 성품의 행으로
시방 법계와 일체 생명을
걸림이 없는 밝은 성품으로 수용하고 섭수하는
불가사의 무량 무한 각성공덕(覺性功德)의
총섭행(總攝行)이다.

그러므로
각성각명(覺性覺明) 원융묘각(圓融妙覺)의 작용은
무량 무한 부사의 금강지혜의 근원이 되어
일체 생명을 대보리심(大菩提心)으로 섭수하여
걸림이 없이 원융한 금강지혜의 광명으로
일체 생명을 구제하고 이롭게 한다.

셋째 평등성지(平等性智)는
물듦이 없는 무염진여(無染眞如) 성품의 행으로
만물 만상과 일체 생명을
청정 성품으로 물듦이 없이 수용하고 섭수하는
불가사의 무량 무한 무염성공덕(無染性功德)의
총섭행(總攝行)이다.

그러므로
부사의 무염(無染) 청정묘성(淸淨妙性)의 작용은
무한 부사의 무염심(無染心)의 근원이 되어
일체 생명을 무량 청정심으로 섭수하며

일체에 물듦이 없고 차별이 없는 무염심(無染心)으로
일체 생명을 구제하고 섭수한다.

넷째 묘관찰지(妙觀察智)는
무자성(無自性) 무상(無相) 성품의 행으로
만물 만상과 일체 생명을
청정자성지(淸淨自性智)의 성품으로
수용하고 섭수하는
부사의 무자성(無自性) 실상(實相) 청정공덕의
총섭행(總攝行)이다.

그러므로
부사의 자성청정 무상묘성(無相妙性)의 작용은
무량 무한 부사의 무상행(無相行)의 근원이 되어
무상대비력(無相大悲力)과
무상자비심(無相慈悲心)으로 일체 생명을 구제하고
이롭게 한다.

다섯째 성소작지(成所作智)는
무주무아(無住無我) 성품의 행으로
만물 만상과 일체 생명을
무주무아행(無住無我行)으로 수용하고 섭수하는
불가사의 무주청정(無住淸淨) 무아공덕(無我功德)의
총섭행(總攝行)이다.

그러므로
부사의 무주청정 무아묘성(無我妙性)의 작용은
무량 무한 부사의 자비행의 근원이 되어
일체 생명을 대비행으로 수용하고 섭수하여
청정무주묘행(淸淨無住妙行)의 무아행(無我行)으로
일체 생명을 구제하고 이롭게 한다.

첫째 법계체성지(法界體性智)는
법계성(法界性), 이성(理性) 체성지(體性智)인
청정적멸부동열반성(淸淨寂滅不動涅槃性)의
묘행성품 행이다.

둘째 대원경지(大圓鏡智)는
법계성, 각성(覺性) 보리각명지(菩提覺明智)인
청정각명원융성(淸淨覺明圓融性)의 묘행성품 행이다.

셋째 평등성지(平等性智)는
법계성, 진성진여(眞性眞如) 무염지(無染智)인
무염청정진여성(無染淸淨眞如性)의 묘행성품 행이다.

넷째 묘관찰지(妙觀察智)는
법계성, 무상자성(無相自性) 무상지(無相智)인
청정자성무상성(淸淨自性無相性)의 묘행성품 행이다.

다섯째 성소작지(成所作智)는

법계성, 무주묘행(無住妙行) 무아지(無我智)인
청정묘행무아성(淸淨妙行無我性)의 묘행성품 행이다.

첫째 법계체성지(法界體性智)는
본성(本性)의 체성지(體性智)이며
청정부동(淸淨不動) 적멸성(寂滅性)인
열반지(涅槃智)이다.

둘째 대원경지(大圓鏡智)는
각성(覺性)의 체성지(體性智)이며
각성광명(覺性光明) 원융성(圓融性)인
보리지(菩提智)이다.

셋째 평등성지(平等性智)는
심성(心性)의 체성지(體性智)이며
청정진여(淸淨眞如) 무염성(無染性)인
진여지(眞如智)이다.

넷째 묘관찰지(妙觀察智)는
상성(相性)의 체성지(體性智)이며
제법무상(諸法無相) 상공성(相空性)인
무상지(無相智)이다.

다섯째 성소작지(成所作智)는
아성(我性)의 체성지(體性智)이며

제행무아(諸行無我) 무주성(無住性)인
무아지(無我智)이다.

첫째 법계체성지행(法界體性智行)은
체정성지행(體定性智行)으로 열반각행(涅槃覺行)이다.

둘째 대원경지행(大圓鏡智行)은
각명성지행(覺明性智行)으로 보리각행(菩提覺行)이다.

셋째 평등성지행(平等性智行)은
진여성지행(眞如性智行)으로 진여각행(眞如覺行)이다.

넷째 묘관찰지행(妙觀察智行)은
무상성지행(無相性智行)으로 무상각행(無相覺行)이다.

다섯째 성소작지행(成所作智行)은
무아성지행(無我性智行)으로 무아각행(無我覺行)이다.

첫째 법계체성지행(法界體性智行)에 들려면
무시무종성(無始無終性)인
청정적멸부동열반성(淸淨寂滅不動涅槃性)을
깨달아야 한다.

둘째 대원경지행(大圓鏡智行)에 들려면

무시무종성(無始無終性)인
각성각명원융성(覺性覺明圓融性)을 깨달아야 한다.

셋째 평등성지행(平等性智行)에 들려면
무시무종성(無始無終性)인
청정진여무염성(淸淨眞如無染性)을 깨달아야 한다.

넷째 묘관찰지행(妙觀察智行)에 들려면
무시무종성(無始無終性)인
불생불멸무상성(不生不滅無相性)을 깨달아야 한다.

다섯째 성소작지행(成所作智行)에 들려면
무시무종성(無始無終性)인
무주묘행무아성(無住妙行無我性)을 깨달아야 한다.

첫째 법계체성지행(法界體性智行)은
적정부동열반행(寂靜不動涅槃行)이다.

둘째 대원경지행(大圓鏡智行)은
각성원융보리행(覺性圓融菩提行)이다.

셋째 평등성지행(平等性智行)은
무염진여청정행(無染眞如淸淨行)이다.

넷째 묘관찰지행(妙觀察智行)은

법계무상청정행(法界無相淸淨行)이다.

다섯째 성소작지행(成所作智行)은
법계무아무주행(法界無我無住行)이다.

5종지혜(五種智慧)의 꽃은
법계체성지(法界體性智)와 대원경지(大圓鏡智)와
평등성지(平等性智)와 묘관찰지(妙觀察智)의
총지총섭행(總持總攝行)인 불지행(佛智行)으로
성소작지행(成所作智行)이다.

불신행(佛身行)으로 드러나는
5지결정성(五智結定性)의 부사의 행은
불(佛)의 대지혜와 대자비가 피어나는
일체 생명을 위한 응화(應化)의 심신행(心身行)인
성소작지행(成所作智行)이다.

불(佛)의 지혜 부사의 궁극행(窮極行)인
성소작지행(成所作智行)에는
성소작지(成所作智)와 묘관찰지(妙觀察智)와
평등성지(平等性智)와 대원경지(大圓鏡智)와
법계체성지(法界體性智)를 원융총섭(圓融總攝)한
부사의 일성원융불지행(一性圓融佛智行)이 이루어진다.

깨달음에 의한 성지각행(性智覺行)에는

성소작지(成所作智)는
묘관찰지(妙觀察智)가 바탕지혜가 되며

묘관찰지(妙觀察智)는
평등성지(平等性智)가 바탕이 되며

평등성지(平等性智)는
대원경지(大圓鏡智)가 바탕이 되며

대원경지(大圓鏡智)는
법계체성지(法界體性智)가 바탕이 된다.

각성(覺性)은 원융 일심자재성(一心自在性)이라
각각 지혜가 융통(融通)하고, 상통(相通)하여
각각 지혜가 작용함에 서로 바탕이 되어
서로 총섭(總攝)하여 지혜의 차별경계가 사라진다.

성소작지(成所作智)의 행에
묘관찰지(妙觀察智)나 평등성지(平等性智)나
대원경지(大圓鏡智)나 법계체성지(法界體性智)가
바탕이 되기도 하고

묘관찰지(妙觀察智)의 행에
성소작지(成所作智)나 평등성지(平等性智)나
대원경지(大圓鏡智)나 법계체성지(法界體性智)가

바탕이 되기도 하고

평등성지(平等性智)의 행에
성소작지(成所作智)나 묘관찰지(妙觀察智)나
대원경지(大圓鏡智)나 법계체성지(法界體性智)가
바탕이 되기도 하며

대원경지(大圓鏡智)의 행에
성소작지(成所作智)나 묘관찰지(妙觀察智)나
평등성지(平等性智)나 법계체성지(法界體性智)가
바탕이 되기도 하며

법계체성지(法界體性智)의 행에
대원경지(大圓鏡智)나 평등성지(平等性智)나
묘관찰지(妙觀察智)나 성소작지(成所作智)가
바탕이 되기도 하며

또한 하나가, 또는 쌍으로, 또는 원융으로
불이(不二)로 융섭(融攝)하고 융통(融通)하며
자재관(自在觀)이나, 융섭관(融攝觀)이나,
융통지(融通智)에 들어 총섭(總攝)하게 된다.

수행지혜를 발한 각력(覺力)의 경계에 따라
수용하는 수행경계의 지혜 차원이 차별이 있어
지혜 밝음의 각력을 따라

지(智)를 운용함이 장애의 차별로부터
원융에 이르기까지 무한 열려있다.

그것은
업식(業識)의 장애로부터 각력무한(覺力無限)에 까지
각(覺)이 원융히 열려 있기 때문이다.

지(智)는 곧, 성지(性智)이며
성지(性智)는 곧, 각(覺)이다.

각(覺)은
법계체성지행(法界體性智行)으로
대원경지행(大圓鏡智行)으로
평등성지행(平等性智行)으로
묘관찰지행(妙觀察智行)으로
성소작지행(成所作智行)으로 무염각행(無染覺行)이
피어난다.

대일여래(大日如來)
대광명여래불(大光明如來佛)의 5지5행(五智五行)인
법계체성지행(法界體性智行)
대원경지행(大圓鏡智行)
평등성지행(平等性智行)
묘관찰지행(妙觀察智行)

성소작지행(成所作智行)으로
일체 생명을 섭수(攝受)하고 수용하여
부사의 묘법(妙法) 묘행(妙行)인
법계원융 청정 지혜광명의 묘법원융행(圓融妙法行)이
이루어진다.

05. 불5종지와 수행5종지

대일여래(大日如來)의 5종지혜(五種智慧)는
불지혜(佛智慧)의 바탕에서 봐야 한다.

만약, 수행의 관점에서 보면
대일여래의 5종지혜 당체(當體)에 대해
바로 보는 정각(正覺)의 지혜를 벗어난다.

불5종지혜(佛五種智慧)와
수행5종지혜(修行五種智慧)는
5종지혜를 보는 기본 관점과 시선이
망(妄)과 각(覺)의 차별이 있다.

불5종지혜(佛五種智慧)는
불(佛)의 각성원만지(覺性圓滿智)이니
5종지(五種智)가 차별 없는 원융의 성품으로
불이일각(不二一覺) 속에 이루어지는
원융불지행(圓融佛智行)이다.

수행5종지혜(修行五種智慧)는
불(佛)을 성취하기 위해
최고 최상의 지혜를 얻고자
5, 6, 7, 8, 9식(九識) 전변(轉變)의 미혹 타파로
5종지혜 증득의 깨달음 수행길이다.

5종지혜를
미혹의 경계나 미혹의 관점에서 헤아리면
불5종지혜(佛五種智慧)를 바로 볼 지혜인
본성의 지혜가 없어
불5종지혜의 각각 지혜의 경계와 차별을 몰라
미혹으로 분별하고 사량으로 추측하여도
혼란만 거듭할 뿐, 알 수가 없다.

또한,
미혹을 벗고자 깨달음을 얻으려는 관점에서
5종지혜를 수용하고 섭수하고자 하여도
5종지혜에 대한 바른 이해를 할 수가 없어
5종지혜의 길을 수용할 수가 없다.

5종지혜는
5종지혜의 성품을 수용하는 본성의 지혜와
5, 6, 7, 8, 9식(九識) 각각 식(識)의 전변(轉變)에 의한
각식(覺識)이 열린 지혜의 차별 경계
각각 식(識)의 전변과 깨달음 차별 경계에 밝지 못하면
5종지혜와 오종지혜의 경계에 대해 알 수가 없다.

만약, 본성의 지혜가 밝지 못해 이를 헤아려도
각식(覺識)이 열리는 지혜의 차별 경계에 밝지 못하면
어떤 지식과 분별의 헤아림으로도 알 수가 없다.

불5종지혜(佛五種智慧)와
수행5종지혜(修行五種智慧)의 차별은
각(覺)과 미혹(迷惑)의 차별이 있다.

불지5종(佛智五種)은
각명일지일도(覺明一智一道)이며

미혹 경계의 5종지(五種智)는
알 수 없어, 가름할 수도 없고
헤아리어 추측할 수도 없는 부사의 지혜일 뿐이다.

불지(佛智)는 5종지(五種智)가
일각여의(一覺如義)라
원융여각(圓融如覺)으로 각각 지혜가 차별이 없다.

미혹에서 5종지(五種智)는
생각하고 추측해도, 사유함이 가도 가도 끝도 없고
자기가 겨냥한 생각의 끝이 지혜의 어디쯤인지
분별하여 헤아리려 해도, 도무지 알 수 없는
깊고 깊어지는 수미산 골짝에 빠진 것과도 같다.

5종지에 대해 이렇게 생각할 수밖에 없는 것은
5종지는, 분별의 상견(相見)으로는 알 수 없는
상(相) 없는 각성원만(覺性圓滿) 원융심(圓融心)이기
때문이다.

본성을 깨닫지 못해
상견(相見)을 벗어나지 못한 미혹견(迷惑見)으로는
불5종지혜(佛五種智慧)를 이해할 수가 없다.

미혹을 벗은 깨달음으로
5식, 6식, 7식, 8식, 9식(九識)의 전변(轉變)으로
각식(覺識)이 열리는 지혜의 각력 상승에 따라
불5종지혜(佛五種智慧)를 차차 증득함으로
불5종지혜를 알 수가 있다.

불5종지혜(佛五種智慧)는
불(佛)을 이루려는 누구이든 가야 할
완전한 깨달음을 향한 각성(覺性) 과정의 길이다.

불5종지혜(佛五種智慧)는
원융여각(圓融如覺)이라, 각각 지혜가 차별이 없어
깨달음의 지혜라야 알 수가 있다.

바른 깨달음에 들기 전에는

어떤 지식도 그 각각 지혜를 알 수가 없고,
어떤 추측도 그 각각 지혜의 차별 경계를 알 수가 없다.

그것은
불5종지혜(佛五種智慧)는
상견(相見)의 사량과 분별이 끊어진
각성원융광명계(覺性圓融光明界)이기 때문이다.

대일여래 5종지혜의 깨달음을 열기 위해서는
수행5종지혜(修行五種智慧)에 대해
수행력을 바탕한 지혜력과
법(法)을 사유하는 밝은 지혜를 근거로
깊이 살피고 궁구(窮究)하여
바르게, 그리고 밝게 알아야 한다.

여각일지원융행(如覺一智圓融行)인
불5종지혜(佛五種智慧)가 아닌

깨달음, 각식(覺識)이 열리는 식(識)의 전변(轉變)인
수행5종지혜(修行五種智慧)에 대해 면밀히 살펴보면

수행5종지혜(修行五種智慧)는
각각 업(業)의 식(識)이 타파되어
5식, 6식, 7식, 8식, 9식(九識)이 전변(轉變)하여
각각 식(識)이 끊어진 각력(覺力)의 상승으로

5종지(五種智)의 완연한 불지(佛智)에 이르는 길이다.

각각 식(識)의 전변(轉變)의 차별 경계인
5종지혜(五種智慧)의 과정을 밝게 알면
수행지혜의 바른 인식과 점검,
식(識)의 전변(轉變) 과정에 맞닥뜨리게 되는
지혜경계에서 스스로 수행지혜의 경계를 가름하고
사유하며, 점검해 볼 수가 있다.

어떤 수행으로
또는, 무엇으로 수행해야 하느냐는 것은
개인적 수행의 업력과 지혜의 차별에 따라 다르다.

어떤 수행이든 바른 깨달음에 들면
모든 수행길이 각각 달라도
본성을 깨닫는 하나의 길임을 알게 된다.

본성(本性)을 깨달음이
불성(佛性)을 깨달음이며
본심(本心)을 깨달음이다.

왜냐면,
본성(本性)이 곧, 불성(佛性)이기 때문이며
불성(佛性)이 곧, 본심(本心)이기 때문이다.

마음이 본성(本性)의 작용이며

본심(本心)이 곧, 불성(佛性)의 작용이다.

마음을 벗어나면
본성(本性)이든, 불성(佛性)이든, 각(覺)이든
그 세울 자리가 없다.

마음 없는
불성(佛性)과 본성(本性)은
곧, 미망(迷妄)이며, 망각(妄覺)이다.

일체불법(一切佛法)이 환(幻)이니
망(妄)인 환심(幻心)이 사라지면
불법(佛法)도 환심(幻心)을 따라 사라진다.

수행5종지혜(修行五種智慧)에서
미망식(迷妄識)을 밝히는 5식전변행(五識轉變行)인
성소작지행(成所作智行)은 무주지행(無住智行)이다.

법성무주지(法性無住智)의 수행에서
지식을 벗어난 두 가지의 지혜를 열 수가 있으니
연기(緣起)인 인과(因果)의 지혜와
연기(緣起)와 인과(因果)가 끊어진 법성의 지혜이다.

연기(緣起)의 지혜는 무상무주(無常無住)의 지혜로
상(相)을 통해 인연과(因緣果)의 부사의 연기(緣起)를 바로 보는 지혜이다.

이는,
연기(緣起)인 인과(因果)의 지혜가 열린다.

연기(緣起)의 지혜가 상(相)의 지혜임은
그 지혜가 아직, 상(相)에 머물러 있기 때문이다.

법(法)에서 지혜란, 앎이나 지식이 아니라
앎의 사량과 분별을 떠나
바로 법(法)의 실상(實相)을 봄이 지혜이다.

이는 사량과 분별, 지식과 앎을 초월한
분별없는 실상지혜의 밝음이기 때문이다.

성소작지행(成所作智行)의 무주지행(無住智行)에서
일체상(一切相) 연기(緣起)의 무주(無住)를 깨달아
연기(緣起)의 지혜가 밝아도
상견(相見)이 끊어지지 않아
5식(五識)의 전변(轉變)이 되지 않는다.

식(識)의 전변(轉變)이란, 업식(業識)의 전환(轉換)으로
업식(業識)이 끊어져 각식(覺識)이 열리는 깨달음이다.

식(識)이 전변(轉變)하면

전변(轉變)과 동시에 그 업(業)의 식(識)이 끊어진다.

식(識)의 전변(轉變)의 깨달음이 중요한 것이 아니라
어떤 식(識)의 전변(轉變)이냐가 중요하다.

연기(緣起)의 지혜를 얻어도
식(識)이 전변(轉變)하지 않음은
연기(緣起)의 지혜 그 자체가 상(相)의 상념(想念)을
타파하여 벗어나지 못했기 때문이다.

생각으로, 지식으로, 분별로, 사량으로
연기(緣起)를 생각하고, 인과(因果)를 생각해도
그것은 분별의 생각이며, 사량의 헤아림이니
지혜가 아니다.

법(法)의 지혜는
상(相)의 상념(想念)인 일체 사량과 분별이 끊어진
실상지혜의 밝음을 일컫는다.

연기(緣起)를 깨달아 인과(因果)를 바로 보아야
연기(緣起)를 알며, 인과(因果)를 안다.

지식과 생각으로 연기(緣起)를 이해하고 알아도
그것은 상견(相見)의 지식과 분별의 사량일 뿐
연기(緣起)의 실상을 바로 보는 직관의 지혜가 아니다.

연기(緣起)를 깨달음으로
온 법계 우주의 연기(緣起)를 깨닫고
온 우주 법계의 인과(因果)를 깨닫는다.

그러므로, 자신의 모든 것도
연기(緣起)이며, 인과(因果)임을 바로 깨닫는다.

그 지혜가 바탕이 되어
연기(緣起)에 따라 인과의 지혜를 행하게 된다.

연기(緣起)인 인과의 지혜가 열리지 않으면
연기(緣起)의 지혜를 쓸 수가 없다.

연기(緣起)가 곧, 우주 만물의 일체이며
인과(因果)가 곧, 현상의 모두다.

성소작지(成所作智)의 무주지행(無住智行)에서
법성무주지(法性無住智)로 연기(緣起)가 끊어지면
5식(五識)이 전변(轉變)하는 깨달음으로
5식(五識)이 끊어져, 5식(五識)을 벗어나게 된다.

그러면, 연기(緣起)와 인과(因果)의 흐름인
무주상(無住相)이 끊어져
일체 촉(觸)의 무아(無我)를 깨닫는다.

5식(五識)의 전변(轉變)으로 깨닫는 무아(無我)는
촉각과 감각의 일체 촉(觸)의 무아(無我)이니
7식(七識) 자아(自我)가 끊어진 무아(無我)는 아니다.

자아의식(自我意識)은 7식(七識)이니
7식(七識)이 전변(轉變)해야 자아(自我)가 끊어져
자아(自我)가 없음을 깨닫는다.

아(我),
이것도 깨달음이 깊어지면
깨달음의 경계를 따라
아(我)의 식(識)이 전변(轉變)을 거듭하며 깊어져
아(我)의 경계가 미세하여 미묘해진다.

7식(七識)의 전변(轉變)으로
자아(自我)가 없음을 깨달아도
아(我)가 사라지지 않음은
7식(七識)이 끊어져 의식(意識)의 아(我)는 없으나
7식(七識)이 끊어진 그 깨달음 전변식(轉變識)이
깨달음 각아(覺我)가 되어 남는다.

5식, 6식, 7식, 8식, 9식,
이 일체(一切)가 다, 거칠고 미세한 차원의 미묘한
아(我)의 차별식(差別識)이다.

깨달음이 완전한 완성에 이르기까지
더욱더 미세해진 깨달음 의식층(意識層)의 아(我)는
각각의 깨달음 속에도 일렁이며
궁극 완전한 깨달음의 지혜를 열기까지
차별차원 지혜의 더욱 미세한 식(識)으로 남아 있다.

깨달음에 들면, 깨달음 그 자체가 각식(覺識)이 되어
전변식(轉變識)의 아(我)가 된다.

깨달음도 사라져
완전한 지혜에 이르면, 아(我)가 완전히 사라져
끊어진다.

아(我)는
일체 분별의 업성(業性)이다.

아(我)가 완전히 끊어질 때까지
아(我)의 식(識)이 거듭 전변(轉變)을 하며
깨달음과 함께 아(我)의 식(識)이 더욱 미세해져
각아(覺我)의 미세한 차원이 달라진다.

식(識)의 전변(轉變)인 깨달음은 곧,
아(我)에 대한 전변식(轉變識)의 깨달음이다.

깨달음의 차원을 따라
아(我)의 식(識)은 전변(轉變)을 거듭하며

깨달음과 함께 차원이 미세하고 깊어진다.

깨달음이란
업식(業識), 아(我)의 식(識)의 전변(轉變)으로
깨달음을 통해 아(我)에 대한 인식과 관념이
깨달음의 차원을 따라 더욱 점차 깊어져 미세해지며
아(我)의 업성(業性)을 거듭 전변하여 벗어나므로
아(我)의 식(識)은 더욱 미세해진다.

식(識)의 전변(轉變)이 거듭하여
각력(覺力)이 상승할수록 아(我)는 더욱 미세해져
9식(九識)인 무명장식(無明藏識)에 이르면
무명(無明)의 함장식(含藏識)이라도
식(識)이 맑고 청정하다.

9식(九識)이 맑고 청정하여도
무명장식(無明藏識)이라 본성의 각명(覺明)을 가리는
무명(無明)을 머금은 함장식(含藏識)이니
지혜각명으로 타파해야 한다.

식(識)의 전변(轉變) 깨달음의 과정에는
무명(無明)이 미세해지는 차원이 점차 다르고
깨달음 깊이의 차원도 점차 다르고
각명(覺明) 깊이의 차원도 점차 다르고
무상(無相) 깊이의 차원도 점차 다르고

무아(無我) 깊이의 차원도 점차 다르고
증득(證得) 깊이의 차원도 점차 다르고
아성(我性) 깊이의 차원도 점차 다르다.

깨달음이라 하여도 어느 차원의 깨달음이냐에 따라
그 깨달음의 차원이 각각 차별이 있다.

아(我)의 식(識)이 전변(轉變)하여
머무른 식(識)의 차원, 업식(業識) 아(我)를 초월함을
깨달음이라 한다.

전변(轉變)은
차원이 각각 다른 업(業)의 식(識)에서
자신이 머물러 있는 차원이 낮은 식(識)으로부터
차원이 점차 깊은 식(識)으로 전환(轉換)하게 되니,
앞의 식(識)의 경계는 타파하여 벗어나고
전변(轉變)하여 든 식(識)의 세계는
전식(前識)보다는 식(識)의 경계와 차원이 다른
더 깊은 차원의 식(識)의 세계이니
타파한 전식(前識)의 경계식은 사라지고
전변(轉變)하여 든 식(識)의 차원세계 전변상(轉變相)에
깨달음 각식(覺識)이 머무르게 된다.

그러므로 점차 업(業)의 차별차원의 식(識)을 타파하여
완전한 지혜의 본성에 이르기까지
깨달음 전변식(轉變識)의 전변상(轉變相) 경계에서

깨달음을 얻은 지혜를 바탕으로
더 깊은 업(業)의 일체식(一切識) 차원을 타파하여
벗어나야 한다.

머묾의 식(識)의 세계 업식(業識)을 타파하여
전환(轉換)한 식(識)이 전변식(轉變識)이며,
식(識)의 전변(轉變)으로 나타나는 식(識)의 경계인
식(識)의 세계가, 식(識)의 전변(轉變)에 의한
전변상(轉變相)이다.

각각 식(識)의 차원의 차별에 따라
전변식(轉變識)의 경계와 전변상(轉變相)이 다르다.

그러므로
각성각력(覺性覺力)이 점차 깊어지므로
원융한 각성각명(覺性覺明)인 반야(般若)의 지혜가
점차 더욱 깊은 세계에 이르게 된다.

반야(般若)는 본성의 자성지(自性智)이니
반야(般若)의 지혜 자체는 본래 얕고 깊음이 없으나
미혹을 벗어나는 수행자의 지혜 차별을 따라
5식, 6식, 7식, 8식, 9식(九識)의 미혹을
각각 차원의 식(識)을 타파하여 벗어나므로
식(識)은 점차 타파하여 소멸하여지고
지혜는 점차 깊어지는 각력(覺力)의 차원에 따라
반야(般若)의 지혜는 점점 충만하여 완전한 지혜로

전환(轉換)하게 된다.

깨달음이 궁극의 완전한 깨달음이 아니면
깨달음 각력은 점차 상승하여 전변을 거듭하므로
각식아(覺識我)는 미세한 각각 차원의 식(識)을 따라
더욱 미세한 각식아(覺識我)의 차원을 거듭 초월함으로
궁극의 각식아(覺識我)를 완전히 벗어나므로
완전한 지혜로 나아간다.

깨달음, 식(識)의 전변(轉變)은 곧,
아(我)에 대한 식(識)의 거듭 전변의 상황이다.

식(識)의 전변(轉變)의 깨달음을 통해서
전변(轉變)하기 이전의 아(我)는
나 아닌 미망(迷妄)의 환(幻)임을 깨닫는다.

깨달음을 통해
아(我)에 대한 식(識)을 거듭 전변하여 벗어나며
깨달음의 차원이 거듭 상승으로 미세하여 깊어지므로
연이어 아(我)의 식(識)을 거듭 초월하여 벗어나게 되고
각력(覺力)은 더욱 밝아지며
아(我)는 각식(覺識)의 열림을 따라 더욱 미세해져
공(空)이나, 청정(淸淨)이나, 무염(無染)이나,
적정(寂靜)이나, 원융(圓融)이나, 광명(光明)이나
또한, 부사의 지혜 속에 잠기면
점차 밝아진 지혜로도

더욱 미세해진 아(我)를 알아차리기가 쉽지 않다.

아(我)가 완전히 끊어짐이
수행의 완성이며, 지혜의 완전함이다.

왜냐면,
아(我)는 무명업식(無明業識)이기 때문이다.

이것이
자신의 본성(本性)에 이르는 수행의 과정이다.

몸이 아(我)가 아님을 알면
의식(意識)이 아(我)가 되고

의식(意識)이 아(我)가 아님을 깨우치면
깨우친 증득(證得)이 아(我)가 된다.

수행이 깊어지고,
식(識)이 전변(轉變)하여 상승할수록

유상(有相)의 아(我)를 벗어나면
무상(無相)이 아(我)가 되고

무상(無相)의 아(我)를 벗어나면
공(空)이 아(我)가 되고

공(空)의 아(我)를 벗어나면
청정진여(淸淨眞如) 무염(無染)이 아(我)가 되고

청정진여(淸淨眞如) 무염(無染)의 아(我)를 벗어나면
원융각성(圓融覺性) 각명(覺明)이 아(我)가 되고

원융각성(圓融覺性) 각명(覺明)의 아(我)를 벗어나며
부동열반(不動涅槃) 진성(眞性)이 아(我)가 되고

부동열반(不動涅槃) 진성(眞性)의 아(我)를 벗어나면
무시무종(無始無終) 성(性)이 아(我)가 되고

무시무종(無始無終) 성(性)의 아(我)를 벗어나면
그 어떤 무엇도 세울 곳이 없어

무시무종(無始無終)까지 끊어져
법계(法界)가 곧, 그대로 부사의 진성(眞性)이라
법계(法界)를 그대로 원융한 몸체로 한
진불(眞佛)이다.

5식, 6식은 외경(外境)인 상심(相心)이며
7식, 8식은 내경(內境)인 분별심(分別心)이며

9식(九識)은 내외경(內外境)의 동식(動識)이 끊어진
무명장식(無明藏識)이다.

5식(五識)과 6식(六識)이 전변(轉變)하여 끊어지면
유무(有無) 상공(相空)에 들고,
7식(七識)과 8식(八識)이 전변(轉變)하여 끊어지면
내외(內外) 식공(識空)에 들며,
9식(九識)이 전변(轉變)하여 끊어지면
장식(藏識)이 끊어져 본성(本性)에 든다.

5식(五識),
상(相)의 무주무상성(無住無常性)을 관(觀)하여
무상지(無常智)로 법계무주인과성(法界無住因果性)인
일체상(一切相)의 연기(緣起)를 깨달아

상(相)의 인과지혜(因果智慧)인
연기(緣起)의 지혜가 열리어도
부사의 법성(法性) 무상지(無相智)를 열지 못해

연기(緣起)의 인과(因果) 지혜로 적멸행(寂滅行)을 닦아
무명(無明)을 벗어 일체상(一切相)의 해탈을
이루고자 한다.

인과(因果)의 지혜가 열리어도
인과(因果)의 지혜는 상(相)에 의존함이라

그 지혜로는 상(相)을 벗어나지 못한다.

무상지(無常智)인 무주성(無住性)으로
연기(緣起)의 자성(自性)을 밝게 관(觀)하면
인(因)과 연(緣)과 과(果)의 상(相)과
무상성(無常性)인 무주(無住)도 끊어져
법(法)의 무아성지(無我性智)가 열려
5식(五識)이 끊어지는 전변(轉變)의 깨달음으로
5식(五識)을 벗어나게 된다.

5식(五識)이 전변(轉變)한 깨달음으로
5식(五識)이 끊어져 5식(五識)을 벗어나
6식(六識)에 들면 지혜를 돌이켜 관(觀)하여
6식상(六識相)을 보게 된다.

5식(五識)의 전변식(轉變識)인
무주(無住)의 각성지(覺性智)를 더욱 밝히어

6식(六識)의 무상성(無相性)을 깨달아
일체상(一切相)이 공(空)한
무상지(無相智)의 각성(覺性) 발현으로
6식(六識)이 끊어져
6식(六識) 전변(轉變)의 깨달음을 얻는다.

6식(六識)이 끊어지면 무상지(無相智)를 얻어
상(相)의 자성(自性)인 무자성지(無自性智)에 드니
이것이 6식(六識)이 끊어진 상공(相空)이다.

6식(六識) 전변(轉變)의 깨달음으로
6식상(六識相)이 끊어져 무상지(無相智)를 열게 된다.

이 무상(無相)의 지혜가
상(相)이 공(空)한 성품을 보는 지혜 반야(般若)이다.

그러나, 더 깊은 실상(實相) 반야에 들면
일체(一切) 공상(空相)과 공견(空見)인
반야(般若)의 지혜상(智慧相)이 끊어진다.

무상지(無相智)로
6식(六識) 전변(轉變)의 깨달음에 들어도
공(空)인 무상(無相)에 얽매임은
아직, 식심(識心)이 끊어지지 않아
무상지(無相智)의 공(空)에 머묾이 있어
심(心)이 자재(自在)하지 못하다.

5식과 6식은 유무(有無)의 상심(相心)이라
5식과 6식이 전변(轉變)하여 공(空)에 들어도
유무(有無)의 상(相)을 바탕하고 전제(前提)로 한
상(相)의 공(空)이므로
상(相)을 인연한 바탕을 완전히 벗어나지 못해

7식(七識) 분별식(分別識)인 자아가 끊어지지 않아
6식(六識) 전변식(轉變識)의 전변상(轉變相)을 분별하여
유무(有無)를 벗어난 공(空)에 대해
공견(空見)인 공견상(空見相)을 가진다.

6식(六識) 전변(轉變)의 깨달음으로
6식(六識)이 끊어져 무상지(無相智)에 들면
지혜를 돌이켜 밝게 관(觀)하면
자아의식(自我意識) 7식(七識)이 있으리니

6식(六識) 전변식(轉變識)의 무상지(無相智)에서
수행각력(修行覺力)을 더하여

자아의식(自我意識)
7식(七識) 전변(轉變)의 깨달음으로
자아(自我)가 끊어진 무염(無染) 진여성(眞如性)을
깨닫는다.

7식(七識) 전변(轉變)으로 7식(七識)이 끊어져
진여지(眞如智)의 각성(覺性) 발현으로
7식(七識) 전변(轉變)의 깨달음
무염청정진여지(無染淸淨眞如智)를 열게 된다.

7식(七識) 전변(轉變)의 깨달음부터

용공(用空)과 상공(相空)을 벗어나므로
유(有)와 무(無)와 공(空)까지 벗어버린 깨달음
이사무애지(理事無礙智)에 듦으로
심(心)의 각(覺)인 지혜(智慧)에 들게 된다.

상(相)의 업력(業力)에 물들어
업력에 동(動)하는 자아의식(自我意識)인
7식(七識)이 끊어지면
무염심(無染心) 진여(眞如)를 깨달아
망(妄)과 진(眞), 상(相)과 공(空), 그 무엇에도
물듦 없는 청정진여(淸淨眞如)의 자성지(自性智)인
무염(無染) 진여지(眞如智)에 든다.

이것이
7식(七識) 전변(轉變)의 깨달음인
무엇에도 물듦 없는 무염청정법계(無染淸淨法界)인
시방(十方) 청정연화심(淸淨蓮華心) 장엄계(莊嚴界)이다.

7식(七識) 전변(轉變)으로
7식상(七識相)이 끊어져 자아의식(自我意識)이 없는
물듦 없는 시방(十方) 무염청정지(無染淸淨智)
청정무염(淸淨無染) 진여심(眞如心)을 열게 된다.

무엇에도 물듦 없는 진여(眞如)의 지혜가
7식(七識) 전변(轉變)의 깨달음인
무염청정진여지(無染淸淨眞如智)이다.

7식(七識)이 전변(轉變)하여
진여(眞如)의 무염청정심(無染淸淨心)이나
진여(眞如)의 무염청정(無染淸淨)에 머물면
심(心)의 원융(圓融)인 각명(覺明)을 이루지 못한다.

7식(七識) 전변(轉變)의 깨달음으로
심청정무염성(心淸淨無染性)인
시방(十方) 심(心), 식(識), 물(物),
망(妄)과 진(眞), 무엇에도 물듦 없는
심청정(心淸淨) 진여지(眞如智)에 들어도
심경계(心境界)를 돌이켜 밝게 관(觀)해 보면
자아(自我)의 관념은 벗어났으나
식(識)의 미세 출입(出入)이 없지 않음을 깨닫는다.

미세한 식(識)의 출입(出入)이 있음은
생멸 없는 심청정(心淸淨)인
시방(十方) 청정 무염진여지(無染眞如智)에 들었어도
아직, 미세한 식(識)의 대(對)의 경계를
완전히 벗어나지 못했음이다.

7식(七識)의 전변식(轉變識)
무엇에도 물듦 없는 생사 없는 진여지(眞如智)에서
더욱더 수행각력(修行覺力)을 더하여

8식(八識)의 전변(轉變)으로

식(識)의 출입(出入)인 8식(八識)이 끊어져
원융(圓融)의 각성(覺性)을 깨달아
원융각명지(圓融覺明智)를 열게 된다.

원융(圓融) 각명지(覺明智)는
8식(八識), 출입식(出入識)의 전변(轉變)으로
8식(八識)이 끊어진 깨달음이 원융지(圓融智)인
각성각명(覺性覺明)이다.

8식(八識), 출입식(出入識)이 끊어지면
시방(十方) 원융각명지(圓融覺明智)를 얻어
시방이 멸(滅)한 원융원통각명(圓融圓通覺明)에 드니

이것이
8식(八識), 전변(轉變)의 깨달음이다.

8식(八識) 전변(轉變)의 깨달음은
원융한 각성(覺性)의 밝음으로
각성(覺性)의 작용인
각조(覺照)와 각명(覺明)의 작용에 머물면
적정부동진성(寂定不動眞性) 자재에 들지 못한다.

8식(八識), 전변(轉變)의 깨달음으로
8식(八識)의 출입식(出入識)이 끊어져
8식(八識)을 벗어나 원융각(圓融覺)에서

지혜를 돌이켜 관(觀)하여 식(識)의 고요한 맑음인
본성각명(本性覺明)을 가린 무명장식(無明藏識)
백종식(白種識) 9식상(九識相)을 타파해야 한다.

8식(八識)의 전변식(轉變識)
원융(圓融)의 각성지(覺性智)에서
더욱 수행각력(修行覺力)을 더하여

9식(九識), 전변(轉變)의 깨달음으로
무한 장애 없는 본성을 가린 무명장식(無明藏識)인
9식(九識)의 맑은 백종식(白種識)이 끊어진
청정적멸(淸淨寂滅)의 무여열반(無餘涅槃)
법계체성지(法界體性智)에 들게 된다.

9식(九識)이 끊어진 원융한 무한 청정적멸성품
부사의 법계진성(法界眞性)인 열반각(涅槃覺)이니,
여기에서 바로 돌이켜
무상무연본성각명(無上無緣本性覺明)에 들어
상(相)과
무상(無相)과
청정진여(淸淨眞如)와
원융각성광명(圓融覺性光明)까지 초월하여

파괴 없는
밝은 각명(覺明)의 지혜와

적정적멸(寂靜寂滅)의
무시무종성(無始無終性)까지 벗어버린
무시성(無始性)
무시각(無始覺)이 된다.

9식(九識)인 근본 무명식(無明識)
백종식(白種識)이 끊어지면
청정적멸(淸淨寂滅)의 무여열반(無餘涅槃)인
법계체성(法界體性)에 들어
법계체성지(法界體性智)에서 바로 돌이켜
무상무연일각명(無上無緣一覺明)에 들면
무시성(無始性), 무시각(無始覺)이라
불(佛)의 지혜까지 벗어 초월한
그대로 진(眞)이며, 성(性)이며, 불(佛)이다.

일체적멸(一切寂滅) 무여열반(無餘涅槃)인
법계체성(法界體性)은 본각(本覺)의 체성(體性)이며,
법계체성지(法界體性智)는
무여열반적멸청정원융각(無餘涅槃寂滅淸淨圓融覺)으로
무시성(無始性)이며 무시각(無始覺)인
곧, 본시불(本是佛)이다.

본시불(本是佛)이
승화(昇華)한 일체초월일광명(一切超越一光明)이
무상무연일각명(無上無緣一覺明)이다.

모든 생명체는
마음에 비치고 보이는 현상을 따라 삶을 산다.

미혹 범부는
마음에 비치고 보이는 현상을 따라 욕망을 일으키고
그 욕망에 의지한 업행(業行)의 삶이 이루어진다.

지혜자는
스스로 도달한 본연(本然)의 지혜와
각성(覺性)에 두루 비치고 드러나는 현상을 따라
지혜의 삶을 산다.

연기(緣起)인
인과의 지혜가 열리지 않으면
인과상(因果相)에 어두운 미혹과 욕망의 삶을 산다.

5식(五識), 상(相)의 지혜 발현에서
상(相)의 연기(緣起)인 인연(因緣)을 따라
무상(無常)과 무주(無住)의 인연과(因緣果)의
연기(緣起)의 지혜를 발하게 되니

이 연기(緣起)의 지혜발현에서
지혜발현의 얕고 깊은 차이가 있다.

그것은

상(相)의 무상성(無常性)을 깨달은
인과(因果)의 지혜와

상(相)의 무상성(無常性)을 넘어선
무주성(無住性)을 깨달아
5식(五識), 전변(轉變)의 깨달음으로
무주성(無住性)에 의한 법(法)의 무아(無我)를
깨달음이다.

연기(緣起)에서
인과(因果)의 지혜가 밝게 열리면
인과의 지혜를 바탕으로 고인(苦因)을 멸(滅)하는
고인멸도(苦因滅道)에 의지해 해탈과(解脫果)를 위한
해탈인행(解脫因行)의 삶을 산다.

이 지혜는
상(相)에 의존한 지혜이니
이 지혜의 무상(無常)과 무주(無住)는
곧, 상(相)의 연기(緣起)이다.

상(相)의 무상성(無常性)의 연기(緣起)에서
무주(無住)의 성품을 깊이 더 깨달아
무주(無住)의 성품이 끊어져
연기(緣起)가 끊어지면
상(相)의 무상성(無常性)과 무주성(無住性)을 벗어나

상(相)의 연기(緣起)를 벗어나게 된다.

연기(緣起)에도
상(相)의 연기(緣起)와
무상자성(無相自性)의 연기(緣起)가 있다.

상(相)의 연기(緣起)는
상(相)의 인연성(因緣性)에 의한 인과상(因果相)이다.

이는
상법(相法)이다.

무상자성(無相自性)의 연기(緣起)는
무상무연성(無相無緣性)이 인연성(因緣性)을 따라
부사의 작용인 연기(緣起)를 함이다.

이는
법성(法性)의 작용인 무상자성법(無相自性法)이다.

상(相)에 의지한 연기(緣起)의 지혜는
인과상(因果相)에 의함이니
상(相)에 의지한 연기지혜(緣起智慧)이며

무상(無相)에 의한 연기(緣起)는
무연(無緣)의 무상성(無相性)에 의함이니
무자성(無自性) 법성(法性)의 연기지혜(緣起智慧)이다.

상(相)의 연기지혜(緣起智慧)는
무상법성(無相法性)의 지혜가 열리지 않아
상(相)에 의존한 연기(緣起)만 볼 뿐이다.

무상(無相)의 연기지혜(緣起智慧)는
상(相)이 끊어진 무상법성(無相法性)을 깨달아
부사의 무연무상(無緣無相)인
무자성(無自性) 성품의 무자성연기(無自性緣起)를
깨닫는다.

이는
6식(六識), 전변(轉變)의 깨달음으로
상(相)의 연기(緣起)와 인과상(因果相)이 끊어져
무상지(無相智)를 열어 무상(無相)의 삶을 산다.

그러나 이는
무상(無相)에 머물러
무염성(無染性)인 심진여(心眞如)를 알지 못하며,
무염진여지(無染眞如智)을 열지 못했다.

7식(七識), 전변(轉變)의 깨달음으로
무상(無相)을 초월한 무염성(無染性)
심진여(心眞如)에 들어
무엇에도 물듦 없는 심진여(心眞如)의 삶을 산다.

그러나 이는
무염심(無染心) 청정 진여(眞如)에 머물러
각원융(覺圓融) 광명지(光明智)를 알지 못하며,
각성원융지(覺性圓融智)를 열지 못했다.

8식(八識), 전변(轉變)의 깨달음으로
심진여(心眞如)를 초월한 원융한 각성(覺性)
광명지(光明智)에 들어
각성광명(覺性光明)의 원융한 밝음의 삶을 산다.

그러나 이는
각성광명(覺性光明)의 밝은 작용으로
부동진성(不動眞性) 적멸(寂滅)에는 이르지 못했다.

9식(九識)을 전변(轉變)한 깨달음인
불(佛)은
각성광명(覺性光明)의 밝음도 초월하고
적정적멸(寂靜寂滅)의 부동식(不動識)도 벗어나
진성부동(眞性不動) 적멸원융성(寂滅圓融性)인

무시성(無始性)에 이르러니
무시(無始)도 사라져

오직,
밝고 밝은 무한 각명진성(覺明眞性)
본연(本然) 불(佛)의 삶이다.

불(佛)은,
시(始) 없는 시(始)이며
성(性) 아닌 성(性)이니
밝음을 벗어난 초월의 밝음이다.

불(佛)은
지혜로도 알 수 없고
깨달음으로도 알 수 없고
각성(覺性)으로도 알 수 없고

불(佛)이어도
환(幻)인 이름일 뿐
그 자취가 묘연(杳然)하여, 알 길이 끊어져
그 어떤 무엇으로도 알 수가 없다.

무상(無上) 중 무상(無上)이며
상하, 앞뒤, 안팎 없는 밝음이라

일체(一切) 시방법계(十方法界)를 원융 몸체로 한
밝음 중 밝음일 뿐
무엇이라 이름할 수가 없어
일컬어 불(佛)이라 하여도

그
이름을 붙일 곳이 없다.

이,
이름할 것 없고
일컬을 것 없는 성품
적정부동적멸성(寂靜不動寂滅性)이
불가사의 무시무종성(無始無終性)을 토하고

각성광명원융성(覺性光明圓融性)인
불가사의 무시무종각(無始無終覺)을 토하고

무염청정무애성(無染淸淨無礙性)인
불가사의 무시무종심(無始無終心)을 토하고

불생불멸무상성(不生不滅無相性)인
불가사의 무시무종상(無始無終相)을 토하고

무주무상무아성(無住無常無我性)인
불가사의 무시무종용(無始無終用)을 토해

시방,
두루 만물이 장엄하고
생명마다 각성광명이 장엄하여
안팎 없어 티 없고
물듦 없이 밝고 밝아
어둠 없이 두루
비치어

봄,
바람결에
풀잎이 하늘거리니
여시(如是) 여시(如是)이다,

06. 지(智)와 인(印)

지(智)와 인(印)은
차별이 없다.

지(智)는 각성의 밝음이며
인(印)은 지(智)의 성품, 파괴되지 않는
결정성(結定性)이다.

결정성(結定性)이란
결(結)은 파괴 없는 불이성(不二性)인 결정(結定)이다.
정(定)은 변함없는 불변(不變), 부동(不動)이다.
성(性)은 묘용(妙用)의 성품이다.

그러므로
완전한 지혜는 차별지(差別智)가 아니므로
파괴되거나 변함이 없어 인지(印智)라고 한다.

인지(印智)는 곧, 불지(佛智)이다.

불지(佛智)는 차별지(差別智)가 아니므로
파괴 없는 완전한 지혜이니 인지(印智)이다.

인지(印智)에 이르기 전에는
그 지혜가 아무리 수승해도 차별지(差別智)이므로
인지(印智)에 들면 그 지혜는 파괴된다.

왜냐면
인지(印智)는 일체 차별지를 벗어남으로 성취하는
완전한 부동(不動) 대공결정성(大空結定性)이다.

인지(印智)는
일체 차별을 벗어나 무상정(無上正)에 듦으로
정인(正印)이라 하기도 한다.

정인(正印)의 정(正)은
일체 모든 차별과 삿됨과 미혹을 벗어난
완전한 절대성을 일컬음이다.

그러므로
정인(正印)은 무상인(無上印)이며
부동인(不動印)이며, 금강인(金剛印)이다.

인지(印智)인 불지(佛智)에 들면
곧, 심인(心印)이다.

심인(心印)이라 함은
심(心)이 파괴되지 않는 결정성(結定性)
인(印)에 듦을 일컬음이다.

심인(心印)은
부동심(不動心)이며, 금강심(金剛心)이다.

인지(印智)는
부동지(不動智)이며, 금강지(金剛智)이다.

심인(心印)을
해인(海印)이라하기도 한다.

해인(海印)이라, 함은
바다에 크고 작은 모든 파도가 완전히 끊어져
바다의 수면이 맑은 거울과 같이 고요해져
삼라만상 만물이 수면 위에 도장을 찍은 듯
하나도 빠짐없이 형형색색 크고 작은 모든 모습이
속속들이 뚜렷이 밝게 모두 드러나기 때문이다.

심(心)이 파괴됨이 없는 결정성(結定性)
심인(心印)에 들면
삼라만상 만물이 마음에 도장을 찍은 듯
하나도 빠짐없이 형형색색 크고 작은 모든 모습이
속속들이 뚜렷이 밝게 모두 드러나게 된다.

심인(心印)에 든 완전한 본성삼매(本性三昧)를 해인삼매(海印三昧)라고 한다.

이는
법(法)이 파괴됨이 없는 청정무자성(淸淨無自性)
법(法)의 결정성(結定性)에 듦이다.

이 지(智)는
법(法)의 인(印)을 이룸이니 법인지(法印智)라 한다.

이 경계는
심(心)에 비친 만상만물 그대로 생멸(生滅)이 끊어져
부사의 청정자성(淸淨自性)인 법인(法印)에 듦이다.

법인(法印)은, 법(法)이 파괴됨이 없음이니
상(相)이 그대로 무상(無相)이며
생(生)이 그대로 불생(不生)이며
멸(滅)이 그대로 불멸(不滅)이며
상(相)과 생(生)과 멸(滅)이 그대로 청정한
무생(無生)이다.

여기에서
파괴되거나 변함없는 불지(佛智)의 무생법(無生法)
원융지(圓融智)인 삼법인지(三法印智)를 발하게 된다.

체(體)가 곧, 용(用)이며,
용(用)이 곧, 상(相)이며
상(相)이 곧, 체(體)인 무생법인(無生法印)
원융무생지(圓融無生智)에 들게 된다.

이는
원융일심(圓融一心) 심인(心印)인
부동심(不動心)이며, 금강심(金剛心)이며
불지(佛智) 일각원융지(一覺圓融智)인
부동지(不動智)이며, 금강지(金剛智)이다.

결인(結印)의 결(結)은
부사의 본각성(本覺性) 성품의 심법(心法)이라
무슨 매듭을 맺듯 인(印)을 맺음이 아니고
일체 상(相)과 식(識)을 완전히 벗어나
파괴가 없고 변함이 없는 청정 부동성(不動性)인
부사의 대공결정성(大空結定性)에 듦이다.

결인(結印)의 인(印)은
파괴되거나 변함없는 청정부동성(淸淨不動性)인
곧, 결(結)의 인성(印性)이다.

청정부동성(淸淨不動性)인 결(結)이 되지 않으면
인(印)에 들 수가 없다.

인(印)이 아니면
그것이 무엇이든 파괴되는 것이며, 변하는 것이며
완전하지 않은 것이니 곧, 상(相)이다.

미혹의 것이든, 깨달음의 것이든
파괴되지 않는 결정성 인(印)에 들면
인(印)에 들기 이전의 모든 것은 한 찰나에 파괴되어
흔적 없이 사라진다.

그제야 비로소
천만년을 고통과 시련 속에 쌓아 모은
진귀한 모든 수행의 재산들이 흔적 없이 사라져
그 모두가 부질없는 티끌이었음을 깨달아
그 짐들을 미련 없이 내려놓게 된다.

왜냐면,
본래 본성(本性)에는 무엇이 더 필요하거나
또, 더할 무엇이 없기 때문이다.

그것이 인(印)이다.

인(印)은 곧, 본성의 성품
금강부동결정성(金剛不動結定性)이다.

이는
곧, 불성(佛性)이다.

3장_ 불(佛)의 삼밀장(三密藏)

01. 밀장(密藏)

밀(密)은
상(相)의 식견(識見)인
인식의 분별과 사량으로는 알 수 없는
진실(眞實)이며, 실상(實相)이며, 실체(實體)인
부사의 성(性)의 공덕장(功德藏)이다.

이는 곧,
여래장(如來藏) 장엄세계(莊嚴世界)이다.

여래장(如來藏)은
성(性)의 실제(實際)이며
불성(佛性)의 실제(實際)이며
심(心)의 본체(本體) 실(實)이며
각(覺)의 본체(本體) 실(實)이다.

이를
여래장(如來藏)이라 함은

여래(如來)의 일체 공덕장(功德藏)이기 때문이다.

이는
여래(如來)의
부사의 지(智), 각(覺), 행(行)이 이루어지는
부사의 공덕체(功德體)이다.

이는 곧,
여래(如來) 일체 총지(總持)의 공덕장(功德藏)이니
여래장(如來藏)이라 한다.

장(藏)이라 함은
알 수 없는 부사의(不思議)이기 때문이며
일체 공덕을 유출하기 때문이며
일체 사유(思惟)와 인식(認識)을 벗어난
묘(妙)의 세계이기 때문이며,
무엇이라 일컫고 이름할 수 없는 공덕체이기
때문이다.

여래장(如來藏) 장엄계(莊嚴界)는
실상장엄계(實相莊嚴界)
각성장엄계(覺性莊嚴界)
불지묘법장엄계(佛智妙法莊嚴界)이다.

실상장엄계(實相莊嚴界)는
무시무종(無始無終) 실상장엄계(實相莊嚴界)인
성(性)의 체(體)와 용(用)의 부사의 작용
장엄계(莊嚴界)이다.

각성장엄계(覺性莊嚴界)는
무시무종(無始無終) 각성광명계(覺性光明界)인
원융각성광명(圓融覺性光明)의 부사의 작용
장엄계(莊嚴界)이다.

불지묘법장엄계(佛智妙法莊嚴界)는
불지광명(佛智光明)의 부사의 작용
밀지밀장(密智密藏)의 공덕장엄계(功德莊嚴界)이다.

실상장엄계(實相莊嚴界)와
각성장엄계(覺性莊嚴界)가
불지묘법장엄계(佛智妙法莊嚴界)에 귀속됨이니

불지묘법장엄계(佛智妙法莊嚴界)는
여래장(如來藏) 장엄세계(莊嚴世界)로
실상장엄계(實相莊嚴界)와 각성장엄계(覺性莊嚴界)를
불이원융(不二圓融)으로 총섭(總攝)한
부사의 불지묘법공덕계(佛智妙法功德界)이다.

불지묘법공덕계(佛智妙法功德界)는
불지(佛智)와 불심(佛心)과 불행(佛行)의
공덕장(功德藏)의 세계이다.

불지(佛智)는
실상장엄(實相莊嚴)과 각성장엄(覺性莊嚴)인
부사의 공덕장(功德藏)의 세계이다.

불심(佛心)은
실상장엄심(實相莊嚴心)과 각성장엄심(覺性莊嚴心)과
일체 생명을 향한 무한 지혜와 자비의 마음이다.

이는
부사의 실상공덕장엄(實相功德莊嚴)과
부사의 각성공덕장엄(覺性功德莊嚴)을 총섭(總攝)한
불심(佛心) 속에 일체 생명을 향한 무한 지혜와
무한 자비의 마음이다.

불행(佛行)은
실상장엄공덕행(實相莊嚴功德行)과
각성장엄공덕행(覺性莊嚴功德行)을 총섭(總攝)한
대자대비공덕행(大慈大悲功德行)이다.

실상장엄공덕행(實相莊嚴功德行)은
법성불이성(法性不二性)으로

지(智)와 성(性)이 둘이 아닌 부사의 공덕행이다.

각성장엄공덕행(覺性莊嚴功德行)은
각성광명(覺性光明) 장엄(莊嚴)의 공덕행으로
불지광명(佛智光明) 속에 이루어지는
부사의 일체행(一切行)이다.

대자대비공덕행(大慈大悲功德行)은
일체 생명구제의 원융일체행(圓融一切行)이다.

불(佛)의 일체행(一切行)은
실상장엄(實相莊嚴), 각성장엄(覺性莊嚴),
불지묘법장엄(佛智妙法莊嚴)을 총섭(總攝)한
여래장(如來藏) 공덕장엄(功德莊嚴) 속에 이루어진다.

불(佛)의
여래장(如來藏) 일체행(一切行)이
일체 생명구제를 위한 자비심 발현으로
불(佛)의 신구의(身口意)
삼밀장공덕행(三密藏功德行)으로 드러난다.

삼밀장공덕행(三密藏功德行)은
여래장(如來藏) 공덕행(功德行)으로
신밀(身密), 구밀(口密), 의밀(意密)의
부사의 각성공덕행(覺性功德行)이다.

여래장(如來藏) 공덕행(功德行)은
불(佛)의 신구의(身口意)
청정광명공덕행(淸淨光明功德行)으로 드러난다.

이는
부사의 불신밀(佛身密), 불구밀(佛口密),
불의밀(佛意密)이다.

불신밀(佛身密)은
불신(佛身)을 통해 여래장(如來藏) 공덕행(功德行)이
이루어진다.

불구밀(佛口密)은
불구(佛口)를 통해 여래장(如來藏) 공덕행(功德行)이
이루어진다.

불의밀(佛意密)은
불의(佛意)를 통해 여래장(如來藏) 공덕행(功德行)이
이루어진다.

불신밀(佛身密)은
불지(佛智)에 의한 일체 불신행(佛身行)이다.

불구밀(佛口密)은

불지(佛智)에 의한 일체 불구행(佛口行)이다.

불의밀(佛意密)은
불지(佛智)에 의한 일체 불의행(佛意行)이다.

일체(一切)
불신행(佛身行), 불구행(佛口行), 불의행(佛意行)이
여래(如來)의 부사의 각성광명(覺性光明) 공덕장엄인
여래장(如來藏) 공덕장엄(功德莊嚴)의 총섭(總攝)
총지(總持)의 일행(一行)이다.

02. 삼밀장(三密藏)

삼밀장(三密藏)은
여래장(如來藏) 공덕행(功德行)인
불신밀장(佛身密藏), 불구밀장(佛口密藏),
불의밀장(佛意密藏)이다.

불신밀장(佛身密藏)은
대일여래(大日如來)의 부사의 행인
성소작지행(成所作智行)이다.

이는
여래장(如來藏) 각성공덕행(覺性功德行)인
밀지밀행(密智密行)으로
부사의 각성광명(覺性光明)의 총섭(總攝) 지혜에 의한
불지인행(佛智印行)인
불수인(佛手印)과 불좌법(佛坐法) 등
행주좌와(行住坐臥) 어묵동정(語默動靜)과
생명을 위한 일체 자비행(慈悲行)인

불(佛)의 신행(身行)이다.

불구밀장(佛口密藏)은
불지(佛智)의 밀음(密音)인 구음(口音)과
지혜설(智慧說)이다.

이는
여래장(如來藏) 각성공덕행(覺性功德行)인
밀지밀행(密智密行)으로
부사의 각성광명(覺性光明)의 총섭(總攝) 지혜에 의한
불지인행(佛智印行)인 밀지밀행음(密智密行音)과

부사의 여래장공덕(如來藏功德)을 드러내는
묘법(妙法)인 진언(眞言)과 다라니(陀羅尼)와
생명구제의 자비와 방편의 일체설(一切說)이다.

밀지밀행음(密智密行音)은
부사의 여래장공덕행(如來藏功德行)에서
부사의 지혜 결인(結印)에 의한 신결(身結)과
심결(心結)의 법계정인행(法界定印行)에 의한
밀지밀행(密智密行)의 결계음(結契音)인
부사의 공덕음(功德音)이다.

이는
부사의 지혜와 몸과 정신각성이 결인(結印)하여

지혜를 수순하여 흐르는 법계 미묘 법음(法音)으로
의식의 분별과 사량을 초월한 부사의 밀장(密藏)
공덕음(功德音)이다.

묘법(妙法),
밀계(密界)의 진언(眞言)과 다라니(陀羅尼)는
여래(如來)의 공덕장(功德藏)인
여래장(如來藏)의 부사의 공덕세계
제불공덕총지(諸佛功德總持)를 드러내는
부사의 밀의법어(密意法語)이다.

생명구제를 위한 불설(佛說)이
구밀(口密)인 밀설(密說)임은
부사의 여래장(如來藏) 지혜의 불설(佛說)이므로
상견(相見)인 미혹의 분별과 사량으로는
그 뜻과 실상(實相)을 알 수 없는
실상(實相)과 각성지혜의 설(說)이기 때문이다.

불지혜(佛智慧)의 설(說)이
실상을 드러내는 실상어(實相語)이며
각성(覺性)을 드러내는 지혜설(智慧說)이므로
그 언어에는 법상(法相)이 없다.

불지혜(佛智慧)를
언어(言語)로 드러내는 그 실상과 지혜를 모르면

언어를 따라 법(法)의 상(相)을 일으켜
언어의 뜻, 요의(了義)의 실상지혜에 들지 못하고
분별과 사량의 혹견(惑見)을 더하게 된다.

불설(佛說)이 교(敎)이므로
밀어(密語)가 아니라고 생각하는 그것이
설(說)의 요의(了義)인 실체를 벗어난
곁가지의 차별시각에서 보는
교(敎)와 밀(密)이 다른 법(法)임을 분별함이다.

교(敎)의 실상을 모르면
밀(密)만 모르는 것이 아니라
교(敎)의 요의(了義)의 실체를 또한 모름이다.

가르침의 실상을 깨달으면
불설(佛說)의 언어가 실상을 드러낸 지혜설이라
불지혜(佛智慧)로 드러낸 사유를 벗어난 비밀스러운 뜻
그 요의(了義)의 실상을 알게 되면
언어를 벗어난 여래장(如來藏)의 실상을 깨닫는다.

불설(佛說)은 불지혜(佛智慧)로 실상세계를 드러냄이니
가르침의 실체, 본성(本性)을 깨달으면
불설(佛說)의 일체가
그림자 없는 각성지혜의 실상(實相) 언어임을 알게 된다.

불의밀장(佛意密藏)은
불심광명행(佛心光明行)이다.

삼밀장(三密藏) 의(意)는
여래장공덕(如來藏功德)의 불지총섭심(佛智總攝心)
이다.

불심(佛心)은
묘체심(妙體心), 묘각심(妙覺心), 묘지심(妙智心),
묘법심(妙法心), 광명심(光明心), 묘용심(妙用心) 등,
부사의 여래장공덕심(如來藏功德心)으로
불지혜심(佛智慧心)과
무량불법(無量佛法)의 총지심(總持心)과
자비무한(慈悲無限)의 총섭(總攝) 공덕심이다.

불(佛)의 묘법계(妙法界)
불신밀장(佛身密藏), 불구밀장(佛口密藏),
불의밀장(佛意密藏)은 불지행(佛智行)의 일체 세계이다.

밀(密)이라고 함이
종교적 형태의 부파인 밀교(密敎)를 뜻함이 아니다.

밀(密)은 곧,
불지혜(佛智慧)의 지혜장(智慧藏) 세계
부사의 여래장(如來藏)의 공덕장엄계를 일컬음이다.

불밀장엄계(佛密莊嚴界)는 곧,
불(佛)의 공덕장(功德藏) 일체(一切) 세계이다.

5지(五智)의 세계도
여래장(如來藏)의 공덕행(功德行)으로
불(佛)의 밀지밀행(密智密行)인
신밀(身密), 구밀(口密), 의밀(意密)의 세계이다.

불(佛) 지혜의 꽃이 피어나
지혜의 꽃이 형형색색 시방법계에 두루 장엄하여도
그 형형색색 다른 꽃들은
지혜 인연 방편의 특성을 따라 피어난 모습일 뿐
그 지혜의 뿌리가 다르지 않고
그 지혜 성품의 바탕이 다르지 않은
한 성품, 지혜 뿌리의 인연상일 뿐이다.

천차만별의 차별이 근원으로 돌아가면
천만 가지의 차별이 사라지고,
형형색색 차별로 벌어져 장엄한 모습도
한 성품, 지혜를 근원으로 인연을 따라 피어난
다양한 모습일 뿐이다.

모든 것이
한 성품, 지혜의 뿌리에서 피어난 꽃이니
근원을 알고, 그 뿌리를 깨달으면

그 천차만별의 모습들이 형형색색 달라도
생명 토양의 인연을 따라 피어난 모습임을
깨닫는다.

천불(千佛)이 출현하고
만불(萬佛)이 출현하여
그 법(法)이 모래알과 같이 많아도
그 근원이 하나인
본연일심일각(本然一心一覺)에서 피어난 꽃이다.

헤아릴 수 없는 수많은 음식의 재료가 많고
그 재료로 만든 각각 다른 수많은 음식이 있어도
그 모두가 몸 하나를 위함인 뜻은
차별이 없듯

불법(佛法)의 지혜와 방편의 길을 따라
피어난 꽃이 각각 달라도
그 모두가
청정 본성 일심일각(一心一覺)에 뿌리를 둔
심성의 차별특성 인연을 따라 피어난
한 성품 지혜의 다양한 모습
무량자비의 꽃이다.

4장_ 옴마니 반메훔

01. 진언(眞言)

진언(眞言)이란
실상(實相), 진리(眞理), 공덕(功德)의 말이다.

진언(眞言)은
곧, 진리(眞理)의 공덕(功德)을 드러냄이다.

진언(眞言)의 진(眞)은
본성(本性)과
그 작용인 만유(萬有)의 실상(實相)과
불지혜(佛智慧) 각성공덕장엄(覺性功德莊嚴)의 세계이다.

진리의 본성은
성(性)이며

그 작용의 세계는
시방법계 만유(萬有)의 실상과 작용,
제불지혜광명장엄계(諸佛智慧光明莊嚴界)이다.

진(眞)은 곧,
본성의 부사의 밀계(密界)이며
미혹 없는 불지혜(佛智慧)의 각성광명의 세계이다.

진(眞)은
진성(眞性)인 실상(實相)과
불지혜(佛智慧) 각명(覺明)의 공덕세계를 드러냄이다.

그 부사의 공덕의 총지(總持)를 드러내는 심광(心光)이
진언(眞言)이다.

그러므로 진언(眞言)은
진성묘법(眞性妙法) 실상광명(實相光明)과
무량법계(無量法界) 공덕광명(功德光明)과
제불지혜(諸佛智慧) 각성광명(覺性光明)과
대자대비(大慈大悲) 대원광명(大願光明)과
부사의 밀지밀행(密智密行) 공덕총지(功德總持)인
법(法)의 밀지심광공덕(密智心光功德)을 드러낸다.

진언(眞言)은
실상공덕 각성공덕 자비공덕 심광공덕을 드러냄이니
부사의사(不思議事) 밀장공덕총지(密藏功德總持)는
본성광명 제불지혜의 각성광명계(覺性光明界)이다.

진언(眞言)의 세계는

각성광명(覺性光明)의 작용인
밀지밀행(密智密行)으로
체(體), 용(用), 각(覺), 광명(光明), 묘법(妙法),
밀지밀심(密智密心)의 부사의 각력(覺力)
밀지심광(密智心光) 작용의 차별을 따라
지(智), 각(覺), 광명(光明), 금강(金剛),
청정(淸淨), 묘법(妙法), 대원(大願), 자비(慈悲),
결인(結印) 등의 공덕을 유출하는
진언(眞言)의 차별이 있다.

무슨 진언(眞言)이든
그 진언(眞言)의 실상과 각성의 세계는
무엇에도 장애 없는 광명밀장(光明密藏)으로
실상무한(實相無限)과 각성무한(覺性無限)과
지혜무한(智慧無限)과 자비무한(慈悲無限)과
청정무한(淸淨無限)과 공덕무한(功德無限)과
결인무한(結印無限)과 묘법무한(妙法無限)과
부사의 밀지밀심무한인연(密智密心無限因緣)으로
진언(眞言)의 차원세계는 무한히 열려있다.

진언(眞言)의 공덕 밀장계(密藏界)는
일체 사량과 사유의 세계를 벗어났다.

그러므로
진언(眞言)을 수용하거나 인식하면서

진언(眞言)에 대한 고정관념을 가져서는 안 된다.

고정관념의 영역 속에
진언(眞言)을 인식하게 되면

진언(眞言)의
밀지밀심밀력(密智密心密力)이 무한히 열려 있는
실상무한(實相無限)과 각성무한(覺性無限)과
공덕무한(功德無限)과 밀장무한(密藏無限)과
밀지밀심무한인연(密智密心無限因緣)의
부사의 세계의 차원을 장애(障礙)할 수도 있다.

진언(眞言)의 실상에 대해 알고자 하면
인식의 한계를 벗어난
각성(覺性)의 세계로 식(識)을 전변(轉變)하여
진언(眞言)의 실상 각성광명에 들어야 한다.

지식으로 헤아리는 진언(眞言)의 세계는
그 세계가 무엇이든
자신의 앎과 인식의 영역을 벗어나지 못해
인식을 벗어난 사유무한(思惟無限)과
지혜무한(智慧無限)의 세계에 이를 수가 없다.

앎과 인식을 벗어나
지혜의 성품인 여래장(如來藏)에 들면
진언(眞言)의 실상, 부사의 밀계(密界)를 깨우치게 된다.

진언(眞言)은
진리의 실상 각성광명과 공덕 총지(總持)를 드러내는
법(法)의 심광(心光), 밀어(密語)이기 때문이다.

밀어(密語)는, 비밀의 말이 아니라
진리의 무한 광명, 공덕 총지(總持)의 직설(直說)이다.

각성광명 진리의 세계는
인식과 사유를 벗어나 부사의하고 부사의하므로
그 실상(實相)과 실체를 일러 밀(密)이라 한다.

밀(密)이라 함이
단지, 공덕총지(功德總持) 부사의 공덕장(功德藏)일 뿐,
무엇을 감추거나 숨기는 뜻이 아니다.

다만,
눈으로 볼 수도 없고
귀로도 들을 수도 없고
몸으로 인식하거나 접촉으로 확인할 수 없는
부사의 성품, 묘법(妙法)의 실상계(實相界)이므로
밀(密)이라 할 뿐이다.

밀(密)의 세계도
인식과 사유를 벗어난 깨달음의 각성으로
밀(密)의 성품을 깨달아
밀지밀행(密智密行)을 하게 된다.

제불행(諸佛行)이
곧, 인식과 사유를 벗어난 부사의 각성광명지혜의
밀지밀행(密智密行)이다.

밀(密)은
곧, 여래장(如來藏) 공덕세계이니

제불행(諸佛行)이, 여래장(如來藏)의 공덕공지(功德總持)
각성광명장엄행(覺性光明莊嚴行)이다.

진언(眞言)을 알고자 하거나
바르게 깨닫고자 하면,
그 진언(眞言)을 수용하는 식(識)의 감응과 변화가
어떻게 전변(轉變)하느냐가 중요하다.

진언(眞言)을 수용하는
식(識)의 감응과 변화인 전변(轉變)에 따라
진언을 향한 식(識)의 열림과
진언을 수용하는 식(識)이 펼쳐지는 각성 전개가
다르다.

그것은
진언(眞言)을 수용하는 식(識)의 성품 성질과
정신의식의 다양한 차원의 빛깔에 따라 피어나는
식(識)의 무한 인연사(因緣事)에 따라

차별이 있기 때문이다.

똑같은 물이어도
복숭아나무에는
복숭아 꽃과 복숭아 열매가 열리고

자두나무에는
자두 꽃과 자두 열매가 열린다.

진언(眞言)은
무한 광명 총지(總持)의 공덕장(功德藏)이므로
무량 공덕수(功德水)와 같아
그릇의 모양 따라 물의 모습이 달라지고
그릇의 색깔 따라 물의 빛깔이 달라지듯이
진언을 인식하고 수용하는 정신의식의 차별상에 따라
진언의 공덕세계가 차별이 있기 때문이다.

그러므로, 무슨 진언(眞言)이든
진언(眞言)을 수용하는 식(識)의 전변식(轉變識)인
밀지(密智), 밀행(密行), 밀심(密心)에 따라
진언(眞言)의 각성세계가 달라진다.

차별의식으로 진언(眞言)을 수용하면
차별의 한계성에 진언(眞言)이 얽매여 묶이고

각성의 지혜가 열리면
차별의식이 사라져, 각성 무한광명 속에
진언(眞言)의 밀지밀행(密智密行)으로
우주 만법의 부사의 비밀장엄 속에 증입(證入)하고
제불심인(諸佛心印)의 각성광명장(覺性光明藏)에
증입(證入)한다.

밀지밀행심(密智密行心)에 따라
진언(眞言)의 실상을 수용함이 달라
밀지밀행심(密智密行心)의 차원을 따라
각성광명(覺性光明)의 무한(無限) 세계를
열게 된다.

진언(眞言)은
제불광명(諸佛光明) 여래장(如來藏)
부사의 총지(總持) 각성장엄계(覺性莊嚴界)이다.

무슨 진언(眞言)이 좋으냐보다
자신 지혜의 열림과 원력(願力)의 인연사를 따라
각종 진언(眞言)을 수용하면 된다.

진언(眞言)을 수용하는 현상에는
종교적 의식(意識)과 관념,
특정 관념의 철학적 사고에 따라
진언(眞言)에 대한 종교적, 신앙적, 철학적, 정신적

다양한 의미를 가진 진언의 세계로 펼쳐진다.

그 현상은
개인과 종교와 정신사회에 따라
다양한 모습의 형태로 전개되고, 체계화되어
삶과 정신세계의 한 영역으로 자리하여
정신의 각성을 일깨우고 있다.

한 진언(眞言)으로도
다양한 성격의 색깔과 다양한 차원의 모습으로
진언의 세계가 펼쳐지는 것은

진언을 수용하는 인지각성(認知覺性)의 다양성과
진언을 활용하는 의식각성(意識覺性)의 다양성과
종교적, 철학적 사고 정신 전개의 다양성과
밀지밀심(密智密心) 각력발현의 다양성에 따라
정신세계 우주의 수많은 꽃처럼 펼쳐진다.

진언(眞言)이
다양성으로 다양화되어 펼쳐져 있는 것 중에
어느 것이 더 중요하며, 어느 것이 더 좋은가는
중요하지 않다.

진언을 수용함에는
진언이 주(主)가 되는 것이 아니라
진언을 섭수하고 수용하는 자신의 정신 속성이

진언의 주(主)가 되기 때문이다.

왜냐면,
마음은 조화(造化)와 작용의 바탕 주체(主體)가 되고
진언은 주체인 마음이 수용하는
정신적 이념(理念)의 작용체이기 때문이다.

그러므로 진언을
스스로 어떤 관점에서 수용하고
삶과 정신을 이롭고 건강하게 하느냐가
중요하다.

단지,
진언을 수용하고 인식하는 스스로 각성(覺性)이
얼마나 열려 있으며,
정신과 지혜가 어느 차원에까지 열렸느냐가
중요하다.

진언(眞言)이 타력화(他力化)되면
그것은 자성광명(自性光明)인
여래장(如來藏)을 수용할 수 없는
각성광명이 열리지 않은 의식(意識)의 차원이다.

진언(眞言)을
자성광명(自性光明) 속에 수용해야
진언(眞言)과 원융의 일체화(一體化)를 이룬다.

제불(諸佛)의 진언(眞言)이라도
타(他)의 것이 아닌 수용자(受用者)의 것이므로
각성광명(覺性光明)의 밀심(密心)에는
진언(眞言)과 원융의 일체화(一體化)를 이루어
자성광명체(自性光明體)의 진언(眞言)으로 발현한다.

일체(一切) 진언(眞言)은
심광(心光)이다.

심밀광명(心密光明)의 장엄 속에
심광(心光)의 발현을 따라
심광공덕(心光功德) 부사의 밀계밀장밀언(密界密藏密言)
심광진언(心光眞言)을 법계에 유출한다.

진언(眞言)은
각성광명(覺性光明)의 심밀행(心密行)인
심광공덕유출(心光功德流出)의 공덕장엄(功德莊嚴)이니

자성광명(自性光明)인
각성광명공덕심행(覺性光明功德心行)을 벗어나면
자성광명(自性光明) 공덕의 진언을 유출할 수가 없다.

진언(眞言)은
진리 무한 광명 심광발현공덕총지(心光發現功德總持)를
법계의 인연을 따라 유출(流出)한다.

이는
진성광명(眞性光明) 작용의 공덕을 발현함이다.

진언(眞言)을 단지
종교적, 신앙적, 또는 신비주의적 개념으로 수용하면
귀의적(歸依的) 타력행(他力行)일 뿐이다.

각성광명(覺性光明)이 열리어
스스로 밝은 심광(心光)을 발(發)하면
제불(諸佛)의 진언(眞言)이 타(他)의 것이 아니라,
여래장(如來藏) 자성광명(自性光明)인
부사의 각성광명(覺性光明) 공덕장(功德藏)의 발현임을
깨닫는다.

제불(諸佛)의 여래장(如來藏)과
나의 여래장(如來藏)이 다름없는 한 성품이니
자성광명(自性光明) 여래장(如來藏)인
각성광명 밀밀현현(密密顯顯) 성품의 공덕작용에서
제불(諸佛) 진언(眞言)의 실상과 그 세계를
깨닫는다.

여래장(如來藏),
제불공덕(諸佛功德)의 총지(總持)인
본성(本性), 체(體)와 용(用)의 부사의 세계와

제불각성광명(諸佛覺性光明)의 공덕세계
밀계(密界) 밀장(密藏)의 진리를 총섭(總攝)하고

대일여래(大日如來)의
태장계(胎藏界)와 금강계(金剛界)의 밀성(密性)을
총섭(總攝)하며

대일여래(大日如來)의 5종지혜(五種智慧)인
법계체성지(法界體性智)와 대원경지(大圓鏡智)와
평등성지(平等性智)와 묘관찰지(妙觀察智)와
성소작지(成所作智)의 세계를 총섭(總攝)하고

법계(法界) 제불(諸佛)의
지(智), 각(覺), 심(心) 광명계(光明界)의 공덕
총지(總持)를 총섭(總攝)하여

일체 생명을 축복하고, 그 진리에 들게 하는
부사의 여래장(如來藏) 공덕장엄(功德莊嚴)
대광명(大光明) 묘법장엄(妙法莊嚴)의
진언(眞言)이 있으니

곧,
옴 마니 반메 훔, 이다.

이는
관세음보살의 본성광명 밀장진언(密藏眞言)으로

육자대명왕진언(六字大明王眞言)이다.

이 육자대명왕진언(六字大明王眞言)은
대일여래(大日如來)의 태장계(胎藏界)과 금강계(金剛界)
부사의 공덕장엄의 세계이다.

02. 옴

옴(om)
진언(眞言), 법(法)의 실체는
시방 우주의 근본 성(性)의 체성(體性)이며
시방 우주 작용의 실체 생명성(生命性)이며
일체 생명의 정신 궁극 광명체(光明體)이다.

옴(om)은
생명(生命)의 각성음(覺性音)이다.

생명(生命)은
무시무종(無始無終)의 체성(體性)이다.

생명(生命)은
일체 물(物)과 심(心)의 근본이며 실체(實體)로
무시무종(無始無終)의 성품이다.

생명(生命)의 실체는
생멸(生滅)과 생사(生死)가 없다.

생명(生命)의 생(生)은
생명의 실체, 생명(生命) 성품인 성(性)을 일컬음이니
이는, 시간적 살아 있음을 뜻함이 아니라
생멸생사(生滅生死) 없는 무시무종(無始無終)인
성(性)의 성품을 일컬음이다.

성(性)을 생(生)이라고 함은
작용하는 생명성이며, 무엇이든 살아있게 하고
생명작용을 하기 때문이다.

생명(生命)의 명(命)은
성(性)의 성품 생명작용이 나아감이니
생명의 명(命)은 성(性)의 섭리 생명작용이다.

목숨과 생명은 다르다.

목숨은 생명체의 생명작용인 호흡이며
생명은 생명의 실체
무시무종(無始無終) 성(性)의 성품이다.

생명(生命)은
생명체를 살아 있게 하므로
생명과 목숨의 뜻을

일상에서는 같은 의미로 수용하기도 한다.

생명성(生命性)을
일체 만물의 근본이며, 본성임을 일컬을 때는
생명(生命)이라 하지 않고
성(性)이라고 한다.

성(性)이라 함은
유형이든, 무형이든, 일체 존재의 실체이며 근본인
성품을 일컬음이다.

유형이든, 무형이든, 일체 만물과 마음의 세계가
곧, 성(性)의 세계이다.

성(性)은, 일체 존재의 근본 실체며, 작용체이므로
존재의 생명체로 작용할 때는
성(性)을 곧, 생명(生命)이라고 하며

일체 존재의 근본으로
일체 물(物)과 심(心)을 생성변화 작용하게 하는
체성(體性)인 본성을 일컬을 때는
성(性)이라고 한다.

성(性)이 생명이라도
현상과 작용에 따라 이름함이 다르니
성(性)은, 존재의 이체(理體)를 뜻하며

생명(生命)은, 생명작용의 이체(理體)를 뜻한다.

존재의 실체와 생명의 실체가 다른 것이 아니니
깨달음으로 각성(覺性)이 열리면
자신의 근원과 실체가 성(性)이며
성(性)이 곧, 생명의 실체임을 깨닫는다.

생명의 실체가
생멸(生滅)과 생사(生死)가 없는 성(性)의 성품이다.

깨달음이란
생멸(生滅), 생사(生死)가 없는
생명의 실체인 성(性)을 깨달음이다.

옴(om)은
일체 존재의 근원인 생명(生命)의 성품이다.

옴(om)의 음(音)은
생명(生命) 각성(覺性)의 음(音)이며,
생명의 실체에 든
부사의 결정(結定) 결계음(結契音)이며,
또한, 무한 궁극 생명성(生命性)에 귀일(歸一)한
무한 찬탄 축복, 감사의 음(音)이며,
일체 초월 각성광명(覺性光明)의 결계음(結契音)이다.

옴(om)은 언어를 초월하고
인식과 사유를 초월한 각성(覺性)의 음(音)이다.

옴(om), 이 자체를
각종 언어나, 지식과 철학으로 해설하여도
옴(om)의 실제(實際)인 각성(覺性)의 상태를 벗어난
지식에 불과한 해석일 뿐이다.

그러므로
옴(om)을 신성(神性)이나, 성(聖)이나
또는, 신비주의적 느낌을 주는 특성 언어로만
인식할 수도 있다.

옴(om)은
고대(古代)로부터 정신세계에서
정신 각성의 신성(神性)한 진리의 소리로 인식하여
시대 변화의 정신 흐름을 따라 오늘에 이르렀으나
지금에서야 그 근원적 분명한 뜻을 알기는 어렵다.

그러나,
정신 무한 열림으로 초월각성이 두루 밝아
초월각명(超越覺明)으로 옴(om)의 궁극 진리에 들어
정신 근원의 밝음 속에 옴(om)의 근본 의미와
뜻의 진리에 계합(契合)하여 듦으로
그 부사의한 의미와 뜻을 명료하게 사무치며

그 부사의함을 깨우치게 된다.

옴(om)은
의식(意識)의 언어(言語)가 아니라 각성어(覺性語)이다.

단지,
정신(精神)의 각성광명(覺性光明)으로
만물의 일체 존재의 근원인
성(性)의 실체, 생명성(生命性)에 귀일(歸一)한
부사의 결계음(結契音)이며,
초월 각성감각의 부사의 미묘한 탄성과 감탄의
각성광명 감각이 반응하여 일어나는 영적 각성의
깊은 정신파동(精神波動)에서 발현한 초월의 소리이다.

옴(om)은
의식 초월, 무한 각성감각(覺性感覺) 반응의 소리이다.

모든 언어는 의식(意識)의 기호이다.

그러나
소리로 표현되는 옴(om)은
의식(意識)의 언어가 아니라
의식(意識)의 초월, 각성광명(覺性光明) 촉각에 의한
부사의 절정 무한 찬탄과 축복의 법음(法音)이며,
생명귀일(生命歸一) 각성광명 일성(一性)의

부사의 결계음(結契音)이다.

결계음(結契音)이란
정신이 일체 초월 불이성(不二性)에 든
우주 본성광명과 하나된 파괴 없는 금강결인(金剛結印)
부사의 묘법(妙法) 정신파동(精神波動)의 음(音)이다.

옴(om)은
일체 언어와 의식을 초월하고
일체 의식계를 초월한 깨달음의 정신 촉각에 의한
각성광명 결계음(結契音)이다.

그러므로
옴(om)은, 일체 의식을 정화(淨化)하며
미혹과 무명식(無明識)을 각성계(覺性界)로 이끄는
불가사의 무한 공덕성을 지니고 있다.

그러므로
일체 진언(眞言)의 전(前)에
성스러운 각성의 공덕음(功德音)인 옴(om)의 소리로
정신의 각성을 일깨우고
모든 의식(意識)의 업(業)의 장애를 제거하며
일체 미혹과 무명식(無明識)을 정화한다.

옴(om)은

곧, 일체 업(業)과 미혹이 없는
초월, 각성광명(覺性光明)의 생명음(生命音)이다.

옴(om)은
각성발현(覺性發顯)에 의한
초월 정신의 부사의 각성광명 촉각에서 나오는
깨어 있는 절정(絕頂) 각성(覺性)의 법음(法音)이며
성음(聖音)이다

옴(om)은
깨달음 각성광명의 촉각과 느낌이 융화된
성(性)이 열린 무한 생명감성의 광명이 흐르는 감탄이며
무한 정신이 열린 축복의 성음(聖音)이다.

옴(om)은
깨달음의 절정, 생명(生命)의 각성음(覺性音)이다.

옴(om)은
언어의식 이전의 정신각성 감응에 의한
의식을 초월한 생명각성의 무한 초월 깨달음의 세계
초월광명 신성(神性)의 각성음(覺性音)이다.

옴(om)은
일체 초월의 심광(心光) 발현, 신성(神性)의 음(音)이며
때 묻음이 없는 순수 생명성 공덕음(功德音)이며

의식을 초월한 각성의 음(音)이며
미혹과 무명식(無明識) 정화(淨化)의 음(音)이며
일체 존재의 생멸 없는 근원의 생명 음(音)이며
시방 무한 우주와 심성이 하나 된 궁극 깨달음이 열린
무한 광명 각성의 음(音)이다.

옴(om)의 공덕은
일체 생명을 구제하고
일체 미혹과 무명식을 정화하는 최상공덕을 가진
공덕총지음(功德總持音)이다.

옴(om),
이 한 음(音)은
일체 경계를 초월하여
일체 생명과 모든 존재에게 무한 축복과 찬탄의
최상공덕을 여는 성음가피(聖音加被)
각성음(覺性音)이다.

옴(om)은
생명 본연 무한 청정성(淸淨性)의 파동(波動)이며
성(性)의 깨달음 각성광명 파동의 울림인 진동이다.

옴(om)은
일체 생명과 일체 존재의 일체 차별을 초월한
마음 무한 광명 무한 밝음의 찬탄과
생명, 무한 축복과 무한 감사의
음(音)이다.

03. 마니

마니(mani)
진언(眞言), 법(法)의 실체는
각성원융무한각명(覺性圓融無限覺明)을 일컬음이다.

마니(mani)는
마니보주(摩尼寶珠)이다.

마니보주(摩尼寶珠)를 뜻하는 마니(mani)는
밝음, 광명, 시방을 걸림 없이 환히 비추는
각성광명(覺性光明)을 뜻한다.

이는 곧,
대일여래(大日如來)의 금강계(金剛界)로
대일광명(大日光明)인
각성광명금강성(覺性光明金剛性)이
시방법계를 두루 환히 비치는
원융한 각성광명(覺性光明)인 불광(佛光)이다.

마니보주(摩尼寶珠)에
모든 모습이 두루 환히 비치듯
각성광명(覺性光明)이 시방을 원융히 두루 비침이니

이는,
대일여래(大日如來) 금강계(金剛界)의
각성광명(覺性光明) 대원성(大圓性)인
대원각명(大圓覺明)이다.

이는,
성(性)의 밝음 각성광명(覺性光明)으로
성(性)의 명(明)인 각(覺)의 성품 작용이다.

이는,
성(性)이 걸림 없이 두루 원융한 밝음인
각성(覺性) 보리(菩提)의 성품이다.

원융한 밝음인 각(覺)은
무시무종(無始無終)의 성품으로
항상 밝게 깨어있는 성품이라
시방을 두루 원융히 밝게 비치고 있음이니
그 광명불(光明佛)이 대일여래(大日如來)이며
그 밝음이 두루 원융하여 대원각명(大圓覺明)이며
그 밝음이 파괴됨이 없어 금강계(金剛界)이다.

이는 곧, 대일여래(大日如來)의 지혜광명인
각성광명(覺性光明)의 세계이다.

이는
일체 생명 실체의 각성(覺性)이며
모든 심성(心性) 실체의 원융한 밝음이다.

대일(大日)은
생명각성(生命覺性)의 밝음이다.

이는,
생명 본연(本然)의 각성(覺性)으로
부사의 원융한 광명세계이다.

이는
제불(諸佛)의 금강지혜(金剛智慧)인
각성광명(覺性光明)이다.

04. 반메

반메(padme)
진언(眞言), 법(法)의 실체는
청정적멸진성(淸淨寂滅眞性)을 일컬음이다.

반메(padme)는
연꽃이다.

반메(padme)인 연꽃은
물듦 없는 성품의 청정(淸淨)함이다.

물듦 없는 성품, 청정(淸淨)을 뜻하는
법연(法蓮)의 연꽃도,
성품의 차원을 따라, 연꽃의 차별차원이 있다.

진여(眞如) 성품이 무엇에도 물듦 없어
무염(無染) 청정한 연꽃이다.

진여(眞如)의 성품 청정한 연꽃은
더러움 속에서도 때 묻거나 물듦이 없는
청정한 성품이니
처염상정(處染常淨)의 연꽃이다.

이는
7식(七識) 전변(轉變)의 깨달음으로
심진여(心眞如)에 들면 깨닫는
여여심(如如心)의 무염심(無染心) 성품이다.

이 무염(無染) 성품의 청정(淸淨)은
어떤 더러움에도 물듦 없는
처염상정(處染常淨) 성품의 연꽃이다.

심진여(心眞如)의 발현성품으로는
더 깊은 불(佛)의 무한 자비(慈悲)를
발현할 수가 없다.

그것은
7식(七識)의 전변(轉變)인
심진여(心眞如) 공덕(功德)의 한계성 때문이다.

7식(七識)의 전변(轉變)으로 깨달음에 들면
이 성품 공덕(功德)의 한계성을 비로소 깨달으며,
더 깊은 식(識)의 전변(轉變)으로 깨달음을 얻어
각성광명(覺性光明)이 더욱 밝아지면

그 까닭을 자연히 알게 된다.

7식(七識)의 전변(轉變)으로 깨달음에 들어
무염(無染)의 성품인
무시무종(無始無終)의 심진여(心眞如)에 들어도

그 깨달음의 경계에서
무한한 각성력(覺性力) 발현이 완전하지 못하여
스스로 부족함을 깨닫는다.

그 깨달음의 경지는
자아(自我)가 끊어진 무시무종(無始無終)의 성품
청정심(淸淨心)이며, 청정성(淸淨性)을 깨달으나

스스로 깨달음을 돌이켜 깊이 사유해 보면
원융무애(圓融無礙)한 무한 각성광명(覺性光明)에
증입(證入)하지 못했음을 스스로 깨닫는다.

그 까닭을
깨달음 각력(覺力)의 경계인
무염(無染) 심진여(心眞如)의 그 경계에서는
알 수가 없다.

그 까닭을 알게 되는 것은
더 깊은 깨달음 식(識)의 전변(轉變)을 통해
각성광명(覺性光明)의 원융에 이르러면

그 까닭을 스스로 깨우치게 된다.

왜냐면
깨달음이 진여성(眞如性)에 든 각성경계는
깨달음으로 자아의식 아(我)를 벗어
생사생멸(生死生滅)이 없는 무염(無染) 진여성(眞如性)
심진여(心眞如)에 들었으나
이 또한, 완전한 궁극의 깨달음이 아니기 때문이다.

스스로 이 깨달음의 경계를 벗어나기 전에는
그 까닭을 알 수가 없다.

왜냐면,
자기 지혜의 경계에서는
자기 지혜의 허(虛)와 실(實)을 바르게 분별할 수가
없기 때문이다.

이는,
자기 눈으로
자신의 눈을 볼 수 없음과 같다.

더 밝은 깨달음에 들어
더욱 상승한 깨달음의 지혜 눈을 가졌을 때
자신의 깨달음은 물듦이 없는 청정한 성품
무염(無染) 심진여(心眞如)의 각성경계임을
더욱 밝아진 명료한 분별지(分別智)로 알게 되고

또한, 그 경계의 허와 실을 스스로 밝게 분별하며
헤아리게 된다.

반메(padme)의 연꽃은
무염(無染) 진여(眞如)의 연꽃보다
더 깊은 곳에 있는 불연(佛蓮)
물듦 없는 청정(淸淨)한 금강연화(金剛蓮華)이다.

궁극의 성품,
물듦 없고, 물들 것 없는
청정(淸淨)한 금강연화(金剛蓮華)를 깨달으려면
제9식(第九識) 전변(轉變)의 깨달음으로
청정적멸(淸淨寂滅) 부사의 무시진성(無始眞性)
본성부동지(本性不動智)에 들어야
이 적멸부동(寂滅不動) 불연(佛蓮)의 금강연꽃을
알게 된다.

이 금강연화(金剛蓮華)는
처염상정(處染常淨)의 청정연화가 아님은
무시진성(無始眞性)의 성품인 금강연화이므로
더러움 속에 물들지 않는 청정연꽃이 아니라
온 법계가 더러움이 없는
법계정(法界定)의 금강연화(金剛蓮華)이다.

청정적멸(淸淨寂滅)과 적멸부동(寂滅不動)이
5식(五識), 6식(六識), 7식(七識), 8식(八識),
9식(九識)의 각각 전변(轉變) 깨달음의 차별경계에서도
각각 식멸전변(識滅轉變)의 차별차원 적멸에 들게 된다.

그러나 그것은
본성의 청정적멸부동성(淸淨寂滅不動性)이 아니라
전변식(轉變識)에 의한 전변상(轉變相)의 차별일 뿐,
무시진성(無始眞性)의 성품
청정적멸(淸淨寂滅)의 부동성(不動性)이 아니다.

무시진성(無始眞性)인
본성의 청정적멸진성(淸淨寂滅眞性)은
전변식(轉變識)이나 전변상(轉變相)이 아닌
무시무종(無始無終)의 청정적멸성(淸淨寂滅性)이며
무시무종(無始無終)의 적멸부동성(寂滅不動性)이다.

이는 곧,
무시진성(無始眞性) 무연성(無緣性)인
제불출현(諸佛出現)의 태장계(胎藏界)이다.

이는,
대일여래(大日如來) 금강계(金剛界)의 바탕
적멸진성(寂滅眞性)의 부사의 근본 밀장(密藏)인
태장계(胎藏界)이다.

이 청정 적멸진성(寂滅眞性)의 금강연꽃은
법계 금강정(金剛定)의 청정 성품 속에 출현하며
금강정(金剛定)의 청정적멸 성품 작용 속에
대일여래(大日如來)의 밀법계(密法界)에서
황금빛 몸으로 법계정인(法界定印)을 하고
붉은빛 연꽃 속에 화현한다.

반메(padme)의 연꽃은
청정 적멸의 생명성품 작용 속에 금강연꽃으로
화현한다.

이는
대일여래(大日如來)의 밀장(密藏)
태장계(胎藏界)의 적멸(寂滅) 청정성에서 피어나는
금강연꽃이다.

이 금강연꽃은
파괴되지 않는 청정적멸진성(淸淨寂滅眞性)의 성품
금강정(金剛定)의 연꽃이다.

이 연꽃은
청정적멸(淸淨寂滅) 성품의 금강연꽃으로
금강정(金剛定)의 성품 속에
일체 생명을 온전히 수용하고 섭수하는
온화하고 따뜻한 무한 대자비성(大慈悲性)은
모든 생명에게 무한 축복과 행복을 주는 성품이다.

이 성품은
생명 진성(眞性)에서 피어나는
일체 생명을 수용 섭수하는 무한 자비의 성품으로
제불(諸佛)의 무한 무량자비의 근원 성품이다.

이 무한 청정적멸(清淨寂滅)의 성품
무한 대자비성(大慈悲性)의 숭고한 성품에
모든 생명이 심근(心根)을 다하여 귀의(歸依)하고
그 성품 속에 스스로 악(惡)이 조복되며
무명(無明)의 미혹심이 사라지고
무한 모성(母性)의 자비심에 젖어든다.

불(佛)의 무한 자비의 성품은
법계의 태장(胎藏) 적멸진성(寂滅眞性)에서
발현한 자비의 성품이므로
법계금강정(法界金剛定)의 무한 공덕의 성품이니
파괴할 수 없고, 파괴되지 않는 일체 초월
무한 무량 불가사의 대자비심을 발현한다.

반메(padme)인 연꽃은
법계의 모체(母體) 적멸부동(寂滅不動)의 성품에서
발현한 성품이므로
그 성품의 무한 무량 자비성(慈悲性)은
모든 생명을 무한 축복과 행복으로 이끌며
무명의 미혹과 고뇌 없는 무한 기쁨을 충만하게 하는
무한 자비의 무량공덕 향기를 가진 축복 성품의

연꽃이다.

지혜가 없으면 미혹을 벗을 수 없고
자비가 없으면 생명의 축복과 평화가 없다.

생명의 세계에 자비가 있음은
모든 생명에게 무한 축복이며
무한 기쁨과 행복이며, 무한 감사이다.

제불(諸佛)의 지혜에 어둠과 미혹이 없어
불성(佛性) 속에 청정적멸(淸淨寂滅)의 무량공덕
무여열반(無餘涅槃)의 꽃이 피어
법계 모체(母體)의 성품을 본체(本體)로 한
적멸부동 성품에서 피어난 무한 자비의 성품으로
모든 생명을 무한 축복으로 이끌고
무명의 어리석음에서 구제하여 이롭게 하며
생명의 무한 행복과 무한 기쁨과 무한 축복을 주는
반메(padme)의 무한 적멸공덕 연꽃 행을 한다.

반메(padme)는
적멸부동(寂滅不動)의 성품에서 피어난
금강정(金剛定)의 성품을 지닌 금강연꽃으로
생명의 기쁨과 행복을 위해
무한 적멸(寂滅)의 연꽃 향기로
모든 생명을 무한 축복세계로 이끄는
대자비의 본성 청정 적멸성품에서 피어난

청정 적멸 금강연꽃이다.

그러므로
이 연꽃의 향기는
모든 생명을 무한 축복에 젖게 하고
무한 행복에 젖게 한다.

이는
곧, 제불출현(諸佛出現)의 공덕장엄 태장계(胎藏界)
적멸부동(寂滅不動) 청정 진성(眞性)에서 피어난
금강연꽃이다.

05. 훔

훔(hum)
진언(眞言), 법(法)의 실체는
생명무한축복광명(生命無限祝福光明)을 일컬음이다.

훔(hum)은
무한 성취, 무한 찬탄, 무한 축복, 무한 감사,
무한 기쁨, 무한 충만, 무한 행복, 무한 궁극,
무한 절정(絕頂), 무한 귀일(歸一),
무한 예경(禮敬)이다.

훔(hum)은
생명 무한 궁극이며, 깨달음 궁극 절정의 광명이다.

생명의 궁극, 근원으로 돌아가는
성취와 찬탄과 축복과 감사와 기쁨과
행복과 절정과 충만으로

생명의 근원, 생명처(生命處)
옴(om)의 실상, 생명의 본체로 돌아가는
각성광명(覺性光明)의 무한 귀일(歸一)이며
무한 찬탄의 예경(禮敬)이다.

각(覺)이
무한 궁극 각성광명의 생명으로 귀일(歸一)함이다.

이는
원융 각성(覺性) 불이성(不二性)의 부사의 작용으로

생명의 실체인 옴(om)의 성품
원융일성(圓融一性)으로 돌아가는
무한 성취, 무한 찬탄, 무한 축복, 무한 감사,
무한 기쁨, 무한 충만, 무한 행복, 무한 궁극,
무한 절정(絕頂), 무한 귀일(歸一)이며,
무한 각성(覺性)의 예경(禮敬)이다.

훔(hum)은
일체의 근본이며 근원인
옴(om)의 실체로 돌아가는 생명성(生命性)
일성음(一性音)이다.

옴(om)의 성품 속에

마니(mani)도 있고, 반메(padme)도 있어
훔(hum)으로 승화한다.

옴(om)의 씨알
마니(mani)와 반메(padme)의 승화 결정성(結定性)
불이(不二)의 하나, 훔(hum)을 이루어,
본래,
옴(om)의 품으로 귀일(歸一)한다.

옴(om)의 씨알
각(覺)인 마니(mani)와 정(定)인 반메(padme)가
불이성(不二性)을 이룬, 광명 빛 훔(hum)이 되어
옴(om)으로 귀일(歸一)한다.

옴(om)의 생명 씨알인
금강각(金剛覺) 마니(mani)와
금강정(金剛定) 반메(padme)가 불이(不二)로
하나 된 광명 빛 승화의 훔(hum)이
근원 옴(om)으로 귀일(歸一)하여 불이(不二)에 든다.

이,
심오하고 비밀스러운 뜻은
증(證)한바
구경각(究竟覺)이 곧, 구경정(究竟定)이 아니면

증한바 구경각(究竟覺)이 구경각(究竟覺)이 아니며

또한, 증(證)한바
구경정(究竟定)이 곧, 구경각(究竟覺)이 아니면
증한바 구경정(究竟定)이 구경정(究竟定)이 아니다.

증(證)한바
구경각(究竟覺)이 곧, 구경정(究竟定)이므로
구경각(究竟覺)을 초월하여 벗어나고

또한, 증(證)한바
구경정(究竟定)이 곧, 구경각(究竟覺)이므로
구경정(究竟定)을 초월하여 벗어난다.

그러므로 증(證)한바
구경각(究竟覺)과 구경정(究竟定)을
둘 다 초월하여 벗어나
일체 초월 무연본성(無緣本性) 원융각명(圓融覺明)의
완전한 무연무상각(無緣無上覺)을 성취한다.

이는
각(覺)인 광명 금강보주(金剛寶珠) 마니(mani)와
정(定)인 열반 금강연화(金剛蓮華) 반메(padme)가
불이일성(不二一性) 완전한 성취, 대절정
훔(hum)을 이루어

본원성(本源性)인 옴(om)으로 귀일(歸一)함이다.

이는
시(始)와 종(終)이 맞물려 하나 됨이다.

시(始)인
생명 울림의 파동(波動)
옴(om)의 무한 궁극, 생명 승화의 빛
금강각(金剛覺), 광명 마니(mani)와
금강정(金剛定), 연꽃 반메(padme)가
완전한 하나인 궁극의 절정, 종(終)의 훔(hum)이 되어
본래의 생명
옴(om)으로 귀일(歸一)한다.

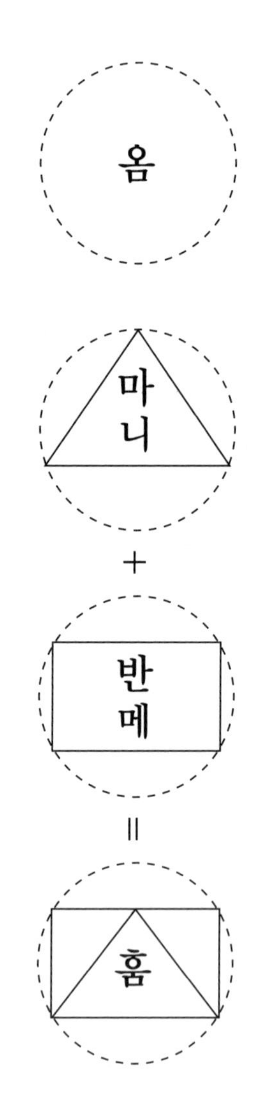
옴
마
니
+
반
메
=
훔

06. 옴마니반메훔

옴마니반메훔
진언(眞言), 법(法)의 실체는
생명무한광명축복충만행복(生命無限光明祝福充滿幸福)을
일컬음이다.

옴(om)은 생명 무한 무궁성품이다.
마니(mani)는 생명 무한 광명 행복성품이다.
반메(padme)는 생명 무한 청정적멸 축복성품이다.
훔(hum)은 생명 무한 축복과 감사, 찬탄과 예경이다.

생명은
우주 무한 창조의 태장(胎藏)이며
우주 존재의 본성(本性)이며
우주 무한 존재의 마음성품 광명성(光明性)이며
우주 무한 존재의 생명성품 청정성(淸淨性)이며
만물 운행과 작용의 실체 성(性)이며
항상 깨어 있어 보고, 듣고, 생각하는

무한 조화(造化)의 마음이며,
우주를 탄생하고
나를 탄생하며
춘하추동을 갈아들게 하고
우주를 운행하며
저 하늘에 빛나는 태양으로 탄생하고
저 먼 우주에 아름다운 달과 별로 탄생하며
바람 되어 얽매임 없는 대해탈의 춤을 추고
물로 탄생하여 온 천지에 흐르며
흙과 땅이 되어 만물을 기르며 사랑하고
따뜻한 불이 되어 만물을 성장 성숙하게도 하며
텅 빈 허공이 되어 만물을 수용하기도 하고
육체는 잠들어도, 마음은 항상 깨어 있어
쉼 없이 깨어 있는 우주와 더불어 쉼 없이 같이
흐르고 있다.

너도, 나도
생명성, 옴(om)으로부터 왔고

너도, 나도
무한 광명의 생명, 보석 마니(mani)이니
대 우주의 모습을 두루 비치고 있다.

너도, 나도
무한 청정 물듦 없는 진성(眞性) 진여(眞如)인 생명
청정연꽃 반메(padme)이다.

보는 것이 원융히 두루 밝아 광명(光明)이며
듣는 것이 두루 밝게 비추니 마니보주(摩尼寶珠)이며

눈으로 보아도, 본것이 물거품처럼 사라져
눈에 머무는 상(相)이 없어, 보는 눈이 청정하고

귀로 들어도, 들리는 소리가 환(幻)이라 사라져
귀에 남는 소리가 없어, 듣는 귀가 청정하니

보는 것이 물듦 없는 진성(眞性) 진여(眞如)이며
듣는 것이 티끌 없는 청정한 연꽃이다.

생명
그 자체가
곧, 무한 축복, 무한 감사이다.

너와 난,
생명 무한 공덕 축복의 부사의 생명
옴(om)이다.

내가 생명 빛 마니(mani)일 때
너는 나의 태장(胎藏) 무한 축복의 연꽃이니
나는 너의 무한 축복에 찬탄하고 감사하며
무한 충만 기쁨이며 행복이다.

너가 생명 빛 마니(mani)일 때
나는 너의 태장(胎藏) 무한 축복의 연꽃이니
너는 나의 무한 축복에 찬탄하고 감사하며
무한 기쁨 행복충만이다.

내가
우주의 태장(胎藏) 무한 축복 반메(padme)가 될 때
이 우주
너는 생명 빛 보석 마니(mani)가 되어
우주 너는 나의 무한 축복에 감사하고 찬탄하며
무한 기쁨 행복충만이다.

우주
너가 나의 태장(胎藏) 반메(padme)가 될 때
나는 생명 빛 보석 마니(mani)가 되어
우주 너의 무한 축복에 감사하고 찬탄하며
나의 생명은
너의 축복에 무한 기쁨 행복충만이다.

허공, 해, 달, 별, 물, 불, 나무, 흙, 땅, 바다,
너에게
내가 너의 태장(胎藏) 무한 축복 연꽃이 될 때
너는 생명 빛 보석 마니(mani)가 되어
나의 무한 축복에 감사하고 찬탄하며

너는 무한 기쁨 행복충만이다.

허공, 해, 달, 별, 물, 불, 나무, 흙, 땅, 바다,
너가
나의 태장(胎藏) 무한 축복 연꽃이 될 때
나는 생명 빛 보석 마니(mani)가 되어
너의 무한 축복에 감사하고 찬탄하며
나는 무한 기쁨 행복충만이다.

내가 태장(胎藏) 무한 축복 연꽃이 될 때
온 우주는 생명 빛 마니(mani)가 되어
온 우주는
나의 무한 축복에 감사하고 찬탄하며
온 우주는 무한 기쁨 행복충만이다.

온 우주가 나의 태장 무한 축복 연꽃이 될 때
나는
너의 무한 축복에 감사하고 찬탄하며
나는 무한 기쁨 행복충만이다.

너가 생명 빛 마니(mani)일 때
나는 너에게 무한 자비의 태장(胎藏) 연꽃이 되고

내가 생명 빛 마니(mani)일 때
너는 나에게 무한 자비의 태장(胎藏) 연꽃이 되어

너와 나, 둘 아닌
불이성(不二性) 원융일성(圓融一性)일 때
이사무애(理事無礙) 사사원융(事事圓融)
청정세계 연화장엄 불이일성(不二一性)의 원융세계
서로 생명의 심장 깊이 혼(魂)의 울림이 되어
서로 생명에 감사하고
서로 무한 기쁨에 축복하고 찬탄하며

둘 아닌 깨달음, 생명 무한 축복이며 행복인
깊은 혼(魂)의 떨림 진동(振動)이
온 우주 파동이 되어 흐르니

무한 감사와 축복
우주의 심장에까지 울림이 전율 되어,
둘 없는
본래의 생명으로 돌아가는
무한 귀일(歸一)

이 우주, 둘 없는 하나인 숨결 속에 흐르는
생명의 소리,
무한 감사와 찬탄의 이음이 흐르는
양명(陽明) 마니(mani)와
음장(陰藏) 반메(padme)가 하나 된

생명 숨결이
근원 옴(om)으로 흐르는 무한 귀일(歸一)
훔(hum)이다.

훔(hum)은
무한 축복이며
생명 무한 궁극 절정의 예경(禮敬)이다.

양명(陽明), 각성(覺性) 마니(mani)와
음장(陰藏), 진성(眞性) 반메(padme)가
완전한 불이(不二)인 대절정 축복의 훔(hum)을
이루지 못하면

마니(mani)와 반메(padme)가 하나인
본래의 생명
무한 궁극 생명성, 무한 충만의 옴(om)으로
귀일(歸一)할 수가 없다.

그 까닭은,
마니(mani)는
반메(padme)의 축복을 잃었기 때문이며,
반메(padme)는
마니(mani)의 광명을 잃었기 때문이다.

물듦 없는 청정한 연꽃도

빛이 없으면
그 생명을 잃어버리고

티끌 없는 순수 광명의 빛도
그 순수 밝음을 수용하는 우주의 진성(眞性) 진여(眞如)
태장(胎藏)의 연꽃이 없으면
그 생명을 잃어버리기 때문이다.

훔(hum)에서
마니(mani)와 반메(padme)
불이(不二)의 대절정(大絕頂)을 이루어
본래의 생명,
옴(om)의 무한성(無限性)으로 귀일(歸一)하니

이
우주 하나가
영롱한 마니보주(摩尼寶珠)이며
청정한 무염(無染)의 태장(胎藏)이 되어
온 우주 둘 없는 광명계(光明界)
불이(不二)의 훔(hum) 속에 일체가 하나 되어
우주의 무한조화(無限造化)가 무궁(無窮)하다.

훔(hum)은
불이(不二)의 궁극 무한 대절정(大絕頂)
무한 충만, 무한 감사, 무한 축복,
무한 기쁨, 무한 행복,

무한 궁극,
무한 절정을 향한 무한 귀일(歸一),
무한 성취 무한 찬탄
생명 본원을 향한 궁극의 예경(禮敬)이
훔(hum)이다.

훔(hum)은
옴(om)의 품으로 돌아가는 무한 귀일(歸一)
대절정(大絕頂)의 음(音)이다.

훔(hum),
대절정(大絕頂) 마하 무드라는

각성(覺性)
광명의 파동과 청정적멸 진성(眞性)의 울림이
하나 되어 절정을 이룬
무한 궁극을 넘어선 완전한 불이성(不二性)
깨달음 각성음(覺性音)이다.

이는
무한 성취, 무한 기쁨,
무한 충만 깨달음, 무한 궁극의 절정(絕頂)
무한 축복, 무한 감사와 귀일(歸一)인
생명의 숭고한 예경(禮敬)이다.

시(始)의
파동(波動)
옴(om)으로부터 비롯된
금강각(金剛覺), 각성광명 마니(mani)와
금강정(金剛定), 태장(胎藏) 연꽃 반메(padme)가
완전한 하나 된 절정, 종(終)의 훔(hum)이 되어
본래의 생명성(生命性)
옴(om)으로 귀일(歸一)한다.

이는
시(始)와 종(終)이 맞물려
완전한 불이(不二)
본래 본연의 완전한 하나가 됨이다.

07. 옴마니반메훔의 삶

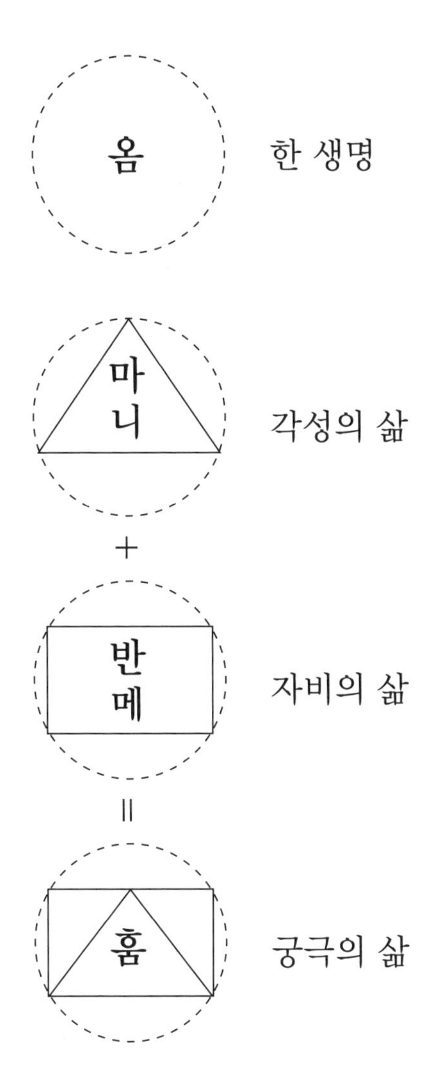

옴(om)의 삶

옴(om)의 삶은
한생명 무한 승화의 삶이다.

모든 존재와 생명체는
그 근원이 오직, 하나이다.

한생명으로부터
무수한 인연생태의 흐름으로
서로 다른 모습이어도

그 근원은
오직, 한생명이다.

서로 모습이 달라도
똑 같이, 한생명 작용으로 살아가고 있다.

서로 모습이 달라도 그 근원이 오직, 하나이며

함께 한생명 생태 속에 서로 의지해
같이 한생명 삶을 살고 있다.

생명은
오직, 한생명이다.

존재가
물과 불처럼 서로 다르고

모습이
새와 꽃처럼 서로 달라도

너 생명이
나 생명을 떠나 따로 있는 것이 아니고

나 생명이
너 생명을 떠나 따로 있는 것도 아니다.

생명은
너와 내가 하나이다.

너 생명 우주가 곧, 나 생명 우주이며
나 생명 땅이 곧, 너 생명 땅이다.

너, 나 한생명이니
삶 속에 서로 한생명임을 깊이 느끼고 자각하며
서로 의지해
너, 나 둘 없는 한생명 생태의 삶을 살아간다.

너의 존재가 한생명 축복이며
나의 존재가 한생명 축복이니

우리
너와 나, 한생명 축복의 존재로
숨결이 다하는 그 순간까지
서로 무한 기쁨 주고,
서로 감사하며, 더없는 무한 행복을 위해
서로 축복하는 한생명 승화의 삶을 살아야 한다.

옴(om)은
오직, 둘 없는 불이성(不二性) 한생명이다.

존재는
한생명으로부터 피어난
소중한 축복의 존재이며,

생명, 무한 축복으로 피어난
생명의 꽃이다.

존재는
한생명으로부터 피어난 생명의 꽃이니
아름답고 향기로운 생명축복의 삶을 살아야 한다.

이 생명세상
더없이 아름답고 고귀한 향기는
사랑이니

**사랑은
생명 존재가 가진 모든 향기 중에 으뜸이며
더없이 고귀한 생명의 아름다움이다.**

삶의 아름다움은
둘 없는 한생명 사랑이니
생명 생명에게 깊은 감명 감동의 울림으로
모두의 가슴에 사랑으로 무한 행복이 충만하고
삶과 존재가 무한 사랑 기쁨이어야 한다.

**사랑은
한생명 축복의 삶이며
한생명 정신승화의 더없는 아름다움이다.**

한생명의 삶
그것은 둘 없는 불이(不二)의 한생명 사랑이 피어난
지극하고 숭고한 더없는 아름다움

사랑의 무한 축복 무한 감사의 삶이다.

그것이
한생명 무한 승화의 삶이다.

그것이
한생명 옴(om)의 삶이다.

옴(om)에는
오직, 불이(不二) 한생명뿐, 너도 나도 하나이다.

오직,
너, 나 둘 아닌 그것이 생명이며

너, 나 둘 아닌 한생명 작용이
사랑이다.

불이(不二)의 한생명, 우주의 비밀스런 심오한 소리는
생명음(生命音) 옴(om)이며

옴(om), 불이(不二)의 생명작용 승화는
한생명 사랑이다.

태양이 씨앗을 싹트게 도와주고

꽃을 피우게 사랑과 정성을 다하며
생명의 가치, 열매를 맺도록 더없는 열정을 다하는
우주의 성(性)의 섭리, 부사의 생명작용 밀(密)의 세계
이 모두 불이(不二)의 생명섭리 한생명 작용이며
성(性)의 생명작용, 무한 상생의 생명 밀행(密行)인
밀법(密法)의 세계이다.

옴(om)은
영적 성장 속에
너, 나 둘 아닌 한생명 승화의 세계로 이끄는
무한 생명의 빛이며

생명,
순수 신성(神性), 각성광명의 파장이
온 시방 우주 두루, 생명충만 무한 파동의 울림이며
지고한 무한 궁극, 각성광명이 열린
신성의 음(音)이다.

옴(om)의 신성
무한 각성광명이 열리어 시방 우주와 하나인 파장은
한생명의 성품 신성(神性)의 울림이니

영적 무한 상승으로 심광(心光)이 열린 속에
그 무한 각성 울림의 생명 빛 파장과 하나인 생명은

옴(om) 각성광명의 파장, 무한 열린 심광(心光) 속에
더없이 아름다운 무한 정신이 열린 존재가 된다.

옴(om), 우주의 생명, 무한 광명의 파장 속에
모든 생명이
때 묻음이 없는 깊은 순수 의식의 눈을 뜨고,
순수 정신이 열리어 생명 진실의 가슴에 혼이 깨어 있는
한생명 불이(不二) 사랑의 삶을 산다.

옴(om)은
불이(不二), 오직 한생명이며
한생명 무한 궁극 광명이 열린 절대 정신이 피어난 삶
오직, 한생명 사랑의 삶이다.

그것이
한생명 무한 생명감성이 열린 아름다운 생명의 삶
옴(om)의 삶이다.

옴(om)은
우주 무한 존재가 한생명 무한 상생조화(相生造化)의
순수 생명 빛 무한 승화의 파장이며
무한 조화(調和)의 생명 빛이 흐르는 빛의 파동이다.

옴(om)은

한생명 빛의 파장이
우주 가득, 무한 충만 울림인 광명의 파동이며
생명성(生命性)이 흐르는 원융광명 빛의 진동이다.

이는
둘 없는 생명, 절대 불이(不二)의 초월광 음(音)이다.

만약,
영적 성장이 무한 궁극 지혜광명이 열리면
이 우주, 둘 없는 한생명
옴(om)에 대해
생명의 신성(神性) 초월광명에 깊은 눈을 뜨게 된다.

둘 없는 초월, 신성(神性)의 생명 빛 파동의 소리가
옴(om)이다.

모든 성인(聖人)의 사랑은
한생명 성품의 깨달음, 무한 각성광명이 열려
옴(om)의 심광(心光)이 열린 혼(魂)빛 광명 파동 속에
우주의 한생명 정신이 열린 생명사랑 광명의 삶을 산다.

옴(om)은
둘 없는 한생명, 절대성 초월 광명 신성(神性)의 빛이며
너 나 없는 한생명 밝음인 무한 각성(覺性) 광명이다.

초월, 심광(心光) 각성광명(覺性光明)이 밝으면
온 우주가 그대로 둘이 아닌 한생명 성품의 광명 파동인
옴(om)의 무한 원융 광명의 세계이다.

옴(om)!
모든 생명 축복으로
무한 기쁨과 행복이 충만한
한생명
깊은 순수 심광(心光), 초월 의식의 문을 열어
궁극 절대의 각성
옴(om)의 빛 원융광(圓融光)
무한 광명세계가 열리어
한생명 사랑이 충만한 무한 축복세상을
열어야 한다.

옴(om)!
한생명 무한 축복세상
생명 무한 끝없는 행복의 삶을 열어야 한다.

이것이
옴(om)의 세계이며
옴(om)의 무한 축복 생명의 세상이며
옴(om)의 진리이다.

마니(mani)의 삶

마니(mani)는
무한 각성광명(覺性光明)이다.

마니(mani)의 삶은
무한 각성광명의 삶이다.

각성광명의 삶은
마음에 어둠이 없는, 밝은 무한 빛의 삶이다.

이는
너, 나 분별없는
걸림 없이 밝은, 무한 지혜의 빛 한생명의 삶이다.

이는
하늘의 태양과 같은 삶이니
만물과 생명들을 각성광명으로 이롭게 하고

두루 어둠이 없게 하여

함께 밝은 광명 속에 서로 기쁨을 같이하며

서로 어둠이 없는 빛이 되어
서로 위하는 무한 감사와 기쁨
무한 빛의 축복, 충만의 삶을 사는 것이다.

미혹이 없어, 무명(無明)도 없고
너 나 분별이 완전히 끊어져, 사상(四相)도 없는
절대, 완전한 불이(不二) 각성광명의 삶

깨달음까지 초월한 무한 밝은 각성광명은
서로 위하는 무한 밝은 광명성품으로 일체 장애가 없이
원융한 빛이 되어 서로 아픔과 어둠이 없이 밝혀주고
서로 위하는 그 광명 속에 하나가 된 광명의 세상
밝은 광명 무한 축복의 삶을 사는 것이
마니(mani)의 삶이다.

마니(mani)는 광명이며, 밝음이며, 빛이며
시방 온 우주를 두루 밝게 비치는 원융각성광명이니

마니(mani)의 삶은
시방 두루 밝게 비치는 마니보주(摩尼寶珠)와 같이
우주에 소중한 빛과 같은 광명 존재의 삶이다.

나, 너를 위해
시방 두루 밝게 비치며, 너 어둠을 없게 하고,
너, 나를 위해
시방 두루 밝게 비치며, 나 어둠을 없게 하는 삶

나, 너에게 아픔과 어둠이 없도록
시방을 두루 밝히는 어둠이 없는 밝은 빛이 되고,
너, 나에게 아픔과 어둠이 없도록
온 세상 두루 밝히는 어둠이 없는 밝은 빛이 되어

서로 무한 축복과 감사 속에 무한 기쁨이도록
서로 밝은 각성, 무한 밝은 빛의 성품으로
행복이 충만한 어둠이 없는 밝은 빛의 삶
마니(mani)의 삶을 살자.

마음이 밝은 광명으로 어둠이 없으니
그 밝음 속에
세상을 아픔과 어둠이 없이 두루 밝게 비치고
아픔과 어둠이 없는 축복의 삶 속에 항상 밝게 웃는
그런 아름답고 행복한 축복 광명의 삶
마니(mani)의 삶을 살자.

시초 없는 각성광명의 빛은
온 세상 무한 우주를 어둠이 없이 두루 비치니
온 세상 광명의 빛으로 모두 하나가 되어 두루 밝고
온 우주가 두루 밝아 무한 시방이 광명이니

온 생명 무한 행복이며
온 세상 무한 우주, 무한 광명 축복이다.

마니(mani)의 삶은
어둠이 없는 생명이게 하고
미혹이 없는 최상 지혜광명의 삶이다.

그 광명 속에
너 나 없는 밝은 지혜, 광명 승화의 삶이 피어나니
그것이 각성광명의 세상이다.

이 각성광명의 세상은
온 세상과 우주를 두루 밝게 하는
금강 지혜의 세상이다.

이 지혜의 성품이
제불(諸佛) 지혜의 여래장(如來藏) 성품을 따라
불보살의 무량 지혜의 장엄으로 화현하니

부사의 여래장(如來藏)
무량 지혜와 무량 삼매와 무량 자비의 성품을 따라
제불 보살이 화현하는 다양한 지혜 자비의 모습과
다양한 지혜 자비 광명의 장엄으로 화현하여 나툰다.

다양한 성품의 지혜장엄을 이루어도
그 모두가
원융한 각성광명 지혜 성품의 특성이니

무한 각성광명 성품의 장엄이
모든 생명과 이 우주를 어둠이 없이 밝히는
원융한 무한 지혜 성품의 빛이다.

청정한 맑은 마니보주(摩尼寶珠)에서
무량의 빛깔이 영롱하게 비치듯
각성광명 지혜의 밝음은
이 세상 모두를 두루 걸림이 없이 비추어
어둠이 없는 무한 밝은 광명의 세상이도록 한다.

마니(mani)의 삶은
어둠이 없는 무한 각성광명의 삶이니
이 광명의 삶 속에
너와 나의 삶은, 아픔과 어둠이 없는 삶이 되고,
온 세상, 온 우주는
시방이 두루 밝은 광명의 세상이 된다.

마니(mani)의 삶을 잃으면
너, 나, 온 세상, 온 시방 우주가 빛이 없는
어둠의 세상이 된다.

너도
나도
온 세상도
온 시방 우주도
광명의 빛이 있어야 하며,

빛이 없으면
너도
나도
온 세상도
온 시방 우주도 죽음뿐이다.

빛, 광명(光明)은
너도
나도
온 세상도
온 시방 우주에도 무한 축복이며,
무한 감사며,
무한 기쁨이며, 무한 행복이다.

나,
너에게 어둠이 없는 빛이면
곧, 너의 삶이
무한 축복이며, 감사이며, 기쁨이며, 행복이다.

너,
나에게 어둠이 없는 빛이면
곧, 나의 삶이
무한 축복이며, 감사이며, 기쁨이며, 행복이다.

빛,
무한 광명
마니(mani)의 삶은
너에게도, 나에게도
무한 축복이며, 무한 감사이며, 무한 기쁨이며,
무한 행복이다.

그 길이
그 삶이
그 사랑이
곧, 마니(mani)의 삶이다.

너,
나,
우리 모두
마니(mani)의 삶을 살자.

온
세상이 광명세상이 되고,

온

우주 시방이 광명 우주가 되도록

그렇게 그렇게
또, 그렇게
아름답고 소중한 무한 기쁨이 충만한
무한 각성광명 영원한 축복의 삶을
살자.

이것이
마니(mani)의 삶이며
마니(mani)의 진리, 광명의 세상이다.

반메(padme)의 삶

반메(padme)는
연꽃이다.

반메(padme)는
태장계(胎藏界) 진성(眞性)에서 피어난 금강연꽃이다.

태장계(胎藏界)는
제불(諸佛) 출현의 여래장(如來藏) 적멸진성의 세계이며

모든 생명을
원융섭수(圓融攝受)하는 무한 자비의 모성(母性)
생명의 태장성(胎藏性)이다.

반메(padme)는
태장계(胎藏界) 적멸진성에서 피어난 금강연꽃으로
무량무한공덕 자비 성품의 연꽃이다.

자비(慈悲)는
남을 위하는 보시행(布施行)이 아니다.

자비(慈悲)에는
남이 없다.

남을 위하는 보시행은
태장(胎藏)의 무한 자비가 아니다.

남에게 보시하는 것은
지혜가 부족한 자타심(自他心)의 공덕행이다.

태장(胎藏)의 자비는
생명을 잉태하여, 자신의 피와 살로
온전한 생명체가 되도록 발육시키고 성장하게 하여
완전한 생명체로 탄생하게 한다.

태장(胎藏)의 자비는
땅이 모든 만물 씨앗을 몸에 품어 싹트게 하고
자신의 몸, 흙의 생명력으로 자라게 하듯,

모든 나무의 꽃과 열매도
나무의 몸속에서 피어나듯,

모든 생명체는
태장성(胎藏性)의 지극한 사랑, 자비(慈悲)가 아니면

존재할 수가 없다.

생명체는
생명을 의탁한 태장계(胎藏界)의 생명기운
그 모체(母體)의 생명력인
피와 살을 먹이로 자기화(自己化)하여
생명을 성장 발육하게 된다.

이것이
태장성(胎藏性)의 섭리, 둘 없는 무한 사랑의 자비다.

또한, 이것이
불보살의 태장장엄(胎藏莊嚴) 무한 자비의 세계이다.

반메(padme)인
태장계(胎藏界)의 공덕화 적멸진성(寂滅眞性)의 연꽃은
불보살의 성스러운 무한자비의 적멸장엄 공덕성품이며

모든 생명체가 가야 할
궁극 이상(理想)의 절대 축복 적멸지혜의 세계이며

축복이 다함 없는
지극한 생명 행복, 무한 충만 감사의 세계이다.

생명의 근원, 무한 자비와 광명의 실체 태장계(胎藏界)
너, 나, 우리 모두 무한 자비와 무한 광명이 충만한
무한 행복과 무한 축복 충만을 위해
반드시 가야 할 곳이며
반드시 이룩해야 할 꿈의 축복세상이다.

너는 나를, 나는 너를
서로 의지해, 서로를 일깨우며
무한 자비의 품으로 서로 수용하고
태장(胎藏)의 숭고한 진성무한 자비의 연꽃으로
정신과 지혜가 향기롭게 피어나야 한다.

너의 자비가
나에게 더없이 숭고하고 아름다운 연꽃으로
피어나고

나의 자비가
너에게 더없이 소중하고 향기로운 연꽃으로
피어나며,

너의 자비가
나의 삶을 더없이 숭고하고 아름답게 하고

나의 자비가

너의 삶을 더없이 소중하고 아름답게 하며,

너의 자비가
나의 생명을 더없이 귀하고 소중한 생명이게 하고

나의 자비가
너의 생명을 더없이 숭고하고 소중한 생명이게 하며,

너의 자비가
나의 삶을 더없는 가치의 세계로 이끌어 승화하게
하고

나의 자비가
너의 삶을 더없는 궁극의 세계로 이끌며 승화하게
하며,

너의 자비가
나의 삶에 무한 감사, 무한 축복으로 피어나게 하고

나의 자비가
너의 삶에 무한 감사, 무한 축복으로 피어나게 하며,

너의 자비가
나를 무한 승화로 이끌어 무한 충만에 이르게 하고

나의 자비가
너를 무한 승화로 이끌어 무한 충만에 이르게 하며

너의 자비가
나의 생명을 더없는 무한 행복, 무한 기쁨의 삶으로
이끌고

나의 자비가
너의 생명을 더없는 무한 행복, 무한 기쁨의 삶으로
이끌며,

너와 나
우리 모두가 사는 이 삶의 세상을
더없는 무한 축복의 세상으로 가꾸고 만들며,

너는
나에게 이 세상에 소중하고 소중한 생명이며

나는
너에게 이 세상에 더없이 소중하고 감사한 생명인

그런
아름다운 무한 축복의 삶을 살자.

너의
무한 자비의 축복에 내가 무한 감사하며,

나의
무한 자비의 축복에 너가 무한 감사하는

그런 삶,
태장(胎藏) 반메(padme)의 축복, 더없이 아름다운
숭고한 연꽃이 되어
향기롭고 아름다운 생명의 꽃으로 살자.

너와 나
우리 모두의 향기로운 삶이
온 세상, 온 시방 우주에 두루 충만하며
온 세상 청정 연꽃 장엄, 무한 축복의 세상이도록
그런 삶을 살자.

너의 생명, 나의 태장(胎藏)의 연꽃이 되고
나의 생명, 너의 태장(胎藏)의 연꽃이 되어

우리 모두

온 세상, 온 우주, 아름답고 향기로운 축복의 세상
청정 연화장엄(蓮華莊嚴) 무한 행복이 충만한 세상으로
만들자.

오늘도,
내일도 그렇게
그다음에도 그렇게 그렇게

그런
무한 자비 광명, 연꽃 장엄의 아름다운 세상
무한 축복의 삶을
살자.

이것이
반메(padme)의 삶이며
반메(padme)의 진리, 무한 축복 연화장엄(蓮華壯嚴)의
세상이다.

훔(hum)의 삶

훔(hum)은
한생명 무한 궁극 축복 충만인
깨달음, 궁극의 절정이다.

옴(om)을 바탕한
마니(mani)와 반메(padme)가
대절정(大絕頂), 불이성(不二性)을 이루어

근본
생명성, 옴(om)인
본래 생명의 무한 광명 본체로 돌아가는
무한 귀일(歸一)이며, 무한 찬탄의 예경(禮敬)이다.

훔(hum)은
금강각(金剛覺) 마니와
금강정(金剛定) 반메가 불이(不二)의 대절정을 이룬
무한 궁극 무한 성취이며

무한 축복 무한 감사이며
무한 기쁨 무한 충만이며
무한 찬탄 무한 행복으로

궁극 생명, 무한 광명 불이(不二)의 근원
옴(om)으로 돌아가는 무한 광명의 귀일(歸一)이며
무한 광명 축복의 예경(禮敬)이다.

무한 생명
옴(om)으로부터 무한 광명 빛 생명을 받아난
너와 나, 우리 모두

이 세상은
너 나 우리 모두의 생명 광명세상이니
너 나 우리 모두
너 나 없는 한생명 무한 광명 승화, 무한 축복 성취의
시방 광명 불이성(不二性)을 이루어

무한 기쁨인 광명세상,
너 나 한생명 무한 광명 축복, 무한 광명 충만
무한 기쁨 감사하며

옴(om)
한생명 무한 궁극, 무한 광명 승화의 대절정을 이루어
한생명 무한 광명 행복, 무한 광명 축복의 찬탄 속에

너, 나 둘 아닌 무한 광명 한생명으로
무한 광명에 귀일(歸一)하는 한생명 축복의 예경(禮敬)
무한 광명 한생명에 감사하는, 예경(禮敬)의 삶을 살자.

너의 생명 승화가 무한 궁극, 무한 절정에 이르고
나의 생명 승화도 무한 궁극, 무한 절정에 이르러
무한 축복 충만, 무한 행복 속에 서로 무한 감사하며
한생명 무한 광명 불이(不二)의 대절정
궁극 승화의 훔(hum)인 각성광명의 생명 길을 따라
한생명 무한 광명의 축복, 무한 승화 감사의 삶 속에
옴(om)의 무한 광명 빛 생명,
광명마니와 자비반메의 순수 융화의 불이성(不二性)인
한생명 영원한 무한 축복, 훔(hum)의 삶을 살자.

훔(hum)의 세상
무한 광명 승화의 절정, 무한 축복
무한 감사 무한 행복 충만의 세상
무한 기쁨 무한 행복 속에
둘 아닌 무한 광명 승화의 한생명 축복의 삶을 이루어

온
세상이 아름답고,

온

우주 허공세계가 한생명 무한 광명 기쁨으로 충만한
그런 세상의 삶을 살자.

너, 나 어둠이 없이
무한 광명, 생명 승화의 빛이 되어
무한 절정 승화의 어둠이 없는 무한 광명 빛의 삶
훔(hum)의 삶을 살자.

영원히, 영원히
이 우주 한생명 옴(om)의 광명, 초월 각성 무한 광명
궁극 대절정의 빛
불이성(不二性) 광명성품 생명의 빛 길을 따라
우주의 영원한 광명, 승화의 길을 따라 훔의 삶을 살자.

훔(hum),
이 지극한 아름다운 무한 생명 빛 궁극 승화의 절정은
너, 나 둘 아닌 불이(不二)의 한생명
영원한 생명의 축복, 옴(om)의 무한 광명을 향한 빛
무한 궁극의 절정, 불이(不二)의 승화
무한 광명 귀일(歸一)의 삶이며
무한 축복 광명의 길이다.

훔(hum)은,
둘 없는 한생명, 무한 광명 궁극이 열린
한생명 궁극 승화의 정신, 무한 광명 귀일(歸一)의 축복
생명 승화의 삶이다.

옴마니반메훔의 삶

옴마니반메훔의 삶은
한생명, 우리 모두 무한 광명 승화의 세계
영원한 축복의 삶이다.

옴(om)은
초월, 원융한 무한 광명, 절대 생명성이며

마니(mani)는
무한 각성 지혜의 광명이며

반메(padme)는
무한 적멸 자비의 광명이며

훔(hum)은
무한 축복 한생명 귀일(歸一)의 광명이다.

옴(om)의 생명, 무한 광명에

일체 의식과 언어를 초월한 무한 광명 생명세계에 들어
숭고한 광명의 초월 생명이 되고

마니(mani)의 초월 각성, 무한 광명에
온 우주가 원융히 밝은 초월, 무한 각성 광명에 들어
원융한 지혜 광명의 초월 생명이 되고

반메(padme)의 무한 자비, 무한 광명에
일체에 물듦이 없는 청정진성 자비 광명의 성품에 들어
무량 무한 자비 광명의 초월 생명이 되고

훔(hum)의 한생명 정신 승화의 광명에
생명 궁극의 밝음에 들어, 한생명 무한 광명 축복 속에
무한 감사의 생명이 된다.

옴마니반메훔의 삶은
생명무한광명축복충만행복(生命無限光明祝福充滿幸福)인
너, 나 둘 아닌 한생명
더없는 무한 축복으로 깨어난 각성 광명의 삶이다.

옴(om)은
너, 나 한생명 무한광명 불이(不二)의 절대성이며,

마니(mani)도
너, 나 한생명 각성 무한광명 불이(不二)의 세계이며,

반메(padme)도
너, 나 한생명 자비 무한광명 불이(不二)의 세계이며,

훔(hum)도
너, 나 한생명 무한광명 불이(不二)의 무한 감사이다.

너,
옴마니반메훔의 삶을 벗어나면
한생명 생태의 삶에 너와 내가 분리되어
한생명성을 잃어
너, 나와 분리된 아픔의 삶을 살뿐만 아니라
나 또한, 분리된 아픔의 삶을 살아야 하고,

나,
옴마니반메훔의 삶을 벗어나면
한생명 생태의 삶에 나와 너가 분리되어
한생명성을 잃어
나, 너와 분리된 아픔의 삶을 살뿐만 아니라
너 또한, 분리된 아픔의 삶을 살아야 한다.

옴마니반메훔의 삶을 벗어나면
한생명 생태의 삶 속에 한생명성 무한 광명을 잃어
불이(不二)인 너, 나 우리 모두 남이 되어
너, 나 우리 모두 서로 아픔의 삶을 살뿐만 아니라
온 세상도 한생명성이 분리된 아픔의 세상이 되고,

온 시방 우주도 한생명성이 분리된 아픔의 우주가 된다.

삶의 아픔, 이것은
한생명 무한 축복과 무한 감사의 삶이 사라진
아픔이다.

너, 나 한생명 무한 광명 밝음 속에
이러한 아픔과 상처를 서로 주지 말자.

나, 너의 아픔이 없게 하고
너, 나의 아픔이 없게 하는
생명무한광명축복충만행복(生命無限光明祝福充滿幸福)인
한생명 무한 축복에 감사하는 행복한 삶을 살자.

서로 축복 속에 무한 감사하며
무한 기쁨과 무한 행복으로
한생명 정신이 승화하여 무한 광명이 활짝 피어난
더없이 아름답고 숭고한 한생명 무한 각성 광명의 삶
행복한 그런 승화 축복의 삶을 살자.

너, 나의 삶에 무한 축복이며, 무한 감사이며
나 또한, 너의 삶에 무한 축복이며, 무한 감사인
그런 아름다운 한생명, 무한 승화의 삶
옴마니반메훔의 삶을 살자.

옴(om)의 축복
일체 초월광명 한생명 무한 축복 속에

마니(mani)의 축복
무한 각성광명으로 무한 승화하여

반메(padme)의 축복
무한 자비광명 무한 축복의 생명이 되어

훔(hum)의 축복
한생명 무한 승화의 대절정, 무한 광명 밝은 빛이 되어

온 삶이
더없이 승화한 아름다운 삶
서로 무한 축복 무한 감사의 소중한 한생명
아름다운 한생명 무한 승화의 삶을 살자.

너 나 없는 한생명
불이(不二)의 한생명 마하무드라 대절정 속에
온 세상
온 시방 무한 우주
영원한 한생명 무한 광명 빛이 되어
끝없이 끝없이, 영원히 어둠이 없는 우주의 밝은 빛으로
그렇게 그렇게
영원 무궁, 무한광명 밝은 빛이 되어 살자.

옴(om)의 빛
마니(mani)의 빛
반메(padme)의 빛
훔(hum)의 빛, 한생명 불이(不二) 무한 광명 빛이 되어

온 삶
온 세상
온 시방 우주를 밝히는 밝은 빛 생명, 각성 광명이 되어
그렇게
그렇게 살자.

온 삶
온 세상
온 시방 우주
옴마니반메훔, 영원한 밝은 빛 무한 광명 한생명으로
그렇게
그렇게 영원히 영원히
생명무한광명축복충만행복(生命無限光明祝福充滿幸福)인
옴 한생명 축복 세상
마니 무한 각성광명의 빛으로
반메 무한 자비광명의 연꽃 향기가 되어
훔 영원 불이(不二)의 축복, 무한 광명 각성의 삶을
살자.

08. 옴마니반메훔과 5지(五智)

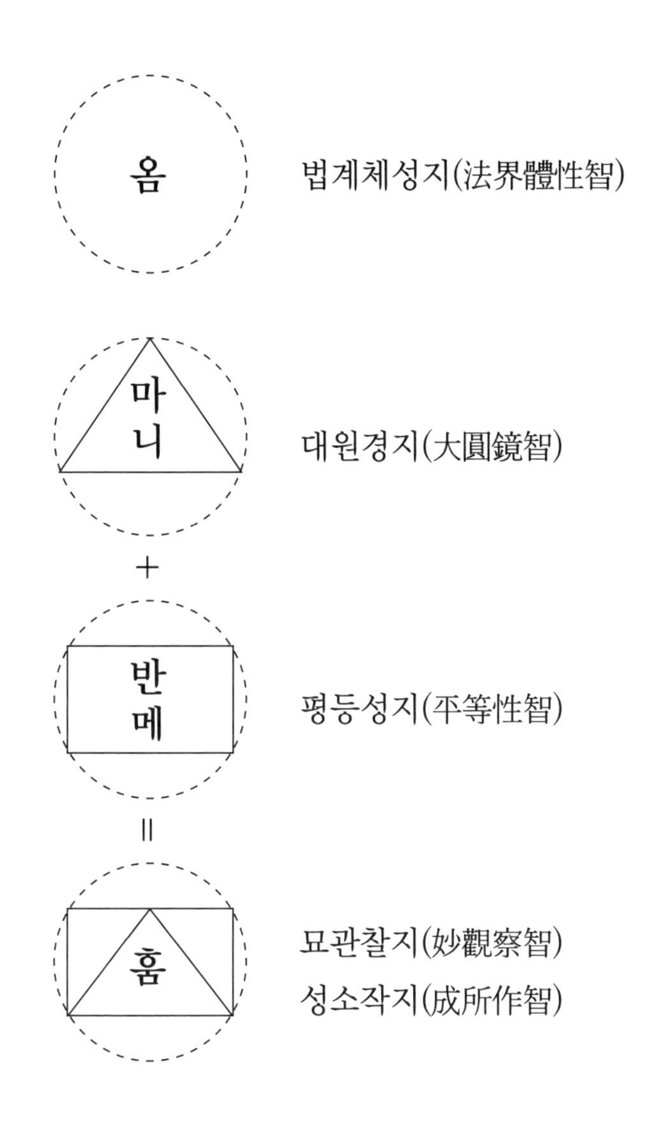

(옴마니반메훔과 5종지혜의 관계)

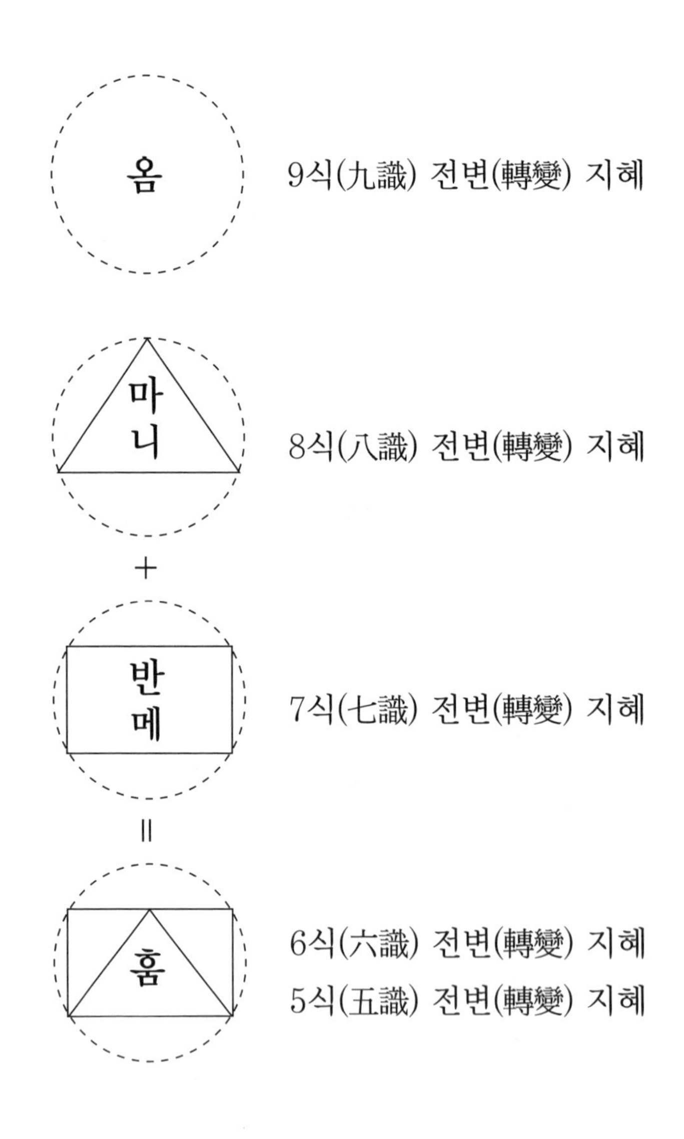

(옴마니반메훔과 5종식 전변 지혜의 관계)

대일여래(大日如來)의 5종지혜(五種智慧)에
일체 존재와 시방 세계가 총섭(總攝)되고
온전히 수용된다.

일체 존재와 시방 세계가
5종지혜 안에 온전히 섭수되지 않으면
대일여래의 5종지혜가 아니다.

옴마니반메훔도
5종지혜의 세계이다.

5종지혜를 이해하면서
2종(二種)의 5종지혜를 밝게 분별해야 한다.

2종(二種)의 5종지혜를 밝게 분별하지 못하면
5종지혜에 대해 바른 이해를 할 수가 없다.

5종지혜를 밝게 알려면
5종지혜를 깨달은 각성지혜가 없으면
5종지혜를 밝게 분별할 수가 없어
각각 지혜의 경계와
각각 각성의 차별차원을 알 수가 없다.

왜냐면, 5종지혜는
상(相)의 분별심인 상견(相見)이나

법상(法相)의 사량(思量)인 법상견(法相見)으로는
추측하고 헤아려도 이해할 수 없는
일체상(一切相)을 초월한 원융각명지혜(圓融覺明智慧)의
세계이기 때문이다.

5종지혜가
2종(二種)의 5종지혜로 나뉠 수밖에 없는 것은

대일여래(大日如來)의
완전한 대일각성(大日覺性) 일성원융(一性圓融)의
5종지혜와

깨달음 수행의 과정에
각각 식(識)의 전변(轉變)으로 각(覺)을 증장하는
차별과정의 5종지혜가 있기 때문이다.

대일여래 각일성원융(覺一性圓融)의 5종지혜를
식(識)의 전변(轉變) 5종지혜로 이해하거나

또는,
식(識)의 전변(轉變) 차별과정의 5종지혜를
대일여래의 원융지혜(圓融智慧)인 5종지혜로
이해하게 되면

원융불지(圓融佛智)와
식(識)의 전변(轉變) 수행차별지(修行差別智)를

서로 혼동하게 되므로

2종(二種)의 차별차원을 밝게 분별할 수가 없어
5종지혜를 이해함에 혼란과 오류를 범하게 된다.

2종(二種)의 차별 5종지혜를 분별하지 못하면
대일여래의 5종지혜도
깨달음에 의한 증득지혜로 잘못 알 수가 있다.

대일여래의 5종지혜는
깨달음인 식(識)의 전변(轉變)에 의한
증득지(證得智)가 아니라
원융본성지(圓融本性智)의 부사의행(不思議行)인
본각행(本覺行)의 인연 차별상이다.

식(識)의 전변(轉變) 수행의 과정에는
법계체성지(法界體性智), 대원경지(大圓鏡智),
평등성지(平等性智), 묘관찰지(妙觀察智),
성소작지(成所作智)가 각각 지혜의 차원이 달라
각각 식(識)의 전변(轉變)에 의해
지혜가 얕고 깊은 지혜 성품의 차별 차원이 있다.

대일여래 불지(佛智)에서는
부사의 원융불지행(圓融佛智慧)인
일성원융(一性圓融) 각성묘행(覺性妙行)을
식(識)을 따라 5종지혜로 드러내었을 뿐이다.

그러므로
대일여래의 원융불지(圓融佛智)에서는
5종지혜를 드러내어도
각각 지혜가 차별이 없는 원융일각(圓融一覺)이며

각각 지혜 속에
다른 지혜를 더불어 융섭(融攝)하고 총섭(總攝)한
5종지혜가 차별없는 원융일지(圓融一智)이다.

깨달음을 향한
식(識)의 전변(轉變)에 의한 수행 5종지혜는
5식(五識)에서 10식(十識)에 이르기까지
각각 식(識)의 전변(轉變)에 따라
깨달음 각성의 깊이가 5종(五種)의 차원으로 각각 다른
차별차원의 지혜이다.

옴마니반메훔이
대일여래의 5종지혜에서는

옴이
마니이며, 반메이며, 훔이다.

또한, 마니가
옴이며, 반메이며, 훔이다.

또한, 반메가
옴이며, 마니이며, 훔이다.

또한, 훔이
옴이며, 마니이며, 반메이다.

그러나
대일여래 5종지혜에서 지혜의 종류를 일컬음은
원융본각(圓融本覺)이 인연사를 따르는 원융지혜의
부사의 차별일 뿐이다.

식(識)의 전변(轉變)의
수행차별지(修行差別智)에서 보면

옴(om)은
법계체성지(法界體性智)이며

마니(mani)는
대원경지(大圓鏡智)이며

반메(padme)는
평등성지(平等性智)이며

훔(hum)은
묘관찰지(妙觀察智)와 성소작지(成所作智)이다.

옴(om)이
법계체성지(法界體性智)임은

옴(om)의 무시성(無始性) 초월 생명성은
일체 근원의 체성(體性)인 태장계(胎藏界)이기 때문이다.

옴(om)의 태장성지(胎藏性智)에 들려면
9식(九識)의 전변(轉變)으로
미세(微細) 무명장식(無明藏識)이 타파되어

완전한 근본지(根本智)
무시성(無始性) 청정원융(淸淨圓融)인
적멸부동성지(寂滅不動性智)에 들어야 한다.

마니(mani)가
대원경지(大圓鏡智)임은

마니(mani)는 본각(本覺)인
원융각명(圓融覺明)으로 항상 두루 밝게 깨어 있어
태양과 같이 시방을 두루 밝게 비치기 때문이다.

마니(mani)인 마니보주성지(摩尼寶珠性智)
각성광명(覺性光明)인 대원경지(大圓鏡智)에 들려면

미혹(迷惑)의 출입식(出入識)이 끊어져

8식(八識)의 전변(轉變)으로 원융각명(圓融覺明)에
들어야 한다.

반메(padme)가
평등성지(平等性智)임은

반메(padme)는
무염진여성(無染眞如性)으로
일체상(一切相)에 물듦이 없어 항상 청정하기 때문이다.

반메(padme)인
태장계(胎藏界)에서 피어난
물듦이 없는 진여성(眞如性)
청정 연화지(蓮華智)에 들려면
일체 분별식(分別識)인 자아의식(自我意識)이 끊어져
7식(七識)의 전변(轉變)으로
진여(眞如)인 평등성지(平等性智)에 들어야 한다.

훔(hum)이
묘관찰지(妙觀察智)와 성소작지(成所作智)임은

훔(hum)은,
옴(om)을 뿌리로 한
마니(mani)와 반메(padme)가 불이(不二)를 이루어

옴(om)으로 귀일(歸一)함이니

이는
원융불지(圓融佛智)에서는
법계체성지(法界體性智)를 바탕한
대원경지(大圓鏡智)와 평등성지(平等性智)가
원융일각행(圓融一覺行) 속에
묘관찰지(妙觀察智)와 성소작지(成所作智)가
이루어지기 때문이다.

이것이
대일여래 5종지혜
원융불지(圓融佛智)의 행(行)이다.

훔(hum)이
성소작지(成所作智)와 묘관찰지(妙觀察智)임은
깨달음을 위한 식(識)의 전변(轉變) 과정에서
7식(七識) 전변(轉變)을 이루지 못해
7식 전변(轉變)의 평등성지(平等性智)에 들기 위해
상(相)의 상념(想念)과
상(相)에 머묾이 끊어지지 않는 혹식(惑識)인
5식(五識)과 6식(六識)의 미혹을 타파하고자

생기생멸(生起生滅)의 상(相)의 연기(緣起)와
생멸 상(相)의 자성(自性)을 관(觀)하는 관행(觀行)으로

성소작행(成所作行)과 묘관찰(妙觀察)이 이루어지는
과정의 수행이기 때문이다.

대일여래 5종지혜는
대일여래의 각명(覺明)에서는
본각(本覺)인 법계체성지(法界體性智)가
5종지혜 각(覺)의 체성(體性)이 되어
대원경지(大圓鏡智)와 평등성지(平等性智)와
묘관찰지(妙觀察智)와 성소작지(成所作智)를
두루 총섭(總攝)하여 훔(hum)인
원융한 일성각명(一性覺明)의 작용이 이루어진다.

식(識)의 전변(轉變)에 의한 깨달음에는
5식이 끊어져야 성소작지(成所作智)에 들며
6식이 끊어져야 묘관찰지(妙觀察智)에 들며
7식이 끊어져야 평등성지(平等性智)에 들며
8식이 끊어져야 대원경지(大圓鏡智)에 들며
9식이 끊어져야 법계체성지(法界體性智)에 든다.

식(識)의 전변(轉變)을 위한 수행에서
훔(hum)의 과정은
상(相)의 상념(想念)과
상(相)에 머묾의 미혹식(迷惑識)인
5식(五識)과 6식(六識)을 타파하기 위해
일체상(一切相)의 작용과 성품을 관(觀)하는

성소작행(成所作行)과 자성묘관찰(自性妙觀察)의 수행이
이루어진다.

그러므로
식(識)의 전변(轉變)을 위한 수행은
상(相)에 머묾의 미혹식(迷惑識)인
5식(五識)을 끊고자 일체(一切) 촉각과 감각의
수(受)를 관(觀)하는 관행(觀行)인
제법무주성소작관(諸法無住成所作觀)에 의해
5식(五識)이 끊어지는 전변(轉變)의 깨달음으로
성소작지(成所作智)에 들게 된다.

5식(五識) 전변(轉變)의 깨달음으로
성소작지(成所作智)에 들었으나, 6식(六識)의 작용으로
상(相)의 상념(想念)이 타파되지 않아
6식(六識) 전변(轉變)의 깨달음을 위해
상(相)의 자성(自性)을 관하는
자성무상묘관찰(自性無相妙觀察)에 상(相)이 타파되므로
6식(六識)이 끊어지는 전변(轉變)의 깨달음으로
상(相) 없는 무자성지(無自性智)인
묘관찰지(妙觀察智)에 들게 된다.

6식(六識) 전변(轉變)의 깨달음으로
묘관찰지(妙觀察智)에 들어

무자성(無自性)을 깨달아도
자아의식(自我意識)인 7식(七識)이 끊어지지 않아
자아(自我)의 무자성(無自性)을 관(觀)하여
7식(七識)이 끊어지는 전변(轉變)의 깨달음으로
무염(無染) 진여성(眞如性)인
평등성지(平等性智)에 들게 된다.

7식(七識) 전변(轉變)의 깨달음으로
평등성지(平等性智)인
심청정(心淸淨) 무염지(無染智)
진여성(眞如性)에 들었으나, 8식(八識)의 작용으로
각성(覺性)이 원융(圓融)하지 못하여
출입식(出入識)인 8식(八識)을 제거하고자
원융자성관(圓融自性觀)에 출입식(出入識)이 끊어져
8식(八識)이 끊어지는 전변(轉變)의 깨달음으로
대원경지(大圓鏡智)에 들게 된다.

8식(八識) 전변(轉變)의 깨달음으로
원융각성(圓融覺性) 대원경지(大圓鏡智)에 들었어도
대원각명(大圓覺明)이 대자재(大自在)하지 못하여
9식(九識) 무명(無明) 미세 장식(藏識)을 제거하고자
적멸자성관(寂滅自性觀)에 미세 장식(藏識)이 끊어져
9식(九識) 전변(轉變)의 깨달음으로
법계체성지(法界體性智)에 이르게 된다.

법계체성지(法界體性智)에 들어
본성각명(本性覺明)의 밝음이 두루 하여
청정원융광명(淸淨圓融光明)인
진성(眞性), 각명(覺明), 진여(眞如), 무상(無相),
무아(無我), 지(智)의 청정(淸淨)을 벗어버린
원융일성각명(圓融一性覺明)으로
5종지혜(五種智慧)를 벗어난 원융불지(圓融佛智)에

옴마니반메훔의 성품이
순(順)으로, 역(逆)으로
쌍(雙)으로 조화(造化)가 원융하여
원융불광(圓融佛光)
무연광명(無緣光明)의 대자재(大自在)에 이르게 된다.

일광원융(一光圓融)이
옴(om) 무한 궁극 초월성을 따라 자재(自在)하여
초월, 생명성 무한광명이며

마니(mani)의 무한 각성광명을 따라 자재(自在)하여
초월, 무한 각성광명이며

반메(padme)의 청정 적멸진성을 따라 자재(自在)하여
초월, 무한 자비광명이며

훔(hum)의 무한 절정 승화를 따라 자재(自在)하여
무한 광명 일성(一性) 귀일(歸一)의 축복광명이다.

옴(om) 광명에
마니(mani), 반메(padme), 훔(hum)의 공덕이
옴(om) 광명 융화(融化) 속에 무한 충만이고

마니(mani) 광명에
옴(om), 반메(padme), 훔(hum)의 공덕이
마니(mani) 광명 융화(融化) 속에 무한 충만이고

반메(padme) 광명에
옴(om), 마니(mani), 훔(hum)의 공덕이
반메(padme) 광명 융화(融化) 속에 무한 충만이고

훔(hum) 광명에
옴(om), 마니(mani), 반메(padme)의 공덕이
훔(hum) 광명 융화(融化) 속에 무한 충만이다.

대일여래의 5종 지혜가
옴마니반메훔이며

옴(om)
마니(mani)
반메(padme)
훔(hum)이

대일여래의 5종지혜를 총섭(總攝)하여 피어난

원융청정 무한 지혜 광명, 절정 무한(無限)의 꽃이다.

불지혜(佛智慧)는
무생인(無生印)이라 이법(二法)이 없고
일법(一法) 또한 없으니

5종지혜가 무한 원융하여
무한 충만이며

옴마니반메훔의 성품이
5종지혜의 공덕으로 원융청정 원만하여
만 생명의 무한 각성을 일깨운다.

법(法)이,
만약, 다름이 있다면
그 식(識)이 전변(轉變)의 깨달음에 들어야 하며

또한, 다름이 없다 해도
그 식(識)이 전변(轉變)의 깨달음에 들어야 한다.

취할 것 없고, 버릴 것 없어도
그 또한 벗어야 할 망(妄)이며, 미혹이다.

망(妄)을 벗어나긴 쉬워도
진(眞)을 벗어나기는 쉽지 않다.

또한,
불(佛)을 벗어나기도 어렵지만

불(佛)을 벗어났어도
진불(眞佛)을 이루기는 더더욱 쉽지 않다.

망(妄)과 진(眞)을 벗어나
광명(光明)이 원융하여
광명(光明) 여여(如如)를 또한 벗어버리면
초월 원융(圓融) 불광5지(佛光五智)가
옴(om) 무한 광명이며
마니(mani) 무한 광명이며
반메(padme) 무한 광명이며
훔(hum) 무한 광명이다.

원융불지(圓融佛智)
5지(五智)가 시방 우주 무한 충만하여
옴(om)
마니(mani)
반메(padme)
훔(hum),
불(佛)의 지혜광명 청정 법연(法蓮)의 향기와 광명이
온 시방법계에 두루 장엄하다.

09. 옴마니반메훔 진언 뜻

옴(om),
불이성(不二性) 원융밀(圓融密)
한생명 태장금강밀계(胎藏金剛密界),
원융광명(圓融光明) 생명밀행(生命密行)인
옴마니반메훔, 은
생명무한광명축복충만행복(生命無限光明祝福充滿幸福)이다.

옴마니반메훔 인(人)는
생명무한광명축복충만행복인(生命無限光明祝福充滿幸福人)이다.

이는,
자성광명축복(自性光明祝福)의 생명이다.

자성광명(自性光明)은 원융불이성(圓融不二性)인
밀행(密行)의 성품이다.

자성광명(自性光明)이 생명(生命)이며
성(性)의 성품이다.

옴마니반메훔, 은
곧, 생명 축복의 밀(密)이다.

각명밀성(覺明密性)의 차원(次元)과
각밀원융총지(覺密圓融總持) 밀행(密行)의 차원을 따라
옴마니반메훔 심밀(心密)의 경계는 무한 열려 있으며,
그 의미와 뜻도 부사의 총지차원(總持次元)에서
무한 열려 있다.

옴마니반메훔 밀행(密行)에 있어서
밀지밀행(密智密行) 각성(覺性) 발현의 특성에 따라
옴마니반메훔 진언의 의미와 뜻이
무한 차별세계의 다양한 공덕의 빛깔로 벌어져
무한조화(無限造化)의 공덕이 화현한 무한 공덕세계로
펼쳐진다.

진언의
밀지밀행(密智密行)의 각성 발현을
자성밀(自性密)의 수용경계에서 간단히 볼 것 같으면
각성진언, 찬탄진언, 축복진언, 성취진언,
감사진언, 귀의진언, 태장진언, 예경진언,
행복진언, 자비진언, 지혜진언, 광명진언,
평화진언 등이다.

사전(辭典)적 옴마니반메훔 의미와 뜻은
생명태장 마니보주 연꽃에 귀의하며 경배올립니다.

이 뜻을 의미하면
생명 무한광명 청정성에 찬탄하며 귀일(歸一)합니다.

각성진언(覺性眞言) 옴마니반메훔 의미와 뜻은
생명 무한광명 청정성에 각성광명 충만입니다.

찬탄진언(讚嘆眞言) 옴마니반메훔 의미와 뜻은
생명 무한광명 청정성에 무한 찬탄 올립니다.

축복진언(祝福眞言) 옴마니반메훔 의미와 뜻은
생명 무한광명 청정성에 무한 축복 올립니다.

성취진언(成就眞言) 옴마니반메훔 의미와 뜻은
생명 무한광명 청정성에 무한 성취 올립니다.

감사진언(感謝眞言) 옴마니반메훔 의미와 뜻은
생명 무한광명 청정성에 무한 감사 올립니다.

귀의진언(歸依眞言) 옴마니반메훔 의미와 뜻은
생명 무한광명 청정성에 경배하며 귀의합니다.

태장진언(胎藏眞言) 옴마니반메훔 의미와 뜻은

생명 무한광명 청정성에 태장생명 무한감사 올립니다.

예경진언(禮敬眞言) 옴마니반메훔 의미와 뜻은
생명 무한광명 청정성에 무한찬탄 예경올립니다.

행복진언(幸福眞言) 옴마니반메훔 의미와 뜻은
생명 무한광명 청정성에 무한행복 충만입니다.

자비진언(慈悲眞言) 옴마니반메훔 의미와 뜻은
생명 무한광명 청정성에 무한자비 충만입니다.

지혜진언(眞言) 옴마니반메훔 의미와 뜻은
생명 무한광명 청정성에 무한지혜 충만입니다.

광명진언(光明眞言) 옴마니반메훔 의미와 뜻은
생명 무한광명 청정성에 무한광명 충만입니다.

평화진언(平和眞言) 옴마니반메훔 의미와 뜻은
생명 무한광명 청정성에 무한평화 충만입니다.

진언하는
밀행자(密行者)의 각성발현에 따라
옴마니반메훔 진언의 의미와 뜻의 차원은
무한히 열려 있으며

진언할 때는
티끌 없는 청정한 마음과 무한 열린 정신으로
오롯한 일심으로 지극정성 정밀함으로 해야 한다.

진언의 정신은
각성발현 성품의 차원에 따라 다르니
자성광명 축복 속에 이루어지는 진언도 있고,

진언의 진리 속에 들고자
간절한 진리성취의 정신을 바탕한 원력진언도 있으며,

불보살님을 오롯이 생각하며
티끌 없는 마음의 무한 평화로운 진언도 있고,

꼭 이루고자 하는 원이 있어
진언의 무한 가피력의 믿음으로 하는 진언 등이 있다.

어떤 뜻으로 진언을 하든
첫째, 불보살님의 가피력을 원하면
진언의 무한 가피력에 의심 없는 믿음으로
불보살님을 경배하는 마음이 티끌 없이 청정해야
생명 무한상생 축복의 밝은 기운이 감응하여
뜻하는바 원을 성취할 것이다.

진언하는 마음이 청정하지 못하고
사(邪), 악(惡), 마(魔)의 어두운 생각이 있으면

마음 바탕에 생명상생 무한 광명의 기운을 상실하여
내외사마(內外邪魔)와 악연악기(惡緣惡氣)의 침범으로
나쁜 과보를 받을 수 있으니,
진언할 때는 마음 도량이 청정한 공덕심으로
심신(心身)에 어둠의 기운을 타파하여 광명심을 더하며
불보살님의 무한 시방 광명의 기운을 충만하게 하여
생명, 무한 공덕 축복성품이 되도록 해야 한다.

둘째, 진언의 공덕(功德)에 들고자 하면
지혜를 다하여 진언의 뜻을 명료히 살피고 사유하며
진언의 의미와 뜻을 새기며 지향하는 방향성을 따라
정신 속에 분명히 그 의미와 뜻을 관하며
진언의 수행에 깊이 증입(證入)해야 한다.

셋째, 진언의 실상을 깨닫고자 하면
식(識)의 전변(轉變)에 의한 깨달음으로
본성 지혜의 각성 속에
그 진언의 실상을 자기 성품 속에
바로 깨우치면 된다.

진언하는 마음에
티끌이 없고, 더불어 밝은 축복의 마음을 가지면
내외사마(內外邪魔)가 침범할 수가 없어
인연을 따라 좋은 과보를 성취하며,

진언에 대한 믿음에

뜻을 굳게 가져, 밝음 마음으로 지극한 정신이면
불보살님이 그 정성에 감화하여 감응하는 순간
뜻한바, 원을 성취할 것이다.

진언은
생명 무한 광명 축복, 그 자체이다.

불보살님의 무한 가피력이 시공(時空)에 흘러넘쳐도
뜻하는바 노력이 없으면 가피력 공덕에 인연이 없다.

천지개벽으로
두루 사방에 물이 흘러넘쳐도
목마른 새라도 물에 그 부리를 담그지 않으면
물 한 방울도 먹을 수가 없다.

일체가
인연을 따라 피어나니
티 없는 마음이 진실하면
홀연히
불보살님의 자비광명 축복축원의 손길에
무한 성취, 무한 광명공덕의 꽃이 피어날 것이다.

5장_ 광명진언 (光明眞言)

01. 광명진언(光明眞言)

옴 아모카 바이로차나 마하무드라 마니파드마
om amogha vairocana maha-mudra mani-padma

즈바라 프라바릍타야 훔
jvala pra-varttaya hum

광명진언(光明眞言), 자성(自性)의 의미와 뜻은
생명(生命) 대원만성취(大圓滿成就) 시방원융대광명(十方圓融大光明) 대절정(大絕頂) 불이원융(不二圓融) 수승광명(殊勝光明) 무한승화(無限昇華) 축복충만(祝福充滿), 의 뜻이다.

광명진언(光明眞言)은
대일여래(大日如來)인 비로자나 부처님의 진언이다.

진언의 실상과 그 세계는

지식의 범주를 초월한 각성세계이므로
교학(教學) 또는, 지식적 해설로
그 의미와 뜻을 다 담아낼 수가 없다.

또한, 지식으로는
진언의 실상을 알 수가 없으니
무슨 진언이든 우선 지식적 이해도 중요하겠으나

지식적으로만 접근하는 것보다
깨달음을 위한 수행의 체험적 지혜를 통해서
진언의 의미와 그 실상을 사유하고 관(觀)하며
스스로 체험을 통해서
그 진언의 각성세계를 몸소 체득하는 것이
중요하다.

무슨 진언이든
진언의 실상은, 자기 성품 속에 충만하며
깨달음 각성광명을 통해 스스로 체험하게 된다.

대 우주의 현상
오로라 현상의 신비롭고 심오한 광경을 보고
언어로 그것을 설명한다 해도
객관적 해설에 지나칠 뿐이며,

또, 지식적으로 그 해설을 들어도

언어로 그 현상의 실상을 다 담을 수 없는 한계와
듣는 자의 경험과 이해의 한계성 때문에
오로라의 그 실체를 알 수가 없다.

또한, 중요한 것은
해설하거나 듣는 것으로는
스스로 그 오로라가 될 수가 없다는 것이다.

가령,
마음을 평안하게 하고 안정되게 하는
치유력을 가진 좋은 향기를 맡은 사람이
언어로 그 향기를 아무리 설명해도
언어로 그 향기를 전할 수 없고,

또한,
귀로 향기에 대한 설명을 듣는 것으로는
그 향기를 이해함에 한계가 있으며
그 향기를 느낄 수는 없다.

그뿐만 아니라, 더욱 중요한 것은
그것으로는 스스로 그 향기가 될 수가
없다는 것이다.

진언은
각성의 객관적 세계가 아니라

춤을 추는 오로라 그 실체이며
심오한 향기 그 실체이다.

그, 실체 중심
각성광명 상태에서 표출하는 살아있는 생명 언어이다.

오로라와 향기는
타의적이며 객관적인 표현일 뿐
오로라에겐 오로라가 아니며
향기에겐 향기가 아니다.

왜냐면,
그냥, 그 자체가 실체이며, 참일 뿐
오로라에게는 오로라라는 것도 없고
향기에게는 향기라는 것도 없다.

언어와 이미지는
실체에서 벗어나, 객관적 대상일 때 느끼고 표현하는
관념적 수단의 표현일 뿐이다.

진언은
깨달음 각성광명의 세계를 그대로 표출하거나
이미지화한 언어로 드러냄이니
누구나 깨달음 각성광명에 들면
그 진언의 실체 성품이 된다.

진언의 실체 성품에는
각성광명뿐,
일컬을 진리도, 표현할 언어도 없다.

깨달음의 성품에서
각성의식으로 전환해 나왔을 때
그를 표출함에
깨달음 각성의 소리인 구음(口音) 또는, 탄성

또는,
깨달음 몸의 동작, 몸짓과 춤의 행위 등으로
언어를 함유한 느낌과 이미지를 표출하게 된다.

진언을 알고자 하면
막연히 객관적 생각의 접근보다
진언의 실체인 각성이나
지혜발현에 의한 깊이 있는 접근이 중요하다.

진언은
내밀(內密)한 각성광명의 세계이다.

객관적 지식의 불(佛)의 이념이
스스로 깨달음으로 불(佛)이 자기화되어
주객이 사라져, 온 법계가 자신이 되듯,

일체 제불(諸佛)의 진언은

깨달음을 통한 각성광명 속에 진언의 실체가
자기화된다.

그러므로
제불(諸佛)의 진언은 타(他)의 진언이 아니라
자기의 성품, 각성광명의 세계임을 깊이 사유하며
지혜로 접근하고 깨달아야 한다.

그러므로 진언의 수행은
각성(覺性)의 승화로 자기화해야 한다.

모든 진언이
지혜가 상승하고, 각성이 밝아지면
무엇이든, 모든 것이 나를 벗어나 있지 않다.

일체가
나뿐,
나 이외는 없다.

나 아니라고 생각하는 그것이 무엇이든
그 또한, 나 자신이다.

나는
안과 밖이 없는 원융한 성품이며
이 우주 또한, 나의 몸체이다.

나 있고,
또한, 나의 몸체가 있는 것이 아니다.

일체가 나, 이므로
나라고 따로 일컬을 그 무엇이 없다.

일체가
나의 모습일 뿐이다.

만약,
나 있어, 안과 밖이 있다면
온 우주가 곧, 나임을 깨닫지 못한 것이다.

나 없어, 안과 밖이 없으므로
일체불이(一切不二), 마하무드라의 대절정 속에
온 우주가
곧, 나의 성품 대광명변조(大光明遍照)이다.

이를 칭함이
바이로차나(vairocana) 대광명여래(大光明如來)인
대일여래불(大日如來佛)이다.

02. 옴(om)

옴(om)
진언(眞言), 법(法)의 실체는
시방 우주 만물의 체성(體性)이며 근본인 성(性)이며
시방 우주 생명작용의 실체인 생명성(生命性)이며
일체 생명 정신의 궁극인 광명체(光明體)이다.

옴(om)은
생명 곧, 태장성(胎藏性)을 일컬음이다.

태장(胎藏)이란,
생명 실체이며
생명 근본이며
생명 본처(本處)이며
생명 머무는 곳이며
생명 성숙하고 육성하는 곳이며
생명 자리한 곳이다.

생명은
무시무종(無始無終) 생명작용의 성품으로
무생무멸(無生無滅)의 성품이다.

생명과 생명체와 목숨과 살아 있음은
다르다.

생명은
생명작용을 하는 실체 성품이다.

생명체는
생명작용을 하는 현상적 존재이다.

목숨은
생명체의 생명작용을 하는 호흡이다.

살아 있음은
생명체의 생명활동이 이루어지고 있음이다.

생명의 태장(胎藏)은
생명을 잉태하고 생성하는 자궁(子宮)이니,
생명 그 자체가
곧, 생명의 태장(胎藏)이다.

모든 존재의 태장(胎藏)은
곧, 생명 성품인 본성이다.

모든 존재의 태장(胎藏)은 본성이며
본성은 일체 존재의 생명성(生命性)이다.

일반적으로 생명이란 언어는
생명체 존재로부터 근원한 시각적 언어이다.

생명체뿐만 아니라
일체 유무(有無)의 물질과 마음 등
일체 존재의 근원인 근본을 일컬을 때는
생명이라 이름하지 않고
성(性)이라고 한다.

성(性)은
일체 유무(有無) 존재의 근본이며 근원이며 실체인
본성(本性)을 일컬음이다.

본성(本性)은
일체 존재의 바탕이며, 근본 성품이다.

일체 존재의 근원인 본성(本性)은
물질의 근원이며, 생명의 근원이며, 마음의 근원이며
유무(有無) 일체 존재의 근원이며

모든 존재와 비존재적 실체, 일체의 근원이다.

성(性)이나
본성(本性)이라고 할 때는
물질이나, 마음이나, 생명체나, 무생명체나
어느 것 하나에만 한정하거나
어느 것만을 일컫는 것이 아니다.

어느 것을 일컫더라도
그 근원의 본성은 서로 차별이 없는 한 성품
동일한 본성이다.

그러므로,
일체 존재가 천차만별의 차별이어도
그 근원, 본성은 다르지 않다.

그러나
또한, 한편으로는 개체의 차별 특성을 일컬어
그 개체의 본성이라고도 한다.

그것은, 개체의 차별 특성일 뿐
존재의 근본 본성을 일컫는 것은 아니다.

모든 존재는 그 근원이 다르지 않은
한 성품이며

한 성품의 작용 속에
모든 존재는 개체의 생성 인연생태의 차별에 따라
각각 다른 차별 개체의 모습으로 태어난다.

그러나
모든 존재가 각각 차별이어도
그 존재의 근원 본성은 차별이 없는 한 성품이다.

각각 모두 차별의 모습이어도
모두의 근원인 한 성품 섭리의 생태환경 속에
살아가고 있다.

그러므로
유정(有情)이든, 무정(無情)이든
생명체든, 무생명체든, 물질이든, 마음이든
그 근원은 다를 바 없는
한 성품이다.

시방 허공이 다함 없는 무한 우주
각각 세계 무량차원 속에 존재하는 그 무엇이든
그 모두의 근원은 다를 바 없는 동일한
오직, 한 성품이다.

모든 존재는 그 근원이 같으며
모든 생명체는
본성의 한 성품 인연생태의 섭리를 따라 태어났어도

생명이 태어난 것이 아니라
인연생태 속에 생명체의 몸을 받아 태어난 것이다.

존재의 근원
생명의 한 성품 그 섭리의 작용으로
인연 생태환경 속에 개체의 몸을 받아났어도
인연을 따라 생명체의 몸을 받아 낳을 뿐
생명 그 자체를 받아난 것은 아니다.

그러므로
생명체의 몸을 받아 태어났어도
생명 그 자체는 몸과 같이 태어남이 없고
생명체는 죽어도, 생명 그 자체는 죽음이 없다.

한 개체의 몸을 받아 태어난 것은
모든 존재의 근원, 본성 섭리의 작용으로
개체의 몸을 받아 태어난다.

개체로 태어났어도
모든 존재의 근원인 한 성품의 섭리를 따라
한생명 생태의 환경 속에 생명체의 삶을 살게 된다.

모든 개체의 삶이
본성의 섭리를 따라 태어나고
본성 섭리의 작용은

대 우주와 작은 한 풀 포기가 서로 다를 바 없는
한 성품 섭리의 작용이다.

생명이 있거나, 생명이 없거나
모양이 다르거나, 생태 성질이 다르거나
하늘에 있는 것이나, 물과 땅속에 있는 것이라도
그 근원의 본성은 다르지 않으며,

사람이든, 식물이든, 하늘이든, 땅이든,
물이든, 불이든
그 근본의 본성(本性)은 차별이 없다.

그러므로
일체 존재의 근원인 태장(胎藏)이 다를 바 없고
일체 존재의 근원인 본성이 다를 바 없으며
일체 존재의 근원인 한생명 성품이 다를 바가 없다.

옴(om)은
모든 존재의 근원인 태장(胎藏)이며
모든 존재의 근원인 한생명 성품이다.

옴(om)은
모든 존재의 근원으로
인식과 지식과 이해로써 알 수가 없다.

오직,
본성의 성품과 동일성일 때에만 알 수가 있으니
그것이 깨달음에 의한 각성(覺性)이다.

그것이
근본 본성으로 돌아간 본성의 깨달음이다.

이 깨달음은
곧, 근원의 성품인 한생명을 깨달음이다.

본성과 한생명은 차별이 없다.

본성이 한 생명체에 생명으로 작용하면
그것을 한 생명체의 생명이라고 하고

본성이
한 생명체의 밝은 심식(心識)에 작용하면
그것을 마음이라고 한다.

그러므로
본성과 생명과 마음은 다르지 않다.

단지,
존재의 근원과 실체를 일컬을 때는
그것을 본성이라고 하며

생명체의 생명작용을 할 때는
그것을 생명이라고 하며

생명체의 마음작용을 할 때는
그것을 마음이라고 한다.

그러나,
개체의 특성을 성품이라고 할 때는
그 성품은, 존재 근원의 성품을 지칭함이 아니라
개체의 고유 차별특성을 일컬을 뿐이다.

개체의 차별특성을 일컫는 본성과 성품은
존재의 근원인 본성과는 다르다.

개체의 특성을 일컫는 본성, 또는 성(性)은
존재의 근원을 일컫는 본성과는 차별됨을
알아야 한다.

그러므로
논(論)과 철학의 성격에 따라
본성, 또는 성(性)에 대한 기본 개념이 다르므로
이를 인식하지 못하면
존재의 본성과 개체의 차별특성을 동일하게 인식하면
논(論)에 따라, 잘못 이해하거나 왜곡할 수도 있다.

본 논(論)의 본성 또는, 성(性)은
존재의 근원인 생명이며, 존재의 본성이며,
우주 만물의 근본 성품이다.

그러므로
성(性)이 곧, 일체 존재의 태장(胎藏)이며

태장(胎藏)이
곧, 생명이며, 본성이다.

이,
성(性)이 옴(om)이다.

옴(om)은
태초 이전부터의 생명이며
태초 이전부터의 근본 성품이며
모든 존재의 근원 성품인 태장성(胎藏性)이다.

그러므로, 태장(胎藏)은
천지(天地), 시방(十方), 허공(虛空), 시간(時間),
유형(有形), 무형(無形), 유색(有色), 무색(無色),
식심(識心)의 일체와
우주와 만물과 일체생명과 일체존재의 근원이다.

옴(om)은

생명 무한이며
무한 밝음인 원융의 성품이다.

불법(佛法)에서는
불성(佛性), 진여(眞如), 열반(涅槃)
또는, 보리(菩提)라고도 한다.

그것은
불(佛)의 근본 성품이므로
불성(佛性)이라 하고

무엇에도 물듦 없는 성품이므로
진여(眞如)라 하며

시종(始終) 없고, 생멸이 없는
불생불멸 성품이므로 열반(涅槃)이라 하고

항상 두루 밝게 깨어 있는 성품이므로
보리(菩提) 즉, 각성(覺性)이라 하며

고요한 성품이므로
적멸성(寂滅性)이라 하고

생(生)과 멸(滅)을 벗어났으므로
무생성(無生性)이라 하며

파괴되지 않는 성품이므로
금강성(金剛性)이라 하고

무엇에도 동(動)함이 없는 성품이므로
부동성(不動性)이라 하며

자재(自在)하여 걸림 없는 성품이므로
원융성(圓融性)이라 하고

파괴되지 않는 불변의 결정성(結定性)이므로
인(印)이라고 한다.

무엇이든
바라보는 관점의 특성에 따라
한 물건이라도
이름함이 각각 다르다.

무엇이든 이름하면
그 이름에 온전한 전체의 특성을 다 드러내거나
다 담을 수가 없어
지칭하는 이름만 유추하면
온전한 전체의 모습과 특성을 잃는다.

무엇이든 이름에는
이름하는바, 그 의미의 특성만 드러날 뿐

그 이름으로는
전체의 참모습을 다 담아낼 수가 없다.

무엇이든
그 참모습을 알고자 하면
전체를 두루 꿰뚫는 지혜의 밝음이 없으면
참으로 아는 것이 아니다.

이름이나
또한, 어느 한 곳만 보고
알았다 하면

그것은
자신의 시선과 안목이 미치는 바일 뿐
전체를 참으로 안 것이 아니다.

아는 것,
그것은 객관적 지식이다.

지식은 유위의 것이므로 앎을 쌓은 축적한 것이며
지혜는 앎과 지식을 초월한 밝은 정안(正眼)이다.

지식은,
소의 두 뿔과 같이 밖으로 튀어나와 있고

지혜는,
소의 두 뿔의 뿌리까지 뽑아버려서
밖으로 드러나는 뿔도 없을 뿐 아니라
눈에 보이지 않는 숨은 뿌리까지도 없다.

옴(om)은
소의 머리에 돋아난 두 뿔로서는 알 길이 없다.

밖으로 돋아난 두 뿔만 아니라
두 뿔의 깊은 뿌리까지 자연히 뽑혀
뿔의 흔적까지 완전히 사라지면

스스로
자연히 깨닫는다.

03. 아모카(amogha)

아모카(amogha)
진언(眞言), 법(法)의 실체는
대원만성취(大圓滿成就)를 일컬음이다.

이는
옴(om)의 원만성취(圓滿成就), 원력(願力)의 세계이다.

아모카(amogha)는
불공(不空), 불무실(不無實)의 뜻이다.

이는
헛되지 않으며, 이룩하고 성취한다는 뜻이다.

이는
무한 광명의 태장(胎藏)인
옴(om)의 무한 진성(眞性)에 들어
깨달음 충만을 성취하며

각성광명 무한 공덕을 성취한다는 뜻이다.

아모카(amogha)
깨달음의 무한 축복인 불공(不空)의 성취는

곧, 다음 구절인
바이로차나(vairocana)의
무한 각성광명에 듦을 일컬음이다.

바이로차나(vairocana)가
곧, 옴(om)의 진성(眞性) 광명세계이니

아모카(amogha)는
깨달음, 무한 궁극의 승화로
모든 무명과 미혹 없는 무량 무한 광명세계
생명 본성(本性)인 태장성(胎藏性)으로
귀명(歸命), 귀일(歸一)함을 성취한다는 뜻이다.

이 깨달음의 무한 각성세계는
다음 구절의 진언으로
그 무한 각성광명의 세계를 드러내고 있다.

이 광명진언(光明眞言)은
전(全) 진언의 구절(句節) 자체가

깨달음, 각성광명(覺性光明)의 대절정에서 피어난
무한 초월광명 궁극 무한 절정의 노래다.

이는
곧,
무한 성취
무한 찬탄
무한 축복
무한 감사
무한 기쁨
무한 충만
무한 행복
무한 궁극
무한 절정(絕頂)
무한 귀일(歸一),
무한 광명의 지극한 경배(敬拜)이며, 예경(禮敬)이다.

이 깨달음 승화의 열린 세계는
진언이 이어지는 다음 구(句)에서
깨달음의 과정과 그 심오한 절정의 세계를
확연 명명백백, 각성광명의 무한 승화를 드러낸다.

이 진언은
각성광명 깨달음 초월 대절정의 세계를
깨달음 빛의 광명 휘몰이로
빛이 회오리 되어 폭류(暴流)처럼 쏟아지는

무한 각성 승화의 광명세계를 드러낸다.

옴
성취성취
축복 충만 성취하리라.

이것이
아모카(amogha)의 뜻이다.

이는
곧, 각성광명 무한 충만, 불공(不空)의 세계이다.

04. 바이로차나(vairocana)

바이로차나(vairocana)
진언(眞言), 법(法)의 실체는
시방무한적멸원융대광명(十方無限寂滅圓融大光明)을
일컬음이다.

이는
곧, 옴(om)의 적멸체성(寂滅體性)인
생명성(生命性), 각명무한(覺明無限)의 세계이다.

바이로차나(vairocana)는
대일여래(大日如來)인 비로자나 부처님이다.

불(佛)은 곧, 보리(菩提)의 성품
각성원융무한각명(覺性圓融無限覺明)을 일컬음이니

바이로차나(vairocana)는
시방무한원융(十方無限圓融)의

초월적멸각성광명(超越寂滅覺性光明)을 일컬음이다.

바이로차나(vairocana) 뜻은
적멸각성(寂滅覺性) 대적광명(大寂光明)인
광명변조(光明遍照) 변일체처(遍一切處)이다.

적멸각성(寂滅覺性)은
적멸본성(寂滅本性)의 진성각명(眞性覺明)이다.

대적광명(大寂光明)은
적멸본성(寂滅本性) 진성각명(眞性覺明)인
일체 초월, 시방원융부동광명(十方圓融不動光明)이다.

광명변조(光明遍照)는
적멸각성(寂滅覺性)인 대적광명(大寂光明)이
온 시방 우주 무한 법계를 두루 밝게 원융히 비침이다.

변일체처(遍一切處)는
대적광명(大寂光明)이 원융하여
그 각성(覺性)의 빛이 시방 우주 무한 법계의 일체처에
그 빛이 비치지 않은 곳이 없는
무한 충만을 뜻한다.

바이로차나(vairocana)
광명변조(光明遍照) 변일체처(遍一切處)는

적멸대적광(寂滅大寂光) 원융광(圓融光)의 세계이니
유위(有爲)의 사량으로는 이를 이해할 수도 없고
상상과 추측으로도 그 광명을 알 수가 없다.

왜냐면,
적멸각성(寂滅覺性) 대적광명(大寂光明)은
일체상(一切相)과 일체식(一切識)을 초월하여
온 시방, 우주 일체가 대적멸(大寂滅) 원융광명으로
충만하여 가득한 광명의 세계이다.

온 시방, 적멸각성 대적광명(大寂光明)이 두루 하여
일체(一切)가 적멸부동무진광명(寂滅不動無盡光明)
법신무변(法身無邊) 무한 속에 온전히 오롯이 깨어 있는
청정적멸 부동진성 대적광명(大寂光明)의 세계이다.

아모카(amogha)는
이 무한 청정적멸각광 대적광명(大寂光明)의 세계
광명변조(光明遍照) 변일체처(遍一切處)
바이로차나(vairocana) 각성광명 무한 광명세계를
원만성취할 것임을 일컬음이다.

광명변조(光明遍照) 변일체처(遍一切處)
바이로차나(vairocana) 대일광명(大日光明)의 세계는
청정부동 적멸원융(寂滅圓融) 대공적멸광(大空寂滅光)이
무방(無方) 원융광(圓融光)이 두루 하여

시방, 온 우주 사사무애도 초월한, 원융초월광이 두루한
적멸원융부동광명(寂滅圓融不動光明)의 세계이다.

이 세계가 일체 한생명 실상, 완전한 불이(不二)의 본성
적멸부동원융대광명(寂滅不動圓融大光明), 옴(om)이다.

광명진언의 모든 구절이
불이(不二)의 각성(覺性), 원융광명의 세계이니
진언 전체가 각성광명 무한 승화의 세계를 드러냄이다.

진언의 전체가
오롯한 무한 각성광명의 세계를 드러내므로
진언의 구절구절이 깨달음의 각성광명 감응의 절정
광명의 파동과 깨달음 충만 감동과 무한 찬탄과 성취로
이루어져 있다.

깨닫지 못하면
단지, 지식으로, 상상으로, 추측으로
사량하고 헤아리며, 이해할 수밖에 없으나
각성세계는 일체 사유를 초월한 원융각명의 세계이므로
그 어떤 사량으로도 원융무한 각성광명을 이해하거나
추측하거나 헤아려 알 수가 없다.

왜냐면,
보이지 않고, 느끼지 못하며

어떤 추측과 상상으로도 미치지 못하는 초월광명세계라
일체 사유가 닿지 않는 곳이기 때문이다.

그러나
홀연히 깨달음으로 원융각성에 들면
초월, 나의 본성 무연광명(無緣光明)의 실체를 깨달음과
온 우주가 사라진 원융 속에 무한 광명변조(光明遍照)
변일체처(遍一切處) 대적광명(大寂光明)의 충만세계를
확연히 깨닫는다.

바이로차나(vairocana)는
적멸각성(寂滅覺性) 대원광명(大圓光明)인
광명변조(光明遍照) 변일체처(遍一切處)일 뿐
상(相)과 식심(識心)으로는 추측과 상상으로도
알 길이 없다.

그것은
상(相)과 식심(識心)의 일체가 끊어진
적멸부동각성원융광명계(寂滅不動覺性圓融光明界)이니
상(相)의 적멸심으로 무상(無相) 성품의 부동성(不動性)
적멸부동원융열반성(寂滅不動圓融涅槃性)을 알 수 없다.

혹시나, 마음에
바이로차나(vairocana) 대일여래(大日如來)를
상(相)의 상념 속에 헤아려도

대일광명(大日光明) 대적광명(大寂光明)의 세계
광명변조(光明遍照) 변일체처(遍一切處)를 알 수가
없다.

각(覺)이 곧, 불(佛)이니
각(覺)을 상(相)으로 헤아리면
불(佛)의 실상과 실체를 벗어나므로 알 수가 없다.

불(佛)은
자신의 본성이며,
본성은 곧, 청정부동각성(淸淨不動覺性)이며,
부동각성(不動覺性)은 대적멸원융광(大寂滅圓融光)으로
시방(十方)에 두루한 초월원융광명(超越圓融光明)인
광명변조(光明遍照) 변일체처(遍一切處)이다.

각성(覺性)은, 대적광명(大寂光明)으로
곧, 광명변조(光明遍照) 변일체처(遍一切處)이니,
일체불(一切佛) 대적광명(大寂光明)의 세계가
모든 생명 본성(本性)의 각성광명 성품을
벗어나 있지 않다.

옴(om) 음(音)은
깨달음 무한 각성이 열리어
무한 각성광명의 깨달음 정신 촉각이 발현하여
무한 각성광명을 촉각하는 무한 절정의 이음 속에

무한 각성에 의한 정신 촉각과 그 느낌이
깨달음 승화의 대절정 속에 융화되어 흐르는
무한 축복, 무한 찬탄 감응의 음(音)이다.

대절정 각성 촉각, 순류(順流)의 찬탄과
궁극 대절정, 감성 감응 역류(逆流)의 탄성이
촉각의 순(順)과 감성의 역(逆)이 융화로 합체되어
미묘한 법의 묘음(妙音)이 흐르니

옴(om) 음(音)은
생명, 시원적(始原的) 초의식(超意識)
각성 촉각과 감성 감각이 감응으로 융화되어 흐르는
무한 정신 궁극이 열려, 온 시방 우주와 하나 된
초월(超越), 부사의 묘법계음(妙法界音)이다.

이는
의식(意識)을 초월한 각성음(覺性音)으로
언어(言語)와 의식(意識)을 초월한 정신이 무한 열린
초월 각성의 음(音)이다.

이는
각성(覺性) 승화(昇華)의 파동
광명의 밀물과 썰물이 불이(不二)로 융화되고
각(覺)의 들숨과 날숨이 융화되어 흐르는
성(性)이 무한 열린 깨달음, 생명촉각 무한 충만
광명 각성파동의 무한 감응, 무한 평온 평화, 무한 감사

초월 생명감각이 무한 열린 찬탄 감응의 이음이 흐르는
무한 초월의 감응, 초월 각성광명 파동의 울림이다.

그러므로
옴(om) 음(音)은
무한 온 법계의 축복과
무한 생명의 세계를 축복으로 충만하게 한다.

이는
우주 초월 생명이 깨어난 생명 각성의 음(音)이며,
깨달음 승화로 우주와 하나 된 초월 생명성의 소리다.

우주 초월, 무드라(mudra)의 춤
생명 무한 승화의 광명이 피어난 오로라의 대절정
무한 청정 무한 광명의 세계
궁극의 절정, 초월생명 광명 혼(魂)의 흘림 소리이다.

이 세계는
뇌파(腦波)가 완전히 열린 정신 무한 승화와
심(心)이 무한 열린, 극광(極光)의 절정
무한 각성광명 변일체처(遍一切處)
광명변조(光明遍照) 무한 원융광명(圓融光明) 세계이다.

이는
무한 청정하여 안과 밖이 끊어진 원융 무한으로
심(心)이 열린 극광(極光), 오로라의 빛이

동서남북과 간방과 중앙, 상하 시방 원융으로
깨달음 각성광명의 오로라가 원융으로 솟구쳐 일어나는
무한 각성광명 오로라 빛의 향연과 같다.

온, 우주
무한 초월 광명, 원융각성(圓融覺性)의 빛이다.

이는 곧, 대일여래의
적멸원융(寂滅圓融) 대적광명(大寂光明) 변일체처(遍一切處)
광명변조(光明遍照) 원융광명(圓融光明)의 세계이다.

이 세계가
곧,
대(大) 절정(絕頂)인
마하무드라(maha-mudra)의 적멸원융 광명법계이다.

05. 마하(maha)

마하(maha)
진언(眞言), 법(法)의 실체는
불이원융무한초월대원만(不二圓融無限超越大圓滿)을
일컬음이다.

이는
대반야초월지혜광명법계(大般若超越智慧光明法界)이다.

이는
곧, 옴(om)의 일체 초월 생명성 무한세계이다.

마하(maha)는
대(大), 다(多), 승(勝), 묘(妙)의 뜻이 있다.

마하(maha)는
무드라(mudra)의 각성상태를 말하며

바이로차나(vairocana) 광명변조(光明遍照)
변일체처(遍一切處)의 각성상태를 드러냄이다.

대(大)의 마하(maha)는
대(對)가 끊어져, 인식을 초월한 무한을 뜻한다.

다(多)의 마하(maha)는
무량 무한의 부사의를 뜻한다.

승(勝)의 마하(maha)는
수승하여 무상(無上)임을 뜻한다.

묘(妙)의 마하(maha)는
부사의하여 사량으로 추측할 수 없음을 뜻한다.

그럼, 마하(maha)는 어떤 것이기에
인식의 한계를 벗어났고
무량 무한 부사의(不思議)이며
수승하여 무상(無上)이고
부사의함이라 사량으로 추측할 수 없는 것일까?

그것은
곧, 옴(om)인
태장(胎藏)의 각성, 바이로차나(vairocana)인

적멸원융초월광명(寂滅圓融超越覺性光明)이기 때문이다.

이는
유위(有爲)의 사념(思念)과 식심(識心),
상견(相見)의 헤아림인 분별식(分別識)으로는
이해하거나 추측할 수 없는
무위적멸원융(無爲寂滅圓融)의 광명변조(光明遍照)인
변일체(遍一切) 청정부동광명계(淸淨不動光明界)이기
때문이다.

이,
마하(maha)의 성품세계를 벗어나면
일체(一切)가 차별이며,
불이(不二)가 각각 개체(個體)로 나뉘고
일체(一切)가 분별 속에
모두가 원융성을 잃은 각각 개체적 장애성(障礙性)을
가진다.

물질적, 심리적, 생태현상적
서로 장애 되어 부딪힘으로
불이융화(不二融化)의 상생화합 생명평화가 깨어지고,
서로 한생명 생태성의 길을 잃어
아픔과 상처와 고통의 삶을 살게 된다.

모두가
행복한 완전한 이상(理想)의 세계는

본래 불이(不二)인 하나의 생명성으로 귀일(歸一)한
한생명 대융화 대(大), 다(多), 승(勝), 묘(妙)인
마하(maha)의 세계이다.

마하(maha)의 세계는
불이일성(不二一性)인 한생명 대융화로
한생명 승화의 밝은 지성(智性) 속에
불이(不二), 한생명 대융화의 무한 승화의 절정을 이룬
각성광명(覺性光明) 무한 변일체처(遍一切處)의
삶을 살게 된다.

이 한생명, 완전한 각성대원융(覺性大圓融)의 세계가
곧, 마하(maha)의 세계이다.

이 세계는
진언의 다음 구절인
곧, 무드라(mudra)의 세계이다.

무드라(mudra)는 대절정으로
곧, 불이성(不二性) 마하(maha)의 세계이며

마하(maha)는
곧, 불이(不二), 무드라(mudra)의 세계이다.

마하(maha)가 한생명 무드라(mudra)의 세계이며
무드라(mudra)가 한생명 마하(maha)의 세계이다.

이 세계는 한생명 불이(不二), 대원융 무한 광명으로
적멸원융(寂滅圓融) 광명변조(光明遍照)인
변일체처(遍一切處) 대일광명(大日光明)의 세계이다.

이를 성취하며, 헛되지 않음이
곧, 불공(不空)인 아모카(amogha)의 세계이다.

마하(maha)는
대적광명(大寂光明) 무한 무위절정(無爲絕頂)
적멸원융초월광명(寂滅圓融超越光明)의 세계이다.

마하무드라(maha-mudra)는
대(大) 절정(絕頂)의 세계로
파괴되지 않는 결정성(結定性), 적멸금강(寂滅金剛)인
인(印)을 이룸이다.

마하(maha)는
파괴되지 않는 대공적멸결정성(大空寂滅結定性)
적멸부동결인(寂滅不動結印)의 상태이다.

이는, 태장계(胎藏界)
부사의 금강정결인(金剛定結印)이다.

인(印)이,
즉, 마하(maha)이며, 무드라(mudra)의 세계이다.

인(印)은,
인식의 한계를 벗어났고
무량 무한하며
수승하여 무상(無上)이고
부사의함이라 사량으로 추측할 수 없는

곧, 부사의 무량무한 불가사의 본성공덕장(本性功德藏)
대(大), 다(多), 승(勝), 묘(妙)의 세계이다.

이는 곧, 옴(om)의 세계이며
옴(om)의 불가사의 무한 공덕장(功德藏)의 세계이다.

이것이
적멸원융대적광(寂滅圓融大寂光)인
제불(諸佛) 각성광명(覺性光明)의 태장계(胎藏界)이다.

이 세계가
곧, 대일여래(大日如來)의 세계이며
제불(諸佛)의 불가사의한 각성계(覺性界)이며

일체 생명의 실상
무드라(mudra), 무한 실상광명인 생명성(生命性)이다.

이를, 일러 축약하여 마하(maha)이며
곧, 옴(om)이며, 성(性)이며, 생명이다.

이, 불가사의 무한 광명, 무량 무한 공덕의 세계
무한 성취 절정의 무한 귀일(歸一)이
곧, 훔(hum)이다.

훔(hum)은,
대(大) 절정(絕頂)
마하(maha) 무드라(mudra) 각성 승화의 절정,
부동(不動) 결계(結界) 결인(結印)의 부사의 탄성(歎聲)
결계음(結界音)이다.

이는,
시(始)와 종(終)이 맞물려
생사 생멸이 없는 무시무종(無始無終)의
영원 무궁의 세계로 흐르는 묘음(妙音)이며

무한 충만 각성광명 파동의 밀물과 썰물이
불이(不二)의 융화로
일체 초월 원명진성(圓明眞性)에 귀일(歸一)하는
초월 생명의 심광(心光) 각성광명의 울림이다.

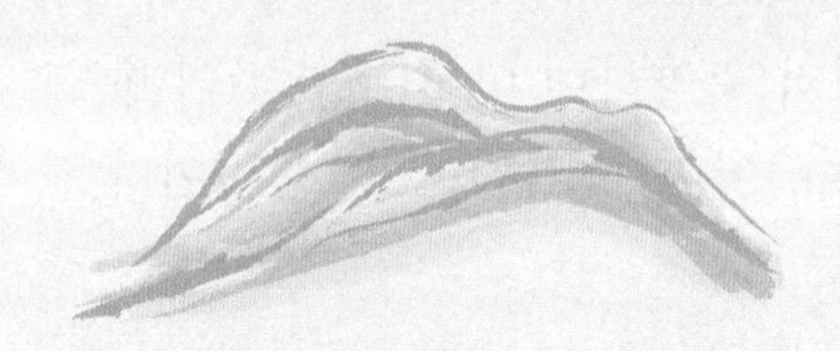

이것이 일체 초월, 불가사의한 무한 실상공덕세계
대(大), 다(多), 승(勝), 묘(妙)인
곧, 마하(maha)의 세계이다.

마하(maha)는
상(相), 식(識), 심(心), 각(覺)이 끊어진
일체 불이(不二), 초월성으로
불이(不二)의 무한(無限) 절대성, 생명 실상의 세계이다.

06. 무드라(mudra)

무드라(mudra)
진언(眞言), 법(法)의 실체는
일체불이절대원융무한성(一切不二絶對圓融無限性)을
일컬음이다.

이는
곧, 옴(om)의 생명실상절대성(生命實相絶對性)이다.

무드라(mudra)는
절정(絕頂)으로, 불이(不二)의 결정성(結定性)이니
불이성(不二性)이며, 인(印)으로
불이(不二)의 궁극절정(窮極絕頂)이다.

무드라(mudra)의 절정은
일체 차별이 끊어진 본래의 청정성(淸淨性)이며
또한, 무위본성(無爲本性)으로 돌아간
무한 각성(覺性) 승화의 절대성 절정을 일컬음이다.

이,
무위(無爲)의 절정은 파괴되지 않고, 파괴할 수 없는
대공적멸(大空寂滅)인 무위(無爲)의 결정성(結定性)으로
인(印)이라고 한다.

인(印)은
파괴되지 않는 결정성(結定性)을 일컬음이다.

인(印)은
곧, 본성의 성품이며
대공적멸(大空寂滅)의 성품이며
태장(胎藏)의 청정 적멸진성(寂滅眞性)이며
태장(胎藏)의 본각(本覺) 보리(菩提)의 성품이며
원융무애 생명의 실상각명(實相覺明)이다.

즉,
옴(om)이다.

옴(om)
즉, 성(性)이며
일체 존재의 근원 태장계(胎藏界)이다.

인(印)은 무생결정(無生結定)이니
곧, 궁극 무한 절대 절정(絕頂)이며
금강(金剛)이며, 부동(不動)이며, 불변(不變)이다.

이는
유위계(有爲界)가 아닌
무위본성(無爲本性)의 절대성이며
무위각명(無爲覺明)의 성품이다.

무드라(mudra)인
파괴됨이 없는 인(印)의 절정은
대(對)가 끊어진 절대성(絶對性) 무위각명의 세계이다.

무드라(mudra)가
무한 궁극(窮極)과 무한 무상(無上)의 절정이므로
마하(maha)라고 하며

마하무드라(maha-mudra) 대절정(大絕頂)은
바이로차나(vairocana) 광명변조(光明遍照)인
변일체처(遍一切處) 대적광명(大寂光明)의 세계이니

그 자체가
마하(maha)의 무드라(mudra)임을 드러냄이다.

이것이
바이로차나(vairocana)
마하무드라(maha-mudra)의 광명변조(光明遍照)이며
일체원융광(一切圓融光) 불이결정성(不二結定性)인
곧, 인(印)이다.

대인(大印)이
곧, 마하무드라(maha-mudra)이며

마하무드라(maha-mudra)는
각성광명(覺性光明) 변일체처(遍一切處)인
일체원융광(一切圓融光) 광명변조(光明遍照)이며
바이로차나(vairocana)의 실체를 드러냄이다.

대인(大印)은
큰 도장이 아니라 불이본성(不二本性)이며
본성대각성(本性大覺性)이니,
파괴되지 않는 성(性)의 결정성(結定性)
불이원융(不二圓融) 각성원융대광명(覺性圓融大光明)인
대절정 대각(大覺)을 일컬음이다.

대인(大印)은,
대(大) 적멸원융(寂滅圓融)의 불이(不二)인
무한 각성광명 변일체처(遍一切處)
바이로차나(vairocana) 광명변조(光明遍照)의
무한 충만 각명(覺明)의 세계이다.

이는
초월광명(超越光明)인
바이로차나(vairocana) 일체 초월광명의 세계이다.

마하무드라(maha-mudra)는
생명 본성의 깨달음
무한 궁극 원융광명의 세계이다.

이는,
각성의 무한 승화로
옴(om)과 훔(hum)이 맞물려
시종(始終)이 사라진
바이로차나(vairocana) 마하무드라(maha-mudra)의
세계이다.

곧, 한생명 불이(不二) 원융의 세계이니
생명 본성의 무한 궁극 무한 광명 축복의 세계이다.

이 세계를
부사의 묘음(妙音)으로 드러내면
옴(om)이며

궁극(窮極)
결정(結定) 경계(境界)의 음(音)은
훔(hum)이며

이 세계가 불이일성(不二一性)인
마니파드마(mani-padma) 불이(不二)의 세계이며

이,
무상각명계(無上覺明界)가
변일체처(遍一切處) 광명변조(光明遍照)의 세계이며

이,
실체가 바이로차나(vairocana)이며

이,
공덕 성취가 헛되지 않음이
불공(不空)인 아모카(amogha)이며

이 빛의 소재(素材)가
광명마니(光明摩尼)와 적멸연화(寂滅蓮華)인
마니파드마(mani-padma)이다.

청정원융각명성(淸淨圓融覺明性)인
마니보주(摩尼寶珠)와

청정적멸무염성(淸淨寂滅無染性)인
금강연화(金剛蓮華)가

불이(不二)의
원융일체(圓融一體) 무한 승화 궁극의 빛이
즈바라(jvala)이다.

각성광명(覺性光明) 마니(mani)와
적멸진성(寂滅眞性) 파드마(padma)가
불이성(不二性) 일체(一體)를 이루어
궁극 본연 무상각명계(無上覺明界)로 상승(上昇)함이
프라바릍타야(pravarttaya)이며

무생각(無生覺) 마니(mani)와
무생정(無生定) 파드마(padma)가
하나 된 불이정각(不二定覺)이
태장계(胎藏界), 둘 없는 본래의 모습으로 돌아가는
무한 축복 귀일(歸一)이
훔(hum)이다.

훔(hum)은
시(始)와 종(終)이 맞물림이며

마니(mani)와 파드마(padma)의
원만성취 불공(不空)인 아모카(amogha)로

마니파드마(mani-padma) 절대 불이(不二)의
궁극 승화의 대절정을 이루어
변일체처(遍一切處) 광명변조(光明遍照) 속에
파괴되지 않는 결정성(結定性)을 이루니

각명(覺明), 정각일체(定覺一體)

바이로차나(vairocana)의 진성(眞性)
적멸원융광명(寂滅圓融光明)인 대일광명(大日光明)이
온 우주가 일신(一身)인 각체(覺體)가 되어

온 시방 우주와
온 생명 세계를 두루 밝게 비춘다.

이것이
광명진언의 세계이다.

각(覺)을
무생각(無生覺)이라 함은,
각(覺)은
얻거나 성취하는 것이 아니라
무시무종성(無始無終性) 생명 본성의 밝은 성품인
각(覺)의 성품이므로,
각(覺)이
곧, 무생각(無生覺)이다.

무생각(無生覺)이
즉, 본각(本覺)이며, 보리(菩提)이다.

정(定)을
무생정(無生定)이라 함은,

적멸부동성(寂滅不動性)인 정(定)은
얻거나 성취하는 것이 아니라
무시무종성(無始無終性)인
생명 본성, 청정적멸진성(清淨寂滅眞性)의 성품
정(定)의 성품이므로,
정(定)이
곧, 무생정(無生定)이다.

무생정(無生定)은
곧, 적정적멸진성(寂靜寂滅眞性)으로
본성 청정열반부동진성(清淨涅槃不動眞性)이다.

무드라(mudra)는
청정정(清淨定)과 청정각(清淨覺)이 하나로 무르녹아
정(定)과 각(覺)이 불이일성체(不二一性體)의
인(印)을 이룸인 결정성(結定性)에 듦이다.

이,
결정성(結定性)이
일체불이(一切不二) 마하무드라(maha-mudra)인
변일체처(遍一切處) 광명변조(光明遍照)이다.

정(定)은
일체 공덕을 총섭(總攝)하고 수용하는

적멸태음성(寂滅太陰性)의 성품이므로
적멸부동진성(寂滅不動眞性)을 무염(無染) 연꽃 성품에
진리를 이미지화하며

각(覺)은
시방 세계를 두루 밝게 비치는 광명의 성품이니
각명태양성(覺明太陽性)의 성품이므로
일체를 두루 밝게 비치는 마니보주의 광명성품으로
진리를 이미지화하여 드러낸다.

정(定)을,
바탕하지 않은 각(覺)은
아직, 무상(無上) 궁극의 구경각(究竟覺)이 아니므로,
각(覺)에 아성(我性)이 남아 있어
아성(我性)을 바탕한 각성(覺性)이니
아직,
무드라(mudra)의 경계가 아니다.

대절정,
파괴되지 않는 결정성(結定性)
인(印)을 이루려면
각(覺)이 무생정(無生定)과
불이융화(不二融化)의 결정성을 이루어
마니파드마(mani-padma)의 대공적멸각(大空寂滅覺)
무상적멸적정광명(無上寂滅寂靜光明)인

바이로차나(vairocana) 대적광명(大寂光明)의 세계
무상무한(無上無限) 변일체처(遍一切處)
원융무애 광명변조(光明遍照)에
증입(證入)해야 한다.

또한,
열반정(涅槃定)을 이루어
불생불멸성(不生不滅性)에 들었다 하여도
변일체처(遍一切處) 각성원융대광명(覺性圓融大光明)인
광명변조(光明遍照)에 증입(證入)하지 못하였다면
불생불멸(不生不滅)의 열반(涅槃)이어도
아직, 아성(我性)이 남아 있음이다.

이는, 완전한 초월성에 이르지 못해
아성(我性) 위에 건립된
불생불멸(不生不滅) 열반(涅槃)의 환각(幻覺)이니,
증득한 열반(涅槃)의 환각(幻覺)이 사라지면
무연무생인(無緣無生印)에 들어
곧, 변일체처(遍一切處) 광명변조(光明遍照)가
적정광(寂定光)인 대적광명(大寂光明)임을 깨닫는다.

무생각광(無生覺光)이
곧, 대적광명(大寂光明)인 적정광(寂定光)이라
드러낼 각(覺)이 없다.

무생적정(無生寂定)이 상심(相心)의 부동(不動)이 아닌
곧, 변일체처(遍一切處) 광명변조(光明遍照)이니,
무생열반(無生涅槃)이며 적멸부동(寂滅不動)이라 하여도
상(相) 없는 무연원융적멸부동(無緣圓融寂滅不動)이니
그 성품 밝은 광명 무연대적광명(無緣大寂光明)이
온 시방 우주를 두루 밝게 비치고 있다.

법신무변광명(法身無邊光明)은 무연광명(無緣光明)이니
무엇이든 일컬어 드러낼 것이 있으면
그것은
아성(我性)으로 비롯한 것이라, 성품 밖의 것이다.

드러낼 것이 없고
일컬을 것도 없어 적연부동(寂然不動)이면
그 성품이 무변대적광명계(無邊大寂光明界)
변일체처(遍一切處) 광명변조(光明遍照)이다.

그러므로 적멸부동(寂滅不動)이 곧, 대원융(大圓融)이니
그러나 적멸부동(寂滅不動)이어도
곧, 변일체처(遍一切處) 광명변조(光明遍照)가 아니면
미망각(迷妄覺)이다.

허공의
중심임을 아는 그 자체가 곧,

허공 중심의 밖이다.

만약,
허공의 중심이면
온 우주 시방이 무한 허공이므로
허공의 중심이라는 그 관념과 생각이
끊어졌다.

중심의 밖이면
분별 속에 중심과 변(邊)도 보이지만,
대(對)가 완전히 끊어져, 참으로 그 중심일 때는
분별세계가 사라져, 중심과 변(邊)도 존재하지 않는다.

망견(妄見) 속에 있으면
중심과 변(邊)도 몰라
변(邊)에 머물러
곧, 중심이라는 생각을 하게 되니,

이것은
중심도 모를 뿐만 아니라
변(邊)까지 모르는 것이다.

중심과 변(邊)을 아는 것은
중심과 변(邊)을 아는 밝은 지혜의 눈이
있기 때문이다.

나 없는
절대성(絕對性) 절정이
아성(我性)이 완전히 끊어진 무드라(mudra)이다.

무드라(mudra) 속에
대 우주와 더불어 변일체처(遍一切處)
광명변조(光明遍照) 일체화(一體化)를 이룬다.

이것이 대각(大覺)인
곧, 마하무드라(maha-mudra)이다.

이것이
온 시방 우주와 불이일체(不二一體)를 이룬
적멸적정광명(寂滅寂靜光明)이
대일여래(大日如來)의 본신(本身)이다.

무드라(mudra),
그것은, 아성(我性)이 끊어져
일체(一切) 불이원융(不二圓融)의 옴(om)인
생명 본성(本性)으로 돌아간
절대 불이(不二)의 세계이다.

아성(我性)이 끊어져
근본 본성인 불이성(不二性)에 들어
일체심(一切心)과 일체행(一切行)이

생멸부동(生滅不動) 파괴 없는 결정성
적멸결인(寂滅結印)의 성품 속에 있으므로

대절정 인(印)인
마하무드라(maha-mudra)의 생명이다.

이것이
본성대각(本性大覺)이다.

깨달음의 대절정
마하무드라(maha-mudra)의 대인(大印)은
생멸세계를 초월해 파괴 없는 결정성(結定性)
적멸대금강성(寂滅大金剛性)에 증입하여
본성대각(本性大覺)의 인(印)을 이루었으므로

각성 무한 무상상각(無上上覺)에 이른 큰 깨달음인
대절정 마하무드라(maha-mudra)를
대인(大印)이라 한다.

마하무드라(maha-mudra)의 대인(大印)은
대공적멸본성대각명(大空寂滅本性大覺明)이다.

깨달음 각성지혜가 아닌, 언어의 사전적 해설로는
이 의미와 뜻을 이해하기 어렵다.

진언의 실상을 알고자 지식에 의존하여도
진언의 실상에 접근할 수가 없으니

반드시,
깨달음의 수행을 수용한 밝은 지혜로서
진리의 각성세계를 언어화한 그 언어의 실상을
사유하고

수행의 지혜로
진언의 실상을 관(觀)하고 밝게 사유함으로
진언의 실상과 그 세계에 대해 깨우치게 된다.

진리의 실상과 본체는
나를 벗어나 있는 것이 아니니
나의 본성을 깨달으면, 그 성품 속에
일체 진언성품의 작용이 이루어지고 있음을 깨닫는다.

진언은
분별과 지식으로 알 수 없는 초월 성품의 세계이므로
본성의 깨달음을 통해 그 실상을 깨우치는

오직,
외통수 한길 외는 없다.

또한,

깨달음이 아닌 해박한 지식으로 안다 하여도
그것은 분별과 지식의 한계를 벗어날 수가 없다.

흐르는 물의 성품은
흐름이 끊어졌다.

흐르는 것은
물의 성품이 아니라, 물의 작용일 뿐이다.

흐르는 물이
흐르는 작용 속에
흐름이 끊어진 자기 성품을 본다면
그것은 물의 성품 실상을 깨우침이다.

만약,
흐름 속에 있으면
흐름을 따라 변화가 무상(無常)하여
스스로 자유로울 수가 없고,

흐름 속에 본래 성품을 깨달아
흐름이 끊어진 진성(眞性)을 깨우치면
흐름에 걸림이 없어
흐름 속에 대 자유를 얻게 된다.

절정은 다름이 아니라
흐름이 끊어진 그 성품 절대성 속에 듦이다.

그러므로
무생정(無生定)이며
무생각(無生覺)이다.

무드라(mudra)는
본성 무한 절대성, 생명 무한 축복의
궁극 깨달음 각성(覺性)의 세계이다.

본성 지혜를 열지 못하였다면
체(體)와 용(用)의 불이원융(不二圓融)을 모르니
체(體)의 지혜에도 막히고
용(用)의 지혜에도 막히므로
체용불이(體用不二)의 지혜에는 더 막혀
체(體)와 용(用)이 다름의 차별상을 가지므로
체용불이(體用不二)를 몰라
체용불이원융(體用不二圓融)의 논(論)과 설(說)에
어떤 부분에는 이해가 쉽지 않을 수 있고
이해함에 어려움이나 혼란, 또는 난해할 수가 있으니
체(體)와 용(用)과 체용불이(體用不二)를 사유하며
그에 따라 이해하다 보면 도움이 될 수도 있다.

본성
귀일(歸一)이
곧, 무드라(mudra)이다.

절정(絕頂)이란 단어를
아(我)가 사라지지 않은 상태에서는
아무리 추측하고 헤아려도
알 수가 없다.

절정(絕頂)이
무연대공(無緣大空)이며, 적멸대각(寂滅大覺)이다.

대절정(大絕頂)
마하무드라(maha-mudra)는
온 시방 우주와 둘이 아닌 각성에 든
대적광명(大寂光明)인
변일체처(遍一切處) 광명변조(光明遍照)의 세계이다.

그러므로
제불(諸佛)은, 온 시방 우주가 곧, 자신의 몸체이다.

이 뜻은
변일체처(遍一切處) 광명변조(光明遍照)일 뿐,

눈이나
상(相)으로 살피는 우주가 아니다.

반드시,
무상(無上)을 향하는 자는
아(我)가 사라진 절정, 무한 절대성
마하무드라(maha-mudra)의 계곡(溪谷)을 지나게 된다.

그,
과정이 바로,
마니 파드마 즈바라 프라바릍타야 훔, 이다.

07. 마니(mani)

마니(mani)
진언(眞言), 법(法)의 실체는
각성원융무한각명(覺性圓融無限覺明)을 일컬음이다.

이는
곧, 옴(om)의 생명본연각명성(生命本然覺明性)이다.

마니(mani)는
마니보주(摩尼寶珠)이다.

이 진언에서
마니(mani)는
파드마(padma)의 성품과
불이(不二) 융화조화(融化造化)의 각명(覺明) 성품,
법(法)의 특성이다.

마니(mani), 마니보주의 특성이
청정하여 걸림 없이 두루 밝게 비치는 유사성이 있어
각성(覺性)의 성품을 이미지화한 것이며

파드마(padma), 연꽃의 특성은
더러움에 물듦 없는 청정한 성품과 작용이
적멸진성(寂滅眞性) 성품의 작용과 유사성이 있어
진성(眞性)의 성품을 이미지화한 것이다.

각성(覺性)의 성품과
진성(眞性)의 성품 특성은

각성(覺性)은
각성각명(覺性覺明)의 성품으로
두루 밝게 비치는 지혜광명의 성품이므로
부사의 성품, 무위태양성(無爲太陽性)이며

진성(眞性)은
적멸진성(寂滅眞性)의 성품이므로
일체를 섭수하고 수용하는 적멸성(寂滅性)인
모성(母性) 자비의 성품이므로
부사의 성품, 무위태음성(無爲太陰性)이다.

그러므로
각성(覺性)은 온 시방 우주를 두루 밝히는
광명성(光明性)이며

진성(眞性)은 온 시방 우주 만물을 총섭(總攝)하는
수용(受用)의 자비성(慈悲性)이다.

지혜와 자비는
두 성품이 떨어져 있지 않음이니
한 성품 속에 두루 밝게 비침과 무한 수용의
불이(不二)의 특성이 있다.

지혜에는 그 바탕이
일체를 수용하는 적멸진성(寂滅眞性)이 있으며

자비에는 그 바탕이
일체를 두루 밝게 비추는 원융각성(圓融覺性)을
수반하게 된다.

각성(覺性)은
항상 밝게 두루 깨어있는 원융광명이며

진성(眞性)은
항상 시방 우주 삼라만상을 총섭(總攝)하는
적멸성(寂滅性)으로 무한 수용성(受用性)이다.

이를 비유하면
각성(覺性)은 무엇에도 걸림 없는 밝은 빛과 같고
진성(眞性)은 일체를 수용하는 허공성(虛空性)과도

같다.

일체 조화(造化)는
허공성과 밝은 빛의 조화이니

무한 수용성의 허공성을 바탕하지 않으면
빛의 부사의 작용은 있을 수 없고,
빛이 없으면, 허공의 존재는 드러나지 않는다.

그러므로
허공과 빛의 성품은 서로 다르나
서로 떨어져 따로 존재할 수가 없다.

서로 떨어져 있지 않아도,
허공은
빛이 아닌 허공으로 완전한 성품을 갖추었고

빛은
허공이 아닌 빛으로 완전한 성품을 갖추었다.

그러나
빛과 허공은 서로 떨어질 수 없는
불이(不二)의 상관관계 속에 있으니

빛이 있으므로 무한 허공의 완전한 수용성의 공덕과
허공 공덕의 수용성 몸체가 드러나고

허공이 있으므로 빛의 원융한 작용이 이루어진다.

이
성품의 특성은
정(靜)과 동(動)
적멸(寂滅)과 각명(覺明)
지(止)와 관(觀)
정(定)과 혜(慧)
진여(眞如)와 각성(覺性)
열반(涅槃)과 보리(菩提)
금강삼매(金剛三昧)와 금강반야(金剛般若)
구경열반(究竟涅槃)과 구경각성(究竟覺性)
아뇩다라삼먁삼보리(阿耨多羅三藐三菩提)와
무여열반(無餘涅槃) 등으로

서로 별개로 떨어져 존재할 수 없는
불이(不二)의 한 몸, 두 성품 조화(造化)가
이루어진다.

이는
서로 떨어질 수 없는 불이성(不二性)이어도
두 성품이 같을 수 없는 특성이 있으며

두 특성작용의 성품이어도
둘 없는 불이(不二)의 한 성품임은
두 특성이 한 성품의 묘용(妙用)이기 때문이다.

이는
음(陰)의 모체(母體), 태장계(胎藏界)의 특성과
양(陽)의 생명(生命), 광명계(光明界)의 특성이
일체 작용과 조화(造化)의 한몸이 되어

이 우주를 생성하고, 만물을 창조하며
이 조화(造化)의 섭리 속에
우주의 운행과 만물의 변화가 이루어진다.

그러므로
무상(無上) 깨달음의 세계는
마니(mani)와 파드마(padma)의 두 성품이 하나 되는
마하무드라(maha-mudra)의 대절정을 이루니

이 과정은
대각(大覺)이 적멸(寂滅)의 성품에 들며,
적멸의 성품이 무한 각성광명(覺性光明)을 발현하는
마니파드마(mani-padma)의 대절정 대각(大覺)인
불이(不二)의 결정성(結定性) 인(印)에 들어

열반(涅槃)과 보리(菩提)가 불이(不二) 원융의 하나인
구경(究竟) 원융의 완전한 지혜에 이르게 된다.

이 과정에 대한
깨달음의 성품세계를 드러낸 것이

관세음보살 육자대명왕진언
옴마니반메훔, 이며

대일여래 광명진언
옴 아모카 바이로차나 마하무드라 마니파드마
즈바라 프라바릍타야 훔, 이다.

옴마니반메훔은 심광실상(心光實相)을 바로 드러내며
또한, 수행면은 광명진언 보다 축약 또는 압축되었다.

광명진언은
옴마니반메훔보다 심광(心光)의 세계를 펼쳐놓았으며
또한, 깨달음 성품세계의 법리(法理)를 자상히 드러내어
밝힌 진언이다.

바르고
완전한 깨달음 그 성품에는
불(佛)이든, 보살(菩薩)이든 차별이 있을 수가 없다.

만약
그 깨달음이, 불(佛)이라 다르고
보살(菩薩)이라 다르다면
그 깨달음은 대각(大覺)인 마하무드라(maha-mudra)의
완전한 깨달음이 아니다.

완전한 깨달음에는
불(佛)도 없고, 보살(菩薩)도 없다.

만약, 완전한 깨달음에
불(佛) 또는, 보살(菩薩)이라는
사념의 티끌이 있다면

그것은
아직, 완전한 깨달음이 아니다.

깨달음에는
불(佛), 뿐만 아니라
깨달음, 그 자체도 없다.

깨달음에는
불(佛)이라는 것과
깨달음이라는 관념도 사라져 없다.

깨달은 자는 깨달음이 없고
깨달은 자는 불(佛)이라는 상념도 없다.

만약,
깨달은 자가 깨달은 깨달음이 있고
깨달아 불(佛)을 이루었다면

그것은
아직, 완전함에 이르지 못한
미혹의 미망각(迷妄覺) 속에 있다.

왜냐면,
깨달음이 본성의 무소득(無所得) 성품이라
얻은 것이 없으며

그곳에는
각성의 밝음 속에 어떤 상념의 티끌도
존재하지 않기 때문이다.

깨달음에는
두 가지의 속성이 있으니
미완(未完)의 깨달음과 완전한 깨달음이다.

미완의 깨달음은
본성의 완전함에 이르지 못한
식(識)의 전변(轉變) 속에 있으며

완전한 깨달음은
식(識)의 전변상(轉變相)과 전변각(轉變覺)을
완전히 벗어버린
무연본성(無緣本性)에 이른 완전함이다.

각(覺)의 증득(證得)으로 지혜를 발하였어도
각(覺)의 일체 차별 성품이 완전히 끊어진
완전한 지혜에 이르지 못하였다면
완전한 깨달음이 아니다.

각(覺)의 증득(證得)으로 미혹을 벗어남은
미혹식(迷惑識)의 경계이며

무연본성(無緣本性)에서 보면
각(覺)의 증득(證得)과 미혹을 벗어남, 그 자체가
곧, 미망(迷妄)이며 미혹(迷惑)이다.

왜냐면,
일체가 각(覺)이니
증득(證得)할 각(覺)이 없고, 벗어날 미혹도 없다.

이것이 깨달음이다.

그러므로, 깨달음이란
본래 깨달을 것이 없음을 밝게 깨달아 앎이니

이것이
무소득(無所得)에 든, 바른 깨달음이며
바른 깨달음에 의한 정안(正眼)이다.

그렇다고

본래 깨달을 것이 없다 하여
미혹 속에서 깨달음을 멀리하면
영겁 속에 무명의 어리석은 미혹의 삶을
살아야 한다.

본래 깨달을 것이 없다는 것은
일체 미혹을 벗어난
바르게 깨달은 자의 밝은 지혜의 눈이다.

본래
깨달을 것이 없다는 것은
무명의 미혹, 그 자체에 얽매여 있으라는 것이 아니다.

깨달을 것이 없다는 것은
아직 완전한 깨달음을 성취하지 못해
식(識)의 전변상(轉變相)에 머물러
자기가 깨달았다는 상념 속에 있는 자의
그 미혹함을 일깨우고, 깨우치기 위한
바른 깨달음을 성취한 자의 밝은 지혜의 이끎이다.

깨달은 자는
본래 깨달을 것이 없는
궁극 무소득(無所得)의 성품을 더 밝게 깨달아
완전한 밝은 지혜의 성품에까지 도달하여
깨달음의 미혹, 그 그림자까지 완전히 벗어나야 한다.

그 지혜에 들면, 깨달음의 지혜까지 벗어나
스스로 깨달아도, 깨달았다는 상념과
깨달았다는 생각과 흔적도 남아있지 않다.

만약,
완전한 지혜의 성품
궁극 무소득(無所得)의 성품에 이르지 못하였다면
무소득(無所得) 성품의 밖에서 깨달음을 분별하거나
본 성품 밖에서 자타를 분별하는 그 미혹의
미망(迷妄) 속에 살게 된다.

광명(光明)이 지혜이며,
그 지혜는 본성 성품의 밝음이다.

본성 성품의 밝음은
온 시방 우주를 두루 비치는 밝음,
각성원융(覺性圓融) 무변광명(無邊光明)인
변일체처(遍一切處) 광명변조(光明遍照)이다.

이것이
마니(mani)이다.

마니(mani)는
부사의 무량 무한 광명의 조화(造化)를 나투는
마니보주(摩尼寶珠)를 이미지화한 것이다.

마니(mani)는
곧, 대일여래(大日如來)의 일체 초월 광명이다.

그러므로
시방 온 우주를 두루 비치는
불가사의 심오한 무한 광명 공덕을
청정 마니보주(摩尼寶珠)의 광명작용에 비유한 것이다.

마니(mani)는
곧, 각성광명이며,
변일체처(遍一切處) 광명변조(光明遍照)인
생명 본래 본성의 무한 밝음이다.

그러므로
무시각(無始覺)이라 한다.

생사생멸과 일체상에 걸림이 없는
원융 무애한 각명(覺明)이다.

이는,
제불(諸佛)의 각성이며,
생사생멸(生死生滅), 시(時)와 공(空), 일체상에
파괴됨이 없는 원융한 광명인
금강보리(金剛菩提)이다.

08. 파드마(padma)

파드마(padma)
진언(眞言), 법(法)의 실체는
청정적멸무염진성(淸淨寂滅無染眞性)을 일컬음이다.

이는
곧, 옴(om)의 생명청정적멸진성(生命淸淨寂滅眞性)이다.

파드마(padma)는
연꽃이다.

육자대명주(六字大明呪)
옴 마니 반메 훔에는
파드마(padma)를 반메(padma)라고 발음했다.

이것은
범어(梵語) 진언의 통용(通用) 과정에서
빠드마, 파드마, 파드메, 바드메, 반메 등의

발음으로 읽히고 있다.

진언에서
정확한 발음의 통용도 중요하겠으나
놓쳐서 안 되는 것은
사회 통용화(通用化)로 의식화(意識化)되고
일반통용(一般通用)으로 인식화(認識化)된 관념인
언어관념의식(言語觀念意識)이며,
더욱 중요한 것은 언어의 의미와 뜻의 실체이다.

여기에서는
일상 통용되고 있는 진언의 발음을 채택하였다.

연꽃은
더러움에 물들지 않는 진성(眞性)의 성품으로
청정(淸淨)과 적멸(寂滅)과 무염(無染)의 상징이다.

청정(淸淨)과 적멸(寂滅)과 무염(無染)을 상징하는
연화의 성품은,
물(物)과 심(心)의 일체 것
그 무엇에도 물들지 않고 항상 변함이 없는
마음의 본성, 진성(眞性)과 같아
변하거나 때 묻음이 없는 마음의 본성을
연꽃에 비유한다.

마음의 본성은
무엇에도 물듦이 없는 청정적멸진성(淸淨寂滅眞性)으로
불가사의한 적멸공덕이 있어

무한 시방의 우주와
만물 만상을 수용하고 섭수한다.

또한, 그 적멸진성은 불가사의 무량무한공덕이 있어
삼라만상 만물을 창출하며

물듦 없는 청정적멸진성(淸淨寂滅眞性)은
일체 물(物)과 심(心)을 창출하는
무량 무한 불가사의 공덕을 지니고 있다.

이 청정적멸진성(淸淨寂滅眞性)이
생명과 만물을 생성하는 무량 무한 공덕의
태장성(胎藏性)이므로

청정적멸진성(淸淨寂滅眞性)의 진리 성품을 묘사하는
법연(法蓮)을 일컬을 때는
청정 적멸진성(寂滅眞性)의 특성
태장(胎藏) 성품을 연꽃으로 묘사하여
청정 진성(眞性)의 진리 성품을 이미지화하고 있다.

그러므로
연꽃의 청정(淸淨), 적멸진성(寂滅眞性)의 성품이

태장(胎藏)의 무염(無染) 진성(眞性)인 청정 성품과
태장(胎藏)의 적멸(寂滅) 모성(母性)인 자비 성품으로
청정과 자비의 두 성품 진리의 꽃으로 묘사되고 있다.

또한, 법(法)의 특성을 연꽃의 색깔에 따라
지혜와 자비, 각성과 열반 등의 법(法)의 특성과
불보살님 법의 특성에 따라 색깔을 각각 차별화하여
그 법(法)의 특성을 이미지화하기도 한다.

연꽃이
제불보살님의 법(法)의 특성뿐만 아니라
태장계(胎藏界)로도 묘사됨은
제불 출현이 적멸진성(寂滅眞性)으로부터 출현하므로
제불보살님의 좌정(坐定)도 연꽃으로 장엄하며
또한, 청정 불법(佛法) 지혜장엄도 연꽃으로 장엄한다.

모든 생명 또한, 태장의 적멸진성(寂滅眞性)에 듦으로
불(佛)을 성취한다.

연꽃은 밀법(密法)에서 법(法)의 특성으로
제불(諸佛)의 태장계와 청정지혜와 적멸의 성품으로도
묘사되고 있다.

그것이
곧, 진성(眞性)인 태장계(胎藏界)의 성품을 의미한
파드마(padma)인 청정과 적멸의 금강연꽃이다.

청정은 무염(無染)으로, 적멸(寂滅)은 자비로
부사의 태장계 공덕장엄 파드마(padma)의 금강연꽃은
옴(om)인 태장계(胎藏界)의 청정적멸 성품으로 피어난
진성(眞性), 진리 성품의 연꽃으로
옴(om)의 태장성(胎藏性), 청정 무염(無染) 성품과
적멸성(寂滅性), 무한 자비의 진리 성품을 묘사한
불성(佛性) 여래장(如來藏) 성품, 승화(昇華)의 꽃이다.

여래장(如來藏)이나
태장(胎藏)은 다를 바가 없다.

여래장(如來藏)이라 함은
여래(如來)의 공덕장(功德藏)이니
이는 곧, 태장계(胎藏界)를 일컬음이다.

여래(如來)란
여(如)는,
진성(眞性)의 성품으로 불변하므로
여(如)라고 하며

래(來)는, 진성(眞性) 여(如)의 성품 부사의 작용을
래(來)라고 한다.

여래(如來)는
진성(眞性)의 성품과

진성(眞性)으로부터 화현하신 부처님을 뜻한다.

여래장(如來藏)의
장(藏)은,
몇가지 의미를 지니고 있으니
일체 성품의 근원이므로 장(藏)이며
일체 성품이 감추어져 있어 장(藏)이며
일체 성품의 부사의 작용이 있어 장(藏)이며
일체 부사의 공덕 총지(總持)이므로 장(藏)이며
일체 성품의 공덕을 두루 갖추어 총섭(總攝)함으로
장(藏)이다.

그러므로
여래장(如來藏)의 장(藏)은
감추어져 있는 것만을 일컫는 것이 아니다.

여래장(如來藏)이란
여래 성품의 공덕장(功德藏)이다.

공덕장(功德藏)이란
여래의 성품을 총섭총지(總攝總持)해 있음이다.

만물과 여래의 지혜가
여래장(如來藏) 공덕으로부터 출현하듯

태장계(胎藏界)에서
만물과 여래와 여래의 지혜가 출현함은
여래장(如來藏)과 태장계(胎藏界)가 다를 바가 없다.

현교(顯敎)의 교설(敎說)에는
여래장(如來藏)이라 하였으며,

밀교(密敎)에서는
진리의 성품, 불이체성(不二體性)을
법(法)의 특성을 따라
마니(mani)와 파드마(padma) 처럼
각성각명(覺性覺明)의 양성(陽性)과
적정적멸(寂靜寂滅)의 음성(陰性)으로 묘사함이 있어

밀교(密敎)에서는
여래장(如來藏)을 태장(胎藏)이라 하여
제불(諸佛)과 제법(諸法)의 일체 지혜가 출현하는
태장(胎藏) 모성(母性)의 특성으로도 표현한다.

법(法)에도
적멸(寂滅), 적정(寂靜), 열반(涅槃), 부동(不動),
정(定), 삼매(三昧) 등의 성품을
음성(陰性) 진리 성품으로 묘사하여
연꽃의 청정 무염 적멸 성품으로
음성(陰性), 진성 성품을 이미지 하여 표현하며

각(覺), 각성(覺性), 각명(覺明), 보리(菩提),
불광(佛光), 광명(光明) 등의 진리 성품을
양성(陽性) 진리 성품으로 묘사하여
마니보주(摩尼寶珠)의 광명 성품으로
양성(陽性), 각명 성품을 이미지 하여 표현한다.

이러한 특성은
본성의 실상과 성품섭리의 불가사의한 진리를
이미지화한 현상으로 진리를 묘사하여
표출하고, 표현하므로
모두를 진리에 들 수 있도록 묘사하여 이끄는
지혜방편의 특성이다.

가령,
여래장(如來藏)이라고 하면
깨달음의 지혜가 없으면, 이해할 수 없는
진리의 실체인 불성계(佛性界)이다.

깨달음의 지혜가 있어야만
여래장(如來藏)을 알 수 있음은

깨달음이
곧, 여래장(如來藏)을 깨달음이며

깨달음으로
바로 여래장(如來藏)에 들기 때문이다.

그 어떤 불가사의한 지식이 있어도
깨달음의 지혜가 없으면
여래장(如來藏)을 알 수가 없다.

만약,
깨달음의 지혜가 없어도
여래장(如來藏)을 안다고 하면
그 앎의 여래장은 지식에 의지한 객관적 추측이며
분별일 뿐이다.

깨달음을 얻으면
바로 여래장에 들어, 여래장 공덕의 성품을
바로 쓰게 된다.

불(佛)이나, 깨달음에 의한 일체행은
곧, 여래장(如來藏) 공덕행(功德行)이다.

여래장은
지식의 세계가 아니라
깨달음의 각성계(覺性界)이며
생명 본연(本然)의 실상계(實相界)이다.

여래장(如來藏)이라 함은
지혜 성품을 바로 드러낸 언어이며

태장(胎藏)이라 함은
진리 특성을 현상의 생태학적으로 묘사한 것이다.

여래장(如來藏)이라 하면
누구나 알기 쉽지 않고, 이해하기 어려운 것을
태장(胎藏), 또는 태장계(胎藏界)나
또는 모성(母性)이라고 하면

여래장(如來藏)을 이해하는 것보다
진리의 생태를 이해함에 더욱 쉬울 수도 있으며

여래장(如來藏)보다
태장(胎藏), 또는 태장계(胎藏界),
또는 모성(母性)이라 하면 보다 쉽게 이해할 수가 있어
진리의 생태를 이해하거나 접근하기가
지성적 이해와 그 작용의 감성과 관념을 바탕하여
진리의 성품을 수용하고 인식함이
더 쉬울 수도 있다.

진리를 어떻게 표현하느냐는 것은
진리에 미혹한 사람을 이끄는 방편의 지혜이니

사람에 따라, 또는 지식의 토양(土壤)인 환경에 따라
또는 의식의 수준에 따라 다양할 수밖에 없다.

어떻게 표현하든

그 방편의 일체는 진리의 당체가 아니니
단지, 진리를 일깨우고, 진리에 들게 하는
진리에 이끎의 방편이며 수단일 뿐이다.

지식의 환경과 상황, 의식의 수준에 따라
자신 앎의 기준과 상황으로 수용하기 어렵거나
또는, 이해할 수 없으면 배척하거나
옳지 않게 생각할 수도 있다.

방편은 상황을 따라 다양하며 다를지라도
진리의 실상은 다를 수가 없으며, 차별이 없다.

바른 깨달음으로 진리에 들면
일체 차별법뿐만 아니라
밀교니, 현교니, 진리니, 부처니, 불설이니 하는
일체 모든 것을 벗어난다.

왜냐면,
진리의 본성에는 밀교도, 현교도, 진리도, 부처도,
불설도 없는 무염광명(無染光明)의 성품이기 때문이다.

일체 언설은
진리에 들게 하는 방편일 뿐,
진리의 본체 성품은
일체 지식의 세계와 앎의 세계를 벗어났다.

불설(佛說)에는
불법(佛法)을, 강을 건너는 수단인 배에 비유하였다.

아무리
오랜 세월을 쌓은 수승한 법(法)이라도
깨달음을 얻는 그 순간, 찰나에 흔적 없이 사라진다.

왜냐면,
그것은 진리의 실체가 아니니
의식의 작용에 의한 수행과 지식과 앎의 세계이므로
일체 유위는 무위의 깨달음 순간에 파괴되기 때문이다.

수행하고 또, 노력하며
많은 세월의 체험으로 쌓고 모은 지혜의 재산들도
깨달음의 그 순간
한 찰나에 티끌같이 사라져
그, 많은 앎의 재산들이 흔적을 찾을 수가 없다.

본성,
무한 각성광명(覺性光明)에 유위(有爲)의 일체가
허물어져 파괴되고
무엇에도 파괴되지 않는
무시무종(無始無終)의 근본 본성만 무너지지 않고
뚜렷할 뿐이다.

일체유위(一切有爲)가 끊어짐이 깨달음이니
청정무위(淸淨無爲)의 본성에 증입(證入)하는
그 찰나에
천겁(千劫) 세월의 수행 길, 수승한 체험들이
흔적 없이 사라진다.

일체유위(一切有爲)는 관념상(觀念相)이며
실체 없는 부사의 환(幻)이다.

일체 유위가 흔적 없이 사라진 각성광명
마하무드라(maha-mudra)인
대공대적멸대각(大空大寂滅大覺)의 대절정 각명(覺明)에
억겁(億劫)의 삶과 자아(自我)의 씨알까지 사라지니
일체 유위의 티끌과 그림자가 남아 있을 리가 없다.

일체 모든 것은
자아(自我)가 쌓아 올린 유위(有爲)의 것이니
마하무드라(maha-mudra)의 대절정
무상대적멸대각(無上大寂滅大覺)의 깨달음 그 찰나에
일체 앎의 견고한 자아(自我)가 흔적 없이 사라진다.

자아(自我)가 배우고 익히며 보물처럼 쌓아 올린
옳고 그름의 모든 법(法)의 밝은 견해(見解)가
자아가 사라짐과 함께 앎의 뿌리, 씨알까지 사라져
그 흔적을 찾을 수가 없다.

자타(自他), 내외(內外)의 모든 것이 사라지면
초월 성품인 청정 본성이 드러난다.

깨달음, 그 순간부터
온 시방 우주를 비롯하여 일체 만물의 성품이
나의 성품 아님이 없다.

왜냐면,
성품이 안과 밖이 없이 두루 원융한 한 성품으로
밝게 비치고 있기 때문이다.

일체(一切)가
곧, 여래장(如來藏)이며, 태장계(胎藏界)이다.

일체가
즉, 옴(om)이며, 옴(om)의 세계이다.

이 뜻은
일체(一切)가 원융한 본성, 각성계(覺性界)란 뜻이다.

각성(覺性)은
변일체처(遍一切處) 광명변조(光明遍照)이니
내외(內外)와 자타(自他)와 물심(物心)이 끊어진
대적광명(大寂光明)의 세계이다.

곧,

일체 원융(圓融)이며, 불이융화일성(不二融化一性)이다.

이것이 태장계(胎藏界)
청정적멸 연화장엄(蓮華壯嚴)인 무염(無染) 광명계이다.

곧,
무량청정 적멸원융 각성광명계(覺性光明界)이다.

파드마(padma)는
태장계(胎藏界) 청정적멸 성품에서 피어난
법의 진성(眞性) 무량무한공덕 성품 금강연꽃이다.

그러므로, 제불(諸佛)이
태장계(胎藏界)의 진성(眞性)에서 출현하므로
제불(諸佛)이 법의 성품 연꽃 위에 좌정(坐定)하고

깨달음의 모든 보살이
청정법연(淸淨法蓮)의 연꽃으로 장엄하며

모든,
불보살님의 수인(手印)이, 법연(法蓮)의 연꽃이 피어난
지혜의 결인(結印) 법계상(法界相)의 모습이다.

또한,
각(覺)과 정(定), 체(體)와 용(用)
부사의 지용(智用)이 결합한 수인(手印) 등이니

이 모두가
마하무드라(maha-mudra)와 마니파드마(mani-padma)인
태장계(胎藏界)와 각명계(覺明界)의
부사의 밀법(密法) 묘용(妙用)의 법계상(法界相)이다.

밀장(密藏)
파드마(padma)는 곧, 여래장(如來藏)
청정법연(淸淨法蓮), 진리 성품의 연꽃으로
법계모성(法界母性)의 태장(胎藏), 무염청정적멸의 성품
진리의 무한 공덕, 무량 자비를 총섭(總攝)한
무염진성(無染眞性)이다.

09. 즈바라(jvala)

즈바라(jvala)
진언(眞言), 법(法)의 실체는
대절정궁극지혜대광명(大絕頂窮極智慧大光明)을
일컬음이다.

이는
곧, 옴(om)의 생명무한궁극무한승화절정광명(生命無限窮極無限昇華絕頂光明)이다.

즈바라(jvala)는
불꽃, 광명의 뜻이다.

즈바라(jvala)의 광명은
마니파드마(mani-padma)의 광명이다.

마하무드라(maha-mudra)인
각명성(覺明性) 마니(mani)인 각(覺)과

태장성(胎藏性) 파드마(padma)인 정(定)이
불이(不二)의 결정성(結定性)
파괴되지 않는 금강결인(金剛結印)을 이룬
각성지혜 무한 승화의 불꽃 광명을 일컬음이다.

즈바라(jvala) 불꽃 광명은
일체 유위상(有爲相)과 유위견(有爲見)과
일체 차별상(差別相)과 차별견(差別見)과
일체 수행상(修行相)과 수행견(修行見)과
일체 증득상(證得相)과 증득견(證得見)과
일체 지혜상(智慧相)과 지혜견(智慧見)과
일체법(一切法)과 일체견(一切見)과
자아(自我)와 일체상념(一切想念)을
흔적 없이 태워버리는 대공적멸(大空寂滅)의
불꽃 광명이다.

즈바라(jvala), 지혜의 불꽃 광명에 들려면
깨달음 상승 각명(覺明)이
각성광명(覺性光明)에 머물지 않고
적멸부동적정성(寂滅不動寂靜性)과
불이원융(不二圓融)에 들어
깨달음 각성광명(覺性光明)까지 초월하여 벗어난
지혜의 밝음이다.

이는
마하무드라(maha-mudra) 대각(大覺)의 광명(光明)인

인(印)의 지혜의 불꽃이다.

이,
지혜의 경계는
대일여래의 5종지혜 각력상승의 수행에서
제 8식(八識) 전변(轉變)의 깨달음으로
대원경지(大圓鏡智)인 원융각명(圓融覺明)에 들어
제 9식(九識) 전변(轉變)의 깨달음까지 증입(證入)해
적멸부동식(寂滅不動識)이 타파되어
법계체성지(法界體性智)에 증입(證入)으로
체성(體性)과 각성(覺性)이 원융한 불이(不二)인
적정부동대원각성각명(寂定不動大圓覺性覺明) 지혜의
불꽃 광명이다.

보살지(菩薩智)의 상승지혜에서
8식(八識) 전변(轉變)의 대원경지(大圓鏡智)인
부사의 각성광명(覺性光明)의 밝음에
안주(安住)하거나, 벗어나지 못하므로
각력 상승이 그 경계에 머물러 있는 경우가 있다.

즈바라(jvala) 지혜의 불꽃 광명에 들려면
적멸부동진성(寂滅不動眞性)과
대원각성광명(大圓覺性光明)이 둘이 아닌
무상적멸적정광명각성(無上寂滅寂靜光明覺性)인
완전한 마하무드라(maha-mudra)의
정각불이성(定覺不二性)에 들어야 한다.

이는
대일여래의 5종지혜
제식(諸識)의 전변각(轉變覺)으로
5종지혜(五種智慧)의 경계를 하나하나 모두 벗어나고

5종지혜를 벗어난 지혜각명의 경계에서
다시,
5종지혜가 원융한 원융각명일성(圓融覺明一性)이
원만자재(圓滿自在)해야 한다

그러면
5종지혜의 원융원통광명(圓融圓通光明)을 이루어
5종지혜가 원융한
무연자재광명지(無緣自在光明智)에 들게 된다.

광명도
촛불 1개의 광명이 있고
촛불 천개의 광명이 있고
촛불 만개의 광명이 있고
촛불 억개의 광명이 있다.

그러나
그 모든 촛불의 광명이
태양 하나의 광명을 따를 수 없고

태양의 광명이 아무리 밝아도
온 시방 우주가 그대로 밝은 하나의 광명체임을
능가할 수는 없다.

자타와 내외가 있어서
상대와 대상이 있는 모든 밝음은
아무리 밝아도 한계가 있고

자타(自他) 내외(內外) 없는 밝음은
일체 어둠 없는 무한 원융광명이니
원융원통각성광명(圓融圓通覺性光明)이
변일체처(遍一切處) 광명변조(光明遍照)이다.

변일체처 광명변조는
태양과 같이 상대와 대상이 있는 밝음이 아니다.

변일체처 광명변조는
상대도 없고, 대상도 끊어진 두루 원융한 광명이다.

그러므로, 이 광명을
자성광명(自性光明)이라고 한다.

자성광명(自性光明)은
자타내외(自他內外)와 물심(物心)의 경계가 끊어진
자성원융(自性圓融) 무애광명(無礙光明)이다.

깨달음, 각성(覺性)에
심(心), 식(識), 각(覺)의 상대가 있거나, 대상이 있다면
그것은, 바른 완전한 깨달음이 아니며
또한, 구경의 깨달음이 아니다.

깨닫고 나서
깨달음이 있거나
깨달은 내가 있으면 그것은
아직, 자아(自我)를 벗어나지 못했음이다.

자아(自我)를 벗어나지 못했거나
아직, 자아(自我)가 끊어지지 않았다면
깨달음과 자신이 둘이 되어
자신이 깨달았다는 미망(迷妄)의 생각이 일어나니,
그 깨달음이 있고, 깨달음을 이룬 자신이 있음이
아직, 본성을 모르는 미혹이며
완전한 깨달음을 이루지 못한 분별심, 망념(妄念)이다.

깨닫고 나서, 깨달았다는 것은
미망(迷妄)이다.

이는,
미망(迷妄)의 그림자인 깨달음과 자아(自我)까지
아직, 벗어나지 못했기 때문이다.

물이
자신의 맑은 성품을 깨달았다 하여
자신의 맑음이 본래 없었던 것도 아니고,
깨달음으로 인해, 물의 성품이 맑아진 것도 아니다.

자신의 성품이 맑음을 스스로 몰랐을 뿐,
물의 성품은 본래 그 모습 그대로다.

본래 자신의 성품이 맑음을 깨달으면
맑음을 깨달았다는 생각과 그 깨달음은
본래 자신의 맑은 성품을 알지 못한 무명이며
미혹의 그림자임을 깨달아야 한다.

물의 성품에는
맑음을 깨달았다는 그 깨달음과
깨달았다는 그 생각이 있음이
본래의 맑은 청청 성품에는 부질없는 티끌이며,

또한, 본래 맑은 성품을 몰랐던
미혹을 아직 완전히 다 벗어나지 못한
망념망식(妄念妄識)의 작용이다.

즈바라(jvala)는
자아(自我)의 상념(想念)이 없다.

자아가 끊어진 성품의 밝음이 지혜이니
자타, 내외가 있으면
그것이 자아(自我)의 상념(想念)이다.

자아는
무엇이든, 분별하고 헤아리는 의식(意識)이다.

분별의 대상이 끊어져 없으면
분별의 자아가 사라진다.

분별의 대상은
자타, 내외가 다 분별의 대상이다.

자타, 내외는
나와 남, 나와 내 밖의 일체를 뜻한다.

깨달음으로
나와 남, 내외의 일체를 벗어났어도

깨달음 증득으로 인하여
또 다른 자타(自他), 내외(內外)가 생성되니

자(自)는 깨달음 얻은 나이며
타(他)는 깨달음 얻기 전의 미혹의 나이다.

또한, 내외는
내(內)는 깨달음 각성(覺性)이며
외(外)는 깨달음 각력으로 일체를 두루 비추어 봄이다.

이,
일체가 망(妄)이다.

왜냐면,
성품에는 나와 남, 내외 일체도 끊어졌고
깨달음의 상(相)과
깨달음으로 밖을 비추는 나도 없고
또한, 깨달음으로 비출 대상도 끊어졌기 때문이다.

그러므로
원융각성이며, 원융광명이니
곧, 광명변조(光明遍照) 변일체처(遍一切處)이다.

즉, 일체가 불이(不二)이며, 원융(圓融)이다.

그러므로
대상(對相), 상(相)의 자타(自他) 내외(內外)와
분별(分別), 식(識)의 자타(自他) 내외(內外)와
깨달음 작용, 자타(自他) 내외(內外)가 끊어져
일체가 끊어진 원융불이성(圓融不二性)이다.

즈바라(jvala)는

대상 뿐만 아니라, 자아(自我)까지 사라진
내외 없는 원융광명이다.

즈바라(jvala)는
마하무드라(maha-mudra)를 통해
마니(mani)와 파드마(padma)가 불이성(不二性)인
무한 절대 광명이다.

이 광명을 통해
완전한 지혜로 전변(轉變)함이
프라바릍타야(pravarttaya)이다.

전변(轉變)인
프라바릍타야(pravarttaya)를 통해
귀일(歸一)의 훔(hum)에 이르게 된다.

마니(mani)와 파드마(padma)가
불이(不二)의 융화 속에 흔적 없이 사라지는
마하무드라(maha-mudra)의 과정이 없으면
프라바릍타야(pravarttaya)의 전변(轉變)이
일어나지 않는다.

이는
깨달음 과정에 각력 상승이 궁극 절정에 이르면
한 순간 찰나 일이다.

이는
음식을 할 때
국을 끓이는 과정에서
불길로 솥에 열기를 가하면
국이 끓을 때까지 다소 시간이 걸려도
국이 끓음이 절정을 향하면
열기에 국이 솟구쳐 솥 밖으로 넘치는 것은
한순간 찰나인 것과도 같다.

구경정(究竟定)을 얻어도
그것이 곧, 궁극의 구경각(究竟覺)이 아니면
그것은 구경정(究竟定)이 아니며

또한, 구경각(究竟覺)을 얻어도
그것이 곧, 궁극의 구경정(究竟定)이 아니면
그것은 구경각(究竟覺)이 아니다.

이 과정이
마니(mani)와 파드마(padma)가
불이(不二) 대융화(大融化)의 불꽃
마하무드라(maha-mudra)의 절정
일체불이(一切不二) 대각(大覺)의 대절정 속에
마니(mani)와 파드마(padma)의 자취가 흔적 없이
뿌리째 사라지는 지혜의 불꽃 즈바라(jvala)를 통해
순수 본연 완전함에 이르는 전변(轉變)이
프라바릍타야(pravarttaya)이다.

이는
구경각(究竟覺)에서 각력(覺力) 승화(昇華)로
구경정(究竟定) 불이(不二)에 증입(證入)함으로
구경각(究竟覺)을 초월해 구경각(究竟覺)이 사라지고

구경정(究竟定)에서 각력(覺力) 승화(昇華)로
구경각(究竟覺) 불이(不二)에 증입(證入)함으로
구경정(究竟定)을 초월해 구경정(究竟定)이 사라지므로

구경각(究竟覺)과 구경정(究竟定)을 둘 다 벗어나
구경각(究竟覺)도 흔적 없고
또한, 구경정(究竟定)도 흔적 없는 일체 초월

일체 불이(不二) 무연원융일성각명(無緣圓融一性覺明)인
무연(無緣) 초월본연성(超越本然性)에 드는
최종(最終) 귀일(歸一)이 훔(hum)이다.

훔(hum)은
생명의 근원인 태장, 옴(om)과 맞닿아 귀일(歸一)하는
부사의 일결음(一結音)이다.

그러므로
훔(hum)에 이르는
즈바라(jvala) 불꽃 광명은
깨달음 승화의 궁극 절정 대각(大覺)의 광명이다.

10. 프라바릍타야(pravarttaya)

프라바릍타야(pravarttaya)
진언(眞言), 법(法)의 실체는
무한궁극절정각명승화초월(無限窮極絶頂覺明昇華超越)을
일컬음이다.

이는
곧, 옴(om)의 생명무상각명불이절정원융승화초월(生命無上覺明不二絶頂圓融昇華超越)이다.

프라바릍타야(pravarttaya)는
전변(轉變)이다.

이,
전변(轉變)은
완전한 궁극, 절대성 깨달음의 전변(轉變)이다.

이는,

깨달음 절정에 의한 각성광명으로
깨달음 각성(覺性)이 완전한 지혜로 전환하는
전변(轉變)을 일컬음이다.

최종(最終),
시(始)와 종(終)이 맞물리는
훔(hum)에 드는 과정의 무상초월(無上超越) 절정의
전변(轉變)이다.

시(始)와 종(終)이 맞물림이란

시작점이
곧, 끝점이며

끝점이
곧, 시작점이란 뜻이다.

시작점이
곧, 끝점이 아니면
훔(hum)이, 옴(om)을 향한 귀일(歸一)이 아니며

끝점이
곧, 시작점이 아니면
훔(hum)이 옴(om)으로 돌아가지 못한다.

이는
중생이 부처가 되고자 수행하여
부처의 완전한 깨달음을 얻음이 곧,
바로 그 중생의 본연(本然), 청정 본성으로 돌아감이다.

또한,
수승한 깨달음으로
완전한 부처를 이루어 중생을 벗어나면
중생을 벗어난 완전한 부처가
곧, 미혹 속에 헤맨 바로 그 중생의 본래 청정 본 성품
본래 본연의 그 곳으로 돌아감이다.

깨달음의 지혜 없이
만약, 미혹의 경계에서 이 말을 수용하여 헤아리면
깨달음의 각성 지혜가 없어
미혹 망견(妄見)의 추측으로 사량 분별이 치솟아
무명 악견(惡見)으로 자신을 스스로 옭아맬 것이니

그림자 없고
허물없는 말이라도
자리를 따라 감출 수밖에 없다.

그러므로
지견(智見)과 인연의 성숙도에 따라
드러내고 감춤이 같을 수가 없다.

시작점이
끝점이라는 이 말을 듣고,
말귀를 알아듣지 못해
말의 뜻과 의미를 이해하지 못하고
자기가 서 있는 기점에서 앞을 향해 출발하지 않으면
자기가 서 있는 그 기점이 시작점이 아니다.

또한,
자기가 서 있는 기점에 머물러 출발하지 않고
출발점인 기점을 벗어나지 않는 자는
승자(勝者)가 되지 못한다.

원점(原點)이 시작점으로 출발하여
다시, 그 원점으로 돌아와도
돌아온 그 원점이, 시작점이 아니라 끝점이다.

원점(原點)을 시작점으로 하여
원점(原點)으로 돌아온 자는,
원점(原點)으로 돌아온 것이 아니라
승자(勝者)로 귀환(歸還)한 것이다.

그러므로
시(始)와 종(終)이 맞물려
옴(om)과 훔(hum)이 하나가 되어도
옴(om)은 훔(hum)이 아니며

훔(hum)이
또한, 옴(om)으로 돌아가도
그 전(前)의 옴(om)이 되는 것이 아니다.

나무에서
봄마다 가지가지마다 꽃이 피어도
해마다 다른 꽃이며,

해마다 꽃향기가 같은 것 같아도
올해의 꽃향기는
지난해의 꽃향기가 아니다.

그것을 자각하지 못하면
추위와 비바람, 밤과 낮 인욕의 시간 하루하루
꽃을 피우기 위해
뿌리로 땅의 기운을 받아, 온몸에 실어
하늘 기운과 동화(同化)하게 하고,
온몸으로 하늘 기운을 받아 몸에 실어
뿌리를 통해 땅의 기운과 동화(同化)하게 하여,
천지광명 마니파드마(mani-padma)
마하무드라(maha-mudra) 대 절정 불이(不二)
천지음양 대합일(大合一) 승화의 즈바라(jvala)
생명 열정의 불꽃 광명을 다해 피어난
프라바릍타야(pravarttaya)의 꽃향기를 맡고도
지난해에 시들어 죽은 그 꽃향기 양 생각한다.

프라바르타야(pravarttaya)는
고목(古木)이
새봄 기운을 받아 깨달음 각성의 꽃을 피우고자
무한 충만 기운으로 꽃잎을 활짝 펼쳐 솟구치는
그 작용이다.

프라바르타야(pravarttaya)를 통해
시(始)와 종(終)이 맞물려
본래의 옴(om)으로 돌아가는 최종(最終) 귀일(歸一)인
훔(hum)이,
본래의 씨앗으로 돌아가는 시종(始終)이 맞물리는
천지합일(天地合一) 마하무드라(maha-mudra)
인(印)의 결정성(結定性)
완전한 본래로 돌아간 불이(不二)의 결실(結實)이
곧, 열매인 과(果)이다.

이것을
전변(轉變)이라 한다.

이 전변(轉變)은
마니(mani)와 파드마(padma)가
마하무드라(maha-mudra)의 대절정 속에
무한 지혜 각성광명을 통해
최종 궁극 훔(hum)의 정점(頂點)을 향해
완전한 무한 절정 극명(極明)의 승화로 솟구치는
최종(最終) 무한 절정 전변(轉變)의 작용이다.

프라바릍타야(pravarttaya)는
완전한 지혜, 무상각명(無上覺明)으로 전변(轉變)이다.

전변(轉變)은
곧, 깨달음 각(覺)으로 전환(轉換)함이다.

그러나 최종(最終) 전변(轉變)이 아닌
또한, 각각 식(識)이 전환하는 전변(轉變)이 있으니

그 전변(轉變)의 과정은
5식(五識)의 전변으로 성소작지(成所作智)에 들며

성소작지(成所作智)에서
6식(六識)의 전변으로 묘관찰지(妙觀察智)에 들며

묘관찰지(妙觀察智)에서
7식(七識)의 전변으로 평등성지(平等性智)에 들며

평등성지(平等性智)에서
8식(八識)의 전변으로 대원경지(大圓鏡智)에 들며

대원경지(大圓鏡智)에서
9식(九識)의 전변으로 최종각(最終覺)
법계체성지(法界體性智)에 든다.

5식(五識), 6식(六識)의 전변(轉變)으로
상(相)의 작용이 끊어지고

7식(七識), 8식(八識)의 전변(轉變)으로
식(識)의 작용이 끊어지고

9식(九識)의 전변(轉變)으로
무명장식(無明藏識)이 끊어진다.

또한,
전변(轉變)으로 열반(涅槃)에 들어도
열반(涅槃)이
각성광명(覺性光明)과 불이원융(不二圓融) 속에
최종(最終) 열반(涅槃)의 전변(轉變)으로
열반(涅槃)을 또한 상승 초월하여 벗어난다.

또한,
전변(轉變)으로 각성(覺性)에 들어도
각성(覺性)이
적멸적정(寂滅寂靜)과 불이원융(不二圓融) 속에
최종(最終) 각성(覺性)의 전변(轉變)으로
각성(覺性)을 또한 상승 초월하여 벗어난다.

벗어날것 없는
그 절대 궁극에까지 지혜가 전변하여 상승하므로

완전한 무상각성광명(無上覺性光明)인
무한 무연원융각성초월광명(無緣圓融覺性超越光明)에
이르게 된다.

즈바라(jvala),

더,
태워버릴 티끌이 없고
일 점 흔적 없이 자아의 모든 것을 태워버리는
무한 지혜의 불꽃 광명의 힘으로
근원을 향한
완전한 귀일성(歸一性)
훔(hum)에 든다.

아직,
자아(自我)의 흔적, 티끌이라도 남았으면
무한 억겁(億劫)의 윤회의 씨알
자아의 모든 흔적을 남김없이 태우는 강렬한 불길
즈바라(jvala), 불꽃 광명의 골짝에 들어
자아의 모든 흔적인 그림자까지
사라져야 한다.

즈바라(jvala)의
강렬한 불꽃 광명의 골짝을 지나지 않았다면
아직, 일렁이는 자아의 그림자를 완전히 벗어나지

못했음이다.

자아(自我)가 완전히 사라지면
자아의 흔적이 없는
일체 초월광명(超越光明)
무연원융각성광명(無緣圓融覺性光明)
변일체처(遍一切處) 광명변조원융광(光明遍照圓融光)의
훔(hum)에 든다.

11. 훔(hum)

훔(hum)
진언(眞言), 법(法)의 실체는
무한궁극무한절정무한축복무한광명감사(無限窮極無限絕頂無限祝福無限光明感謝)를 일컬음이다.

이는
곧, 옴(om)의 생명무한초월광명(生命無限超越光明)에
귀일(歸一)의 무한 감응
부사의 무한 탄성(歎聲)과 무한 감사(感謝)이다.

훔(hum)은,

무수 억겁(億劫)을 살아온 삶과 자아(自我)가
즈바라(jvala)의 강렬한 불꽃 광명 속에
흔적 없이 사라진

무한 성취

무한 찬탄
무한 축복
무한 감사
무한 기쁨
무한 충만
무한 행복
무한 궁극
무한 절정(絕頂)
무한 불이(不二)의 귀일(歸一)
무한 순수 지극한 귀명(歸命)의 예경(禮敬)이다.

이는,
원점(原點)으로 귀환(歸還)하는
무한 기쁨이 충만한 승자(勝者)가 아니라

무수 억겁(億劫) 전(前)부터
이 우주 가장자리에서 나를 지극히 사랑했던
우주의 어머니

그
어머니 품을 찾아
무한 억겁(億劫)의 길을 찾아 헤매며 걸어온
철없는 어린아이,

무수 억겁(億劫)을 그리워한
어머니의 품에 안기는

무한 그리움과 그 아픔이 순수 눈망울의
눈빛이 되어

오직
무한 기쁨, 이 외는 아무것도 없고

오직
무한 성취, 이 외는 아무것도 없고

오직
무한 찬탄, 이 외는 아무것도 없고

오직
무한 축복, 이 외는 아무것도 없고

오직
무한 감사, 이 외는 아무것도 없고

오직
무한 충만, 이 외는 아무것도 없고

오직
무한 행복, 이 외는 아무것도 없고

오직
무한 궁극, 이 외는 아무것도 없고

오직
무한 절정(絕頂), 이 외는 아무것도 없고

오직
무한 귀일(歸一), 이 외는 아무것도 없고

오직
무한 예경(禮敬), 이 외는 아무것도 없다.

이 세상에
무엇이 필요한 것은

아직
훔(hum)에 다다르지 않았기 때문이다.

그토록 사랑한 어머니,
나를 애타게 찾아 헤매며 나를 기다리는
무한 억겁(億劫) 우주의 어머니 품에

아직
안기지 못했기 때문이다.

훔(hum)은
오직, 귀일(歸一)뿐,

이 외, 무엇 더 필요한 것이 있을까?!

만약, 있다면
영원히, 그 어머니와 함께 하는 것
그 바람 외는 없다.

이
우주의 태장(胎藏)

옴,
그 자체로 완전하고

더없는
평화며, 평온이며, 기쁨이며, 행복이다.

이를,
벗어나면
어머니의 품, 그 평온과 평안을 찾아

억겁(億劫)을
헤매어야 하는, 끝없는 혼돈과 방황들……

무엇이,
또 무엇을 위해, 그 억겁(億劫)의 길을
방황 속에 헤매겠는가?!

영원의 안락이 어머니 품이며
더없는 평화가 어머니 품이며
위없는 행복이 어머니 품이며
더없는 축복이 어머니 품이다.

이 우주의 생명, 무한 궁극 승화의 행복
무한 자비, 생명 태장 어머니 품에 드는 그 억겁의 길이
옴 아모카 바이로차나 마하무드라 마니파드마 즈바라
프라바릍타야 훔, 이다.

억겁(億劫) 생명의 태장계(胎藏界)
어머니 품이 그리워, 어머니를 부르는 소리가
옴(om)이다.

억겁(億劫)의 하루하루
어머니를 향한 그리움, 간절한 희망의 바램이
아모카(amogha)이다.

억겁(億劫)의 시간
어머니의 무한 자비심,
우주의 무한 광명으로 나의 길을 밝히는 영겁의 빛이
바이로차나(vairocana)이다.

억겁(億劫)을 그리워한
어머니의 따뜻한 품을 생각하는
나 없는 오롯한 그 무상(無上) 삼매(三昧)가

마하무드라(maha-mudra)이다.

억겁(億劫)의 하루하루
어머니를 생각하는 오롯한 그 무상(無上) 삼매 속에
우주 어머니의 생명과 나의 생명이
오직 하나인 것이
마니파드마(mani-padma)이다.

억겁(億劫)을 가슴 깊이
오직, 간절히 어머니를 생각하는
오롯한 무상삼매(無上三昧) 속에 나 없는
삼매의 불꽃 광명이 즈바라(jvala)이다.

억겁(億劫)을 간절히
오직, 어머니를 생각하는 그 삼매의 불꽃 광명으로
어머니를 찾게 되는 초월의 힘을 완전히 갖춤이
프라바릍타야(pravarttaya)이다.

억겁(億劫)을 그리워한
생명의 태장 어머니의 자비 품에 안기는 그 무한 축복이
훔(hum)이다.

훔(hum)은,
끝이 아니다.

활짝 피어난 꽃이
자신 꽃몸에서, 지극한 순수 궁극 승화의 생명 향기
옴(om)의 생명 태장, 진성 혼(魂)의 꽃향기를 내는 것은
오직, 열매를 위한 더없는 숭고한 정성의 열정
순수 일념 정신이 무한 승화한 헌신(獻身)의 모습이니,
그렇게 최종 열매를 맺아도
그 열매는 또 다른, 새 세상을 여는
이 우주의 또, 하나, 생명의 인성(因性)이 듯,
승자(勝者)는, 또 다른, 무한 새 세상의 삶을 여는
승화의 빛, 무한 생명 창생
광명의 열매이다.

이제는,
어머니를 그리워하는 소리의 옴(om)이 아니라

나 스스로
우주 또 다른 생명의 태장(胎藏)이 되어,
무수 억겁(億劫)을 방황하며
아픔 속에 무한 행복을 갈망하며 헤매는 생명에게
무한 기쁨과 무한 축복을 주는
우주 연꽃 향기를 전하는 끝없는 인연의 바람길,
연꽃 지혜의
우주 시공(時空) 길, 방랑자(放浪者)가 된다.

우주의 태장(胎藏) 바람,

춘하추동 부사의 자비무한(慈悲無限) 연꽃 향기에

땅에는
풀잎마다 꽃이 피고,
나뭇가지마다 새싹이 돋아
아름다운 꽃과 열매가 풍성하리니

온 세상은
무한 축복, 무한 충만으로 행복이 가득하고
벌과 나비는 꽃을 찾아
무한 성취, 무한 감사의 삶
하루가 되리라.

하루,
또 하루, 또 하루가

옴(om)
변일체처(遍一切處)
무한 광명변조(光明遍照), 무한 축복, 무한 충만
훔(hum)이다.